신과 맞선
천방지축 마우이

세계설화를 읽다 3

신과 맞선 천방지축 마우이

투쟁과 변혁의 아이콘,
영웅 이야기

신동흔 지음

머리말

설화, 서사와 스토리텔링의 원형

설화는 먼 옛날부터 전해온 신화와 전설, 민담 등을 아울러서 일컫는 말입니다. 옛이야기라고도 하지요. 설화는 자유롭고 즐거우면서도 담긴 뜻이 깊은 이야기입니다. 그 속에는 기쁨, 슬픔, 사랑, 미움, 두려움, 욕망 같은 자연적 감정은 물론이고 현실을 타개하려는 의지와 미지의 세계에 대한 동경, 신비롭고 환상적인 체험 등 다채로운 서사가 담겨 있습니다.

설화는 모든 문학적 이야기의 원형입니다. 오늘날 다양한 매체를 통해 수많은 이야기가 다양하게 펼쳐지는데, 뿌리를 찾아 올라가면 신화나 전설, 민담 등과 만나게 됩니다. 소재나 줄거리 같은 외적 측면보다 화소(motif)와 구조, 세계관 같은 내적 요소가 더 중요합니다. 요즘 유행하는 판타지 스토리텔링만 하더라도 그 화소와 서사 구조가 설화와 닮아 있는 것들이 많습니다.

설화는 폭이 매우 넓습니다. 무척 현실적인 이야기도 있고, 초월적이며 환상적인 이야기도 있습니다. 사람들의 모든 경험과 상상력이 그 속에 녹아들어 있지요. 그것은 세월의 간극을 넘어서 오늘날의 우리에게도 재미와 감동, 깨우침을 전해줍니다. 웹툰과 웹소설, 드라마와 영화, 애니메이션 등 현대 스토리텔링에서 설화적 요소가 갈수록 확대되는 것은 우연이 아닙니다. 수천 년간 살아서 이어져 온 설화는 앞으로도 오래도록 재미있고 가치 있는 이야기로 우리와 함께할 것입니다.

설화, 청소년을 위한 인생의 나침반

'세계설화를 읽다' 시리즈는 세계 곳곳의 보석 같은 설화를 찾아내고 잘 갈무리해서 양질의 독서물을 제공하고, 나아가 이야기 문화를 되살리려는 의도에서 기획되었습니다. 설화는 오래된 이야기이지만 낡은 이야기가 아닙니다. 설화는 파격적이고 역동적이며 진취적입니다. 그래서 신세대 청소년들과 딱 어울리지요. 넓혀서 말하면, 젊은 사고와 행동력을 가진 모든 사람들과 어울립니다.

오랜 세월 동안 입에서 입으로 이어져 온 설화는 '인생 교과서'라 할 만합니다. 자신을 돌아보게 하는 이야기, 인간관계를 새롭게 하는 이야기, 시련을 극복하고 거듭나는 이야기, 참다운 용기를 불어넣는 이야기, 불의한 세상과 맞서 정의를 구현하는 이야기……. 그 내용을 따라가다 보면 재미와 감동, 그리고 교훈이 저절로 몸에 스며듭니다. 그리고 상상력과 창의성, 논리적 판단력과 문제 해결 능력이 쑥쑥 자라납니다.

설화는 인생의 나침반인 동시에 마음을 위한 최고의 양식입니다. 그림 형제는 옛이야기를 두고 인류의 삶을 촉촉이 적시는 영원한 샘물과 같다고 했고, '영원히 타당한 형식'이라고도 했지요. 조금도 과장이 아닙니다. 책에 실린 여러 이야기를 만나다 보면 다들 고개를 끄덕일 것입니다. 설화는 아이들만의 것이 아니라 우리 모두의 것이라는 사실을 잊지 마세요.

설화, 이야기판을 되살리는 힘

설화는 생생한 구술 언어로 만날 때 참맛을 느낄 수 있습니다. 하지만 구술성을 오롯이 살려낸 대중용 이야기책은 많지 않습니다. 청소년과 일반인을 위한 세계 설화 모음집은 좀체 찾아볼 수 없어요. 설화가 사람들로부터 소외된 상황인데, 그보다는 사람들이 설화로부터 소외됐다고 말하고 싶습니다.

이 책에서는 세계 설화의 정수를 한데 모아서 젊고 역동적인 스토리텔링의 향연을 펼치고자 했습니다. 국내외 각종 설화 자료집을 미번역 자료까지 두루 살피면서 최고의 이야기를 정성껏 가려 뽑은 뒤, 이를 12명의 개성 넘치는 스토리텔러 목소리로 생생하게 살려냈습니다. 세대 공감 스토리텔링의 텍스트적 구현입니다. 그 중심에 Z세대 청소년을 두었습니다.

12명의 스토리텔러는 이야기 화자인 동시에 청중이며, 각 이야기가 끝난 뒤 소감을 나누는 해설자 구실도 합니다. 이야기의 재미와 가치를 되새기는 특별한 자리입니다. 그 이야기 향연은 독자들이 표현의 주체가 될 때 비로소 완성됩니다. 'Storytelling Time' 부분에 제시한 여러 스토리텔링 활동이 그것입니다. 이는 상상력과 창의성, 논리력, 표현력을 키우는 최고의 활동이 될 것입니다.

'세계설화를 읽다' 시리즈가 'K-스토리텔링'의 새로운 시발점이 되기를 기대합니다. 이 책의 이야기들은 열매인 동시에 씨앗입니다. 그 씨앗이 여기저기서 차락차락 싹을 틔워 수많은 푸른 숲을 이루어내기를 꿈꿉니다. 그럼으로써 우리 사는 세상이 더 맑아지고 풍성해지고 아름다워지기를 소망합니다.

나의 서사적 여정에 변함없이 따뜻한 동반자가 되어주고 있는 가족과 제자와 동료들, 그리고 세상의 모든 설화 화자와 수집자, 편집자, 번역자들께 감사드립니다. 옛이야기를 좋아하는 모든 독자님들, 마음껏 즐겨주세요. 그리고 스토리텔러가 되어주세요.

신동흔

이야기꾼 프로필

연이 (여/14세/옛이야기를 사랑하는 중학생)

똑똑하고 부지런하며 맡은 일을 야무지게 잘 해내는 모범생.
다정하고 활달하며 주변 사람을 두루 잘 챙길 뿐 아니라
늘 긍정적이고 밝고 씩씩하다. 이름 때문에
<연이와 버들도령> 속 연이의 환생이라는 말을 듣는다.
작가를 꿈꾸는 문학소녀로 모든 종류의 이야기를 좋아하며,
설화에 담긴 뜻을 풀이하는 일에도 관심이 많다.

퉁이 (남/16세/운동과 게임과 이야기를 좋아하는 고등학생)

낯설고 신기한 것에 관심이 많은 행동파.
시골 출신의 전학생으로, 투박하고 무뚝뚝해 보이지만
의외로 세심하며 동생들을 잘 챙긴다.
책이나 문학에 관심이 없었으나 옛이야기의 매력에
빠져들어 설화 마니아가 되었다.
<내 복에 사는 나, 감은장아기> 속의 '막내마퉁이'가
마음에 들어서 퉁이를 부캐로 삼았다.
영웅담과 모험담을 특히 좋아한다.

엄지 (?/11세/비밀이 많은 Z세대 이야기꾼)

나이에 비해 체구가 작은 편이며, '엄지'를 부캐로 삼았다.
엄지동자인지 엄지공주인지는 비밀이다.
다른 이야기꾼들도 엄지가 여자인지 남자인지 알지 못한다.
자타 공인 어린 철학자로 생각이 깊으며,
누구에게도 꿀리지 않는 당당한 성격이다.
언젠가 걸어서 전 세계를 여행하겠다는 계획을 가지고 있다.

이반 (남/24세/사회 진출을 준비 중인 대학생)

일찌감치 군대를 다녀온 복학생. 딴생각하다 엉뚱한 실수를 할 때가 많아서 친구들에게 바보 취급당하기 일쑤다. 설화의 매력에 빠져 스토리텔링의 세계에 발을 들였으며, 그와 관련된 특별한 진로를 탐색 중이다. 얼간이로 취급되다 남다른 활약으로 세상을 놀라게 하는 반전의 주인공 '이반'이 마음에 들어서 부캐로 삼았다.

세라 (여/30세/지성과 미모를 갖춘 엘리트 직장인)

자유롭고 독립적인 삶을 추구한다. 다양한 취미를 즐기다가 옛이야기에 반해서 스토리텔링을 영순위 취미로 삼게 됐다. 전설적인 이야기꾼 셰에라자드의 화신을 자처하고 있다. 소수자와 약자의 삶에 관심이 많으며, 정의 구현이 이루어지는 이야기를 선호한다. 설화를 논리적이고 창의적으로 해석하는 데에도 관심이 많다.

달이 (해맑고 귀여운 종달새 소녀)

동화 속에서 날아 나와 사람들과 더불어 사는 존재다. 세상을 자유롭게 날아다니며 보고 들은 이야기들을 들려준다. 초등학교 1학년 여자아이 정도의 지적 수준과 감성을 지니고 있다. 구김 없이 귀여운 여동생 스타일이다. 새나 동물이 등장하는 짧고 재미있는 이야기를 주로 한다.

동이 (못 말리는 꾸러기 당나귀 이야기꾼)

달이와 마찬가지로 동화 속에서 튀어나온 존재로,
슈렉 친구인 동키의 사촌 형뻘 된다.
말투나 행동은 영락없이 아저씨다.
남녀노소 모두와 격의 없이 어울리는 장점을 가지고 있다.
재미있는 우화나 소화를 재기발랄하게 이야기한다.

꺄 아재 (남/40세/늘 행복한 귀염둥이 삼촌)

젊은 생각과 감각, 라이프 스타일을 갖춘 신세대 아저씨.
얼리어답터로서 드론과 AI를 전문가 수준으로 다룬다.
미래 트렌드의 중심에 설화가 있다는 믿음 속에
옛이야기를 한껏 즐기고 있다.
확고한 인생철학과 이야기관을 지니고 있으며,
이야기를 재미있게 잘해서 인기가 많다.

로테 이모 (여/48세/아이들을 키우며 옛이야기에 관심을 갖게 된 주부)

자녀 교육에 관심이 많은 전형적인 40대 여성.
설화 구연에 탁월한 능력을 갖추고 있다.
독일과 스페인, 튀르키예 등에서 오래 지내며
많은 이야기를 접했기에 주로 유럽 지역의 민담을 이야기한다.
'로테'라는 이름은 독일의 유명한 이야기 아주머니인
'도로테아 피만'에서 따왔다.

뭉이쌤 (남/57세/30년 넘게 구전설화를 수집하고 연구해 온 옛이야기 박사)

깡촌에서 도깨비불을 보며 자랐다. 신화와 전설, 민담에
넓은 식견과 관심을 가지고 있다. 이야기판에서
인도자 구실을 하는 가운데 설화의 의미 해석을 주도한다.
'뭉이'는 여의주를 여러 개 물고 있는 이무기에서 따온 부캐다.
옛이야기라는 하나의 여의주에 집중해서
승천을 이뤄낸다는 계획을 가지고 있다.

노고할망 (여/??/살아 있는 신화로 통하는 여신)

고조선 이전부터 살아온, 세상 모든 할머니를
대변하는 이야기꾼. 젊은 할머니 같은 외모인데,
더 늙지는 않을 것 같은 느낌이다.
세상사 깊은 이치를 담고 있는 신화들을 주로 이야기한다.
옆에서 가만히 미소를 짓는 것만으로도 안정감을 전해주는,
모두의 큰어머니 같은 존재다.

약손할배 (남/83세/편안하고 푸근한 옆집 할아버지)

어려서부터 옛이야기를 즐겨 듣고 말하며 살아온 정통 이야기꾼.
독서가 취미로, 어른들에게 들은 한국 설화 외에
책으로 접한 다른 나라 이야기들도 많이 알고 있다.
생각이 유연하고 개방적이어서 젊은이들을 잘 이해하고 포용한다.
먼저 나서서 말하기보다 다른 사람들의 이야기를
경청하는 스타일이다.

차례

머리말

이야기꾼 프로필

✴

stage 01

신과 영웅 사이

최초의 영웅 길가메시 (수메르) 19

라마야나 이야기 (인도) 49

바리데기 바리공주 (한국) 87

storytelling time. 나도 이야기꾼!

stage 02

비극의 여운

아킬레우스는 왜 (그리스) 113

아기장수 우뚜리 (한국) 133

청개구리 용사 이야기 (티베트족) 151

흰 코끼리 왕의 딸 (캄보디아) 173

storytelling time. 나도 이야기꾼!

stage 03

영웅, 세상을 뒤집다

천방지축 마우이 (폴리네시아) 195

대초원의 남녀 용사 (알타이) 217

파르치팔과 성배의 성 (서유럽) 243

향랑이 바꾼 세계 (한국) 273

storytelling time. 나도 이야기꾼!

✴

집중 탐구! 이야기의 비밀 코드

문화 콘텐츠의 원천, 영웅담의 세계

신화 속 신과 영웅 | 세계의 영웅 서사시

중세 기사담의 성격 | 한국적 판타지를 향하여

이 책의 주제는 '영웅'입니다.

세계의 수많은 영웅담 가운데

남다른 재미와 큰 울림으로 다가오는 것들을

가려 뽑아서 새롭게 정리했습니다.

신화와 전설, 민담 외에 영웅 서사시와 장편소설의 내용을

설화적 영웅담 형태로 재구성하기도 했습니다.

세계 각지의 주요 영웅담을 한자리에서 만나는

특별하고 뜻깊은 기회가 될 것입니다.

이 이야기들은 인간에게 주어진 한계와 어떻게

부딪쳐 싸워서 삶의 새 경지를 열어낼지에 대해서,

그 과정에서 진정으로 중요한 것이 무엇인지에 대해서

많은 것을 생각하게 해줄 것입니다.

stage 01

신과 영웅 사이

최초의 영웅 길가메시

라마야나 이야기

바리데기 바리공주

얘들아, 이번 이야기판은 내가 열도록 할게. 주제는 영웅! 듣기만 해도 설레지 않니? 첫 주인공이 누구냐고? 인류 최초의 영웅이 어울리지 않을까? 사실 최초의 영웅이 누구인지는 아무도 몰라. 하지만 기록상으로 가장 오래된 영웅이 누군지는 말할 수 있지. 바로 길가메시야. 메소포타미아 수메르 문명의 영웅이지. 길가메시 서사시가 지금으로부터 3천 년이나 4천 년 전 기록이라니 대단하지 않니? 내용도 무척 길고 복잡해. 제대로 들려주려면 서너 시간은 걸릴걸. 내가 요령껏 간추려서 얘기해 볼게.

최초의 영웅 길가메시

✳

수메르 신화

길가메시는 수메르의 오래된 왕국 우루크의 왕이었어. 우루크는 빛나는 태양의 왕국이었지. 벽돌로 된 성벽을 가졌던 유일한 곳이야. 길가메시는 정말 대단한 사람이었지. 키가 5미터나 됐다니 굉장하지? 힘이 얼마나 셌을지는 상상에 맡길게. 근데 길가메시는 그냥 크고 힘만 센 사람이 아니야. 신들의 비밀을 알고 세상 모든 곳을 알았던 슬기로운 존재였지. 바다를 횡단해서 태양이 뜨는 곳까지 여행한 사람이기도 해. 한마디로 최고의 영웅이지!

길가메시는 단순한 인간이 아니었어. 반신반인(半神半人)이라고 들어봤니? 반은 신이고 반은 인간이라는 뜻이야. 길가메시는 3분의 2는 신이고 3분의 1은 인간이었대. 사람이지만 신에게 더 가까웠다는 말이지. 신들이 정성을 다해서 만든 걸작이라고 생각하면 돼. 그의 몸을 만든 건 창조 여신 아루루야. 그 몸에 태양의 신 샤마쉬가 빛나는 아름다움을 주고, 폭풍의 신 아닷이 꺾이지 않는 용기를 불어넣었지. 성난 이마, 들소의 눈, 보리 같은 머리털…… 보기만 해도 절로 머리가 숙여지지.

우루크에는 길가메시와 비교할 만한 사람이 없었어. 온 세상을 통틀어도 마찬가지지. 그런데 혼자만 특출한 게 꼭 좋은 것만은 아니야. 워낙 강력하다 보니까 문제도 생겨난 거라. 천상천하 유아독존! 무엇이든 하고 싶은 대로 다 하고 가지고 싶은 건 다 가지는 거지. 길가메시가 몸집이 큰 만큼 욕심도 많았거든. 세상에 다시없는 멋진 나라를 세운 건 좋은 일이지. 하지만 백성들에게 속한 것을 다 제 것으로 여기는 건 다른 문제야. 빼앗기는 입장에선 큰 고통이지. 사람들 사이에 원망이 생겨나서 점점 커져갔어. 그 원망은 길가메시를 만든 신들에게로 향했지.

"신이시여, 왜 길가메시만 이토록 강력한 존재로 만드신 겁니까? 그가 우리의 사랑하는 가족을 건드리고 빼앗아 가도 막을 수가 없습니다. 이런 자가 우리의 왕이라니요!"

사람들의 호소는 하늘에까지 가 닿았어. 최고신 아누는 창조 여신 아루루를 찾아갔지.

"아루루여, 그대가 길가메시를 창조했으니 그와 똑같은 자를 만들어서 폭풍 같은 가슴을 폭풍 같은 가슴으로 맞서게 하시오."

잠시 생각하던 아루루는 아누를 닮은 인간을 만들기로 했어. 아루루가 신성한 물 속에서 진흙을 움켜쥐고서 광야에 뿌리자 용맹무쌍한 엔키두가 태어났지. 몸집이 길가메시만 한데 더 다부지고 야성적이야. 길게 늘어뜨린 머리카락이 마치 말갈기 같아. 얘가 마을이 아니라 들판에 던져졌잖아? 그래서 한 마리 짐승처럼 살았어. 길짐승들과 같이 풀을 뜯어 먹고 물짐승들하고 웅덩이에서 헤엄치는 게 일이야. 짐승들이 얘를 왕처럼 따르지.

어느 날, 한 사냥꾼이 엔키두를 발견하고는 그 자리에 얼어붙었어. 그런 무시무시한 모습은 처음이지. 사실 엔키두는 겉보기하고 다르게 순진했어. 하지만 사냥꾼이 보기엔 끔찍한 야수지. 겨우 그곳을 벗어난 사냥꾼은 길가메시를 찾아가서 말했어.

"숲속에 짐승의 왕 노릇을 하는 야만인이 있습니다. 보기만 해도 가슴이 떨리는 야수 같은 존재입니다. 수많은 짐승들이 그를 둘러싸고 있어서 가까이 다가갈 수도 없습니다."

길가메시가 듣고 나니까 호기심이 생기는 거라. 하지만 직접 나서진 않았어.

"흥미롭군. 그런 야만인을 다루는 데는 여자가 제격이지. 여봐라, 샴하트! 가서 그 사내를 길들여서 데려오도록 해라. 내가 세상 무서운 걸 가르쳐주도록 하지!"

샴하트는 세상 모든 남자를 매혹시킬 정도로 아름다운 여인이야. 길가메시가 유일하게 짝으로 인정할 정도니 말 다 했지. 거친 숲속에서 동물의 왕 노릇을 하는 사내라니, 샴하트도 마음이 끌리지 뭐냐. 샴하트는 한껏 매력적으로 꾸미고서 사냥꾼을 따라서 엔키두가 있는 곳으로 갔어.

엔키두가 샴하트와 만나는 순간, 어떤 일이 벌어졌을까? 밝은 미소를 지으며 다가오는 아름다운 여인을 발견한 엔키두는 그 자리에 딱 멈춰 섰단다. 두 발만이 아니라 머리와 심장까지! 머리가 어질어질 가슴이 쿵쿵쿵. 샴하트가 두 팔을 벌리자 엔키두는 아기가 엄마에게 안기듯 그 품에 안겼어. 무서운 짐승이 한 마리의 순한 양이 됐지. 야성을 잃어버린 거야.

"엔키두, 당신은 이제 짐승이 아니에요. 봐요, 짐승들이 당신을 피하잖아. 나와 함께 위대한 도시 우루크로 가요. 위대한 왕 길가메시가 있는 곳으로. 그는 당신만큼 크고 강해요. 당신이 이기지 못할지도 몰라."

"길가메시라고? 좋아, 숲에서 태어난 내가 가장 강하다는 걸 보여주겠어!"

"그래요. 하지만 자만심은 버려요. 그의 육체는 완벽하고 성격은 불과 같지요. 태양신 샤마쉬가 늘 그를 돌보고 있어요."

"길가메시에게 샤마쉬가 있다면 나에게는 샴하트가 있지!"

샴하트는 미소를 지으면서 엔키두의 몸을 뒤덮은 털을 싹 밀고서 기름을 발라줬어. 말갈기 같은 거친 머리카락도 말끔히 정리해줬지. 그러고 나니까 젊고 건장한 미남자야. 멋진 옷까지 입혀놓으니까 완전 새신랑이지. 그는 우루크로 가는 길에 맨손으로 늑대들과 사자들을 잡아 죽였어. 목동들이 환호하고 야단이지. 짐승들의 왕이 사람들의 파수꾼이 된 거야.

엔키두가 샴하트와 함께 우루크 성으로 들어오니까 다들 놀라서 입이 딱 벌어져.

"저건 누구지? 길가메시와 꼭 닮았어."

"길가메시보다는 조금 작군. 하지만 뼈는 더 굵어."

"짐승들의 왕이었대. 그 앞에서는 사자도 어린애야."

"오오, 길가메시가 드디어 임자를 만나는군!"

다들 눈을 반짝이면서 뒤를 따르지. 두 괴물의 대결이라니, 무서우면서도 흥미로운 거야. 이런 걸 '세기의 대결'이라고 하나?

엔키두는 우루크 백성들의 수호자를 자처했지. 길가메시가 한 남자의 신부를 차지하려고 백성의 집으로 들어가려 할 때 턱 나서서 앞을 가로막았어. 길가메시가 그런 엔키두를 그냥 놔둘 리 없지. 으르렁! 두 사람이 가까이 다가서면서 네 개의 억센 팔이 뒤엉켰어. 코끼리만 한 황소들이 뿔을 맞대고서 온 힘을 다해서 미는 형세야. 씩씩 쾅쾅! 그 서슬에 성벽이 흔들리고 문들이 박살나고 땅이 퍽퍽 파이고 난리가 났지. 이건 뭐 우루크 성이 다 부서져서 가루가 될 지경이야.

그야말로 난형난제에 막상막하야. 둘은 조금도 양보하지 않았지. 그때 길가메시가 불현듯 무릎을 꿇었어. 파인 구멍에 발이 빠지며 중심을 잃은 거야. 절체절명의 순간, 엔키두는 어떻게 했을까? 엔키두는 눈을 반짝이며 길가메시에게 다가서더니 그에게 손을 턱 내밀었단다.

"왕이여, 일어나십시오. 당신은 누구보다 강한 존재입니다."

그러자 길가메시는 어떻게 했을까? 엔키두의 손을 잡았을까? 아니! 두 팔을 벌려서 엔키두를 뜨겁게 끌어안았단다.

"나의 친구여, 환영하네."

어찌 된 거냐고? 늘 혼자였던 길가메시가 운명의 짝을 만나는 감격적인 순간이지 뭐야. 어떤 사람은 엔키두가 실은 길가메시의 또 다른 자아라고 하더군.

길가메시와 엔키두가 친구가 된 건 우루크 사람들에게 큰 축복이었어. 엔키두는 왕을 위한 최고의 조언자였지. 왕은 그의 말을 귀기울여 듣고 존중했어. 엔키두가 신에게 받은 힘을 올바로 써야 한다고 하자 길가메시는 백성을 힘들게 만들던 일들을 그만뒀단다. 우루크엔 평화가 찾아왔지.

엔키두는 숲에서 나와 도시에서 살다 보니 점점 몸과 마음이 약해져 가는 걸 느꼈어. 동물들과 거침없이 숲을 누비던 모습은 옛일이었지. 그걸 알아본 걸까? 어느 날 길가메시가 말했어.

"친구여, 요즘 통 힘이 없어 보이는군. 나는 삼나무가 빽빽이 서 있는 삼목산으로 갈 거야. 거대하고 흉악한 훔바바를 물리친 뒤 거기에 내 이름을 새기고 신들을 위한 탑을 세우겠어. 나와 함께 괴물을 잡으러 가세."

훔바바라는 말에 엔키두가 깜짝 놀라서 말했어.

"훔바바라고요? 그는 숲 자체예요. 위대한 신이 그를 산의 주인으로 삼았지요. 그의 울부짖음은 폭풍우이고, 입은 불덩이이며, 숨은 죽음이에요. 그는 잠도 자지 않아요. 동물들과 함께 살던 시절에 그를 잠깐 본 적이 있죠. 숲에서 훔바바는 무적입니다."

"오오, 엔키두. 자네에게 두려움이 있을 줄이야. 내가 앞장서겠네. 비록 쓰러지더라도 멈추진 않아. 내가 쓰러지면 사람들이 이렇게 기억하지 않겠나? 길가메시는 흉포한 훔바바와 싸우다 장렬하게 죽었노라고.”

“왕이여, 그곳에 굳이 가려고 한다면 태양신 샤마쉬에게 고하십시오. 그 땅은 샤마쉬의 것이니까요.”

길가메시는 깨끗한 제물을 바치며 샤마쉬에게 훔바바와 싸우러 나가는 사실을 알리면서 도움을 청했어. 샤마쉬는 사랑하는 길가메시를 외면하지 않았지. 삼목산 동굴 속에 강력한 바람들을 잔뜩 숨겨둔 거라.

길가메시의 삼목산 원정에는 엔키두도 따라나섰어. 훔바바가 무서운 걸 알지만 친구만 보낼 순 없었지. 아니, 훔바바가 무서우니까 함께 가야 했어. 자기 도움이 필요할 테니 말이지. 숲은 엔키두가 잘 알잖아? 그는 앞장서서 길을 열면서 길가메시를 인도했어.

삼목산으로 가는 길은 멀고도 험했단다. 길가메시는 길에서 다섯 밤을 지내면서 다섯 번 꿈을 꿨는데 하나같이 이상했지 뭐냐. 갑자기 산이 무너져 두 사람을 덮치는 꿈, 산에 의해 던져지고 묶이고 파묻히는 꿈, 불꽃과 함께 죽음의 비가 내리는 꿈, 입이 불덩어리인 거대한 새가 죽음의 숨을 내쉬며 달려드는 꿈, 거대한 황소가 울자 땅이 갈라지면서 먼지가 세상을 뒤덮는 꿈…… 이런 식이야. 그게 모두 훔바바의 힘이지. 엔키두는 그 꿈들이 괴물을 물리칠 징조라며 길가메시를 안심시켰어.

훔바바는 길가메시가 상상한 것 이상이었단다. 소리만으로 모든 걸 압도할 정도였지.

“누가 감히 내 숲에 들어와 나무를 베려 하느냐!”

홈바바가 멀리서 이렇게 외쳤는데 그 울림이 막강했어. 길가메시는 온몸에 힘이 쭉 빠지면서 쓰러져 잠들었단다. 잠이 어찌나 깊이 들었는지 엔키두가 몸을 마구 흔들어도 한참 동안 깨어나지 못했을 정도야. 겨우 잠에서 깨고 나니 자기 생각에도 어안이 벙벙하지. 하지만 길가메시의 선택은 계속 앞으로 나아가는 거였어. 엔키두의 만류를 무릅쓰고 말이지. 그게 바로 길가메시야.

드디어 두 사람 앞에 홈바바가 나타났어. 그는 압도적이었지. 부릅뜬 눈은 죽음 그 자체야. 길가메시와 엔키두가 발을 디딘 땅바닥이 쩌저적 금이 가는가 싶더니 산 전체가 양쪽으로 쫙 갈라졌어. 검은 구름이 하늘을 덮으면서 죽음의 기운이 안개처럼 쏟아져 내렸지.

하지만 신은 우리의 용감한 영웅들을 죽게 내버려두지 않았어. 샤마쉬가 산속 동굴에 강력한 바람들을 숨겨뒀다고 했잖아? 절체절명의 순간에 그 바람들이 일제히 쏟아져 나와서 구름과 안개를 걷어낸 거라. 북풍과 열풍, 돌풍과 태풍이 뒤섞인 바람이야. 그 바람은 홈바바를 직격했어. 바람에 강타당한 홈바바는 눈을 제대로 뜰 수 없었지. 무방비 상태인 홈바바의 맨얼굴이 드러나자 길가메시는 지체없이 달려들어서 날카로운 칼끝을 들이댔어.

인간의 손끝에 목숨이 달린 홈바바의 모습은 처량하고 비참했단다. 말하자면 홈바바가 산신령 같은 존재거든. 그가 죽으면 산도 함께 죽는 거야. 그래서 홈바바는 자존심을 다 버리고 길가메시에게 애걸했어.

"위대한 왕 길가메시여, 나를 죽이지 마시오. 나를 살려주면 당신 편이 되겠습니다. 당신의 종으로서 모든 걸 바치겠소. 이 산을 해치지 말아요. 당신은 이 산이 주는 나무로 원하는 걸 다 만들 수 있습니다. 이 산이 지닌 일곱 개의 광채도 당신 거예요."

길가메시는 고민에 빠졌어. 훔바바가 측은하게 느껴졌지. 그의 말대로 산 주인이 자기의 종이 된다면 멋진 일 같아. 일곱 개 광채도 욕심이 나지. 하지만 엔키두는 냉정했어.

"왕이여, 판단을 그르치지 마십시오. 여기까지 온 이상 얼른 그를 쳐야 합니다. 그가 살아나면 당신의 앞길을 막을 겁니다."

"친구여, 내가 훔바바를 죽이면 일곱 가지 광채도 사라지지 않겠는가?"

"흩어지겠지만 사라지는 건 아닙니다. 찾아내면 되지요."

누구보다 엔키두를 믿는 길가메시는 칼을 들어서 훔바바의 목을 내리쳤어. 엔키두는 길가메시를 도와서 훔바바의 몸을 가르고 오장육부를 해체했지. 산 주인의 최후였단다. 산의 수호자가 사라지자 대혼란이 일어났지. 산과 언덕이 세차게 흔들리고 나무들이 몸을 떨면서 비명을 질렀어. 길가메시는 아랑곳하지 않고 삼나무를 베어나갔지. 왕국의 기둥과 문설주가 되는 것이 그 나무들의 운명이었어. 인류 최초의 영웅은 이렇게 험한 산을 정복했단다.

위대한 신 엔릴은 그 일을 좋아하지 않았어. 훔바바의 잘린 머리를 보고서 길가메시에게 호통을 쳤대.

"왜 이런 짓을 했느냐? 훔바바가 이대로 없어질 줄 알았던 거냐? 천만에! 그는 늘 네 녀석들 앞에 앉아 있을 것이다. 너희가 먹을 빵과 물을 빼앗을 것이야. 인간이 자연을 이길 수는 없다."

그러면서 엔릴은 훔바바가 가지고 있던 일곱 가지 광채를 거두어서 사방으로 뿌렸단다. 강과 들판과 사자와 바위와 갈대 등에게 주었다고 해. 엔키두가 말한 대로 아주 사라지진 않은 셈이지. 하지만 길가메시의 소유가 되지도 않은 거라.

길가메시는 훔바바를 무찌르고 우루크로 돌아왔어. 그가 왕의 복장을 갖춰 입으니까 전보다 훨씬 늠름하지. 대자연을 정복한 자의 위엄! 그의 기세는 하늘을 찔렀어. 못할 일은 아무것도 없었지.

그런 길가메시 모습에 매혹된 존재가 있었지 뭐냐. 사랑과 전쟁의 여신인 이슈타르가 그를 사랑하게 된 거야. 농사와 풍요의 여신에다 아침과 저녁의 여신이라고도 하니 신 중에도 최상급이지! 누구는 그녀가 아프로디테의 선조라고도 해. 그녀가 가장 아름답고 빛나는 모습으로 턱 나타나더니만,

"길가메시, 내게로 와요. 나를 당신의 신부로 삼을 기회를 줄게요. 나를 짝으로 맞으면 그대에게 황금마차를 주고 폭풍의 용사들을 주겠어요. 세상의 모든 통치자들이 당신을 찾아와 절하고 공물을 바칠 거예요. 당신이 가진 동물들은 훨씬 빨라지고 강해지며 새끼를 잔뜩 낳을 겁니다."

자기 능력을 다 주겠다는 말이야. 신의 권능을 자기 것으로 삼을 수 있는 최고의 기회지. 길가메시가 그 말을 듣더니만,

"여신이여, 그대가 원하는 걸 드리지요. 최고의 옷과 향수를 드

리고 빵과 술을 원없이 드리겠습니다. 하지만 그대의 신랑이 되는 건 사양합니다. 당신이 그동안 얼마나 많은 상대를 골탕 먹였는지 잘 알지요. 사자는 구덩이에 빠지고, 용맹스런 말은 진흙탕에 버려졌어요. 위대한 신 아누의 정원사였던 이슐라나는 어떤가요? 그대는 그를 두더지로 만들었어요. 그대에 의해 날개가 부러진 카나리아는 지금껏 슬피 울고 있지요. 나는 그대와 결혼할 마음이 조금도 없습니다."

무를 자르듯이 단칼에 거절해. 감히 인간이 여신의 프러포즈를 거부하다니! 이슈타르는 모욕감으로 온몸을 떨었단다. 가만히 있을 수 없지. 이슈타르는 부모를 찾아갔어. 아버지는 위대한 아누 신이고 어머니는 안투 신이야. 이슈타르는 부모에게 하늘 황소를 빌려달라고 청했어. 그게 아주아주 위험한 짐승이거든. 세상에 자식을 이기는 부모는 없다고 하잖아? 신들도 마찬가지인가 봐. 딸의 애원을 물리치지 못하고 두 신은 결국 황소를 내줬단다.

이슈타르는 황소를 끌고서 우루크로 강림했어. 지상의 인간에게 하늘 황소의 출현은 최악의 재앙이야. 온 땅이 메말라 버리거든. 황소가 나타나자 숲과 정원, 풀밭이 다 마르기 시작했지. 유프라테스 강물이 점점 줄어들어서 바닥이 보이기 시작했어. 황소가 쿵쿵 콧김을 내쉴 때마다 땅에 커다란 구멍이 뻥뻥 뚫려서 사람들이 우르르 빠져 죽었단다. 엔키두도 황소를 살피러 갔다가 구멍에 빠져서 죽을 뻔했지.

구멍에서 겨우 빠져나온 엔키두는 길가메시를 찾아갔어. 보니

까 그게 그냥 당하기만 한 게 아니야.

"왕이여, 황소를 처치할 방법을 찾았습니다. 내가 황소의 공격을 슬쩍 피하면서 뒤쪽으로 가서 꼬리를 붙잡겠습니다. 그러면 왕께서 칼로 황소의 목덜미를 찌르고 힘줄과 뿔을 자르십시오."

길가메시가 그렇지 않아도 하늘 황소 때문에 골머리를 앓던 중이야. 친구의 말을 안 따를 리 없지. 둘은 황소가 있는 곳으로 다가갔단다. 이슈타르가 사랑과 전쟁의 신이라고 했잖아? 전쟁의 신이 부리는 황소와 인간의 대결이 시작됐어. 하늘 황소는 무시무시했지. 마구 달려드는데 훔바바와는 또 달라. 더 저돌적이지.

하지만 그 상대가 누구? 한 몸처럼 움직이는 두 영웅! 엔키두가 계획대로 뒤로 살짝 빠져서 꼬리를 꽉 잡으니까 황소가 마구 날뛰었지. 엔키두는 이리저리 휘둘리면서도 꽉 잡은 손을 놓치 않았어. 황소가 뒤를 돌아보며 식식댈 때 길가메시가 재빨리 다가가서 뿔을 움켜잡고 목덜미를 찔렀어. 가차없이 힘줄을 끊고 뿔을 잘랐지. 황소는 무릎을 꿇고 쓰러졌단다. 두 사람은 황소의 배를 가른 뒤 심장을 도려내서 태양신 샤마쉬에게 바쳤어.

그때 이슈타르가 얼마나 화가 났을지 상상이 가니? 이슈타르는 우루크 성벽 위에서 길가메시에게 독한 저주를 퍼부었단다. 그때 엔키두가 썩 나서서 황소의 오른쪽 다리를 잡아 찢더니 이슈타르에게 확 집어 던진 거라. 이슈타르는 찍 소리도 못 하고 쫓겨나 버렸지. 길가메시는 승리를 자축하는 성대한 축제를 베풀었단다. 하여튼 마음에 안 들면 신이라고 해도 용서가 없는 대단한 친구야.

그러니까 영웅이지!

하지만 일은 그것으로 깨끗이 마무리되질 않았단다. 후환이 생겨난 거야. 그날 밤에 엔키두가 꿈을 꿨는데, 내용이 영 수상하지 뭐야. 아누와 엔릴, 샤마쉬까지 위대한 신들이 모여서 회의를 하는데 분위기가 심상치 않았지. 아누가 먼저 나서서 뭐라고 하냐면, 하늘 황소를 죽이고 삼목산을 망가뜨린 두 명 중 하나는 반드시 죽어야 한다는 거야. 그러자 엔릴이 나서서 죽어야 할 자는 엔키두라고 했지. 샤마쉬가 나서서 그에게 죄가 없다고 했지만 통하질 않아. 엔릴이 화를 내면서 샤마쉬가 두 사람을 부추긴 탓이라고 하니까 할 말이 없지.

꿈에서 깨어난 엔키두는 죽음을 예감하고서 눈물을 줄줄 흘렸어. 엔릴이 결정한 일은 바뀌지 않는다는 걸 잘 알고 있었거든. 그는 죽어서 사라진다는 사실보다 더는 길가메시를 볼 수 없다는 게 더 슬펐단다. 꿈 얘기를 전해 들은 길가메시는 심정이 어땠을까? 분노와 좌절, 슬픔과 공포…… 모든 감정이 한꺼번에 휘몰아쳤지. 친구의 죽음이라니, 상상도 못 했던 일이거든. 그의 분노는 엉뚱한 곳으로 향했단다.

"아, 그 사냥꾼 녀석은 왜 엔키두를 발견해서 나에게 말한 거냐. 샴하트는 왜 엔키두를 나에게 데려온 거야. 차라리 그를 만나지 말 것을!"

그게 말이 안 되는 말이란 건 길가메시도 잘 알지. 사실 그의 분노는 다른 사람이 아니라 자기 자신을 향한 것이었단다. 엔키두를 끌고 삼목산으로 들어간 게 바로 자기였잖아.

병들어서 누운 엔키두의 몸은 갈수록 쇠약해졌어. 살아날 가망은 없었지. 그는 빛도 없는 저승으로 무력하게 끌려가는 꿈을 꿨단다. 최악은 꿈속에서 길가메시가 자기를 외면한 일이야. 엔키두의 마지막 바람은 길가메시의 마음속에 영원히 남는 것이었지.

"길가메시 왕이시여, 그대와 함께 온갖 고초를 겪은 나를 기억해 주고 그대와 내가 함께 한 모든 일을 잊지 말아주시길!"

그 말을 유언으로 남기고서 엔키두는 눈을 감았어. 친구의 죽음 앞에 길가메시는 비통함으로 온몸을 떨었지.

"아아, 악마가 나의 친구를 빼앗아 갔도다. 엔키두여! 민첩한 노새, 대초원의 흑표범이여! 우리가 함께 훔바바를 물리치고 하늘 황소를 붙잡아 그를 죽였거늘 겨우 이런 연약한 잠이 너를 붙잡고 있단 말인가. 여봐라, 온 나라의 대장장이와 금세공 기술자들아, 내 친구의 조각상을 만들어라. 거룩하고 또 거룩해야 한다. 온 세상 군주들이 그의 발에 입맞추고 모든 우루크 사람들이 그를 위해 울부짖을 것이다. 아아, 나는 모든 영광을 버릴 것이다. 짐승 가죽을 입은 채로 황야를 떠돌 것이야."

길가메시는 말한 대로 행동하는 사람이거든. 모든 게 그 말대로 이뤄졌어. 엔키두의 조각상이 만들어지고 모든 이들의 애도 속에 장례식이 성대하게 치러졌지. 친구의 장례식을 마친 길가메시는 황야를 떠돌면서 방황하기 시작했단다. 모든 게 무의미했어. 그의 온 마음은 '죽음'이라는 두 글자로 가득 찼지.

"절망스럽고 절망스럽도다. 나의 친구는 지금 어디 있는가? 아아, 나 또한 그렇게 허무하게 떠나가겠지? 별것 아니라고 여겼던 죽음이 이토록 두려워질 줄이야."

어느 날, 짐승처럼 황야를 방황하던 길가메시는 어디론가를 향해서 움직이기 시작했어. 가야 할 곳을 찾은 거지. 그가 향한 곳은 신들의 정원에 있는 우트나피쉬팀의 거처였어. 그가 누구냐면 인간으로서 죽음을 넘어서 영생을 얻은 자야. 하지만 소문만 있을 뿐 그를 본 사람은 없었지. 그는 머나먼 미지의 땅에 살고 있었거든. 넘기 힘든 험한 산을 지나고, 모든 것을 빨아들여서 삼키는 죽음의 바다를 건너야 갈 수 있는 곳이야.

목적지가 정해지자 길가메시의 발걸음에 거침은 없었어. 무수한 사자들이 나타나 으르렁댔지만 그의 걸음을 멈추게 할 순 없었지. 그는 흉포한 짐승들을 맨손으로 때려죽이면서 길을 열고 나아갔어. 마치 미친 사람 같았지.

그렇게 얼마를 갔을까, 커다란 산이 앞을 딱 가로막았단다. 이름은 마슈산. 봉우리가 하늘에 닿고 산자락은 저승에 닿아 있는 죽음의 산이야. 살아서 그 산을 넘은 사람은 없었지. 아니, 산속에 들어간 사람조차 없었어. 산의 입구를 거대한 전갈들이 지키고 있는데, 그 전갈과 눈이 마주치는 순간 죽음을 피할 수 없거든.

하지만 길가메시는 달랐단다. 그는 거대한 전갈을 조금도 두려워하지 않았어. 눈을 부릅뜨고서 다가가니까 오히려 전갈들이 놀라서 몸을 떨지. 딱 봐도 보통 사람이 아니거든.

"당신은 신의 육체를 가지고 있군요. 찾아온 이유가 뭡니까?"

"우트나피쉬팀을 만나러 왔다. 그에게 삶과 죽음에 대해 물어볼 것이야."

"인간으로서 이 산에 들어온 자는 아무도 없소. 이 산은 전체가 어둠입니다. 어둠에 압도돼서 가슴이 무너질 것이오."

"어떤 슬픔이나 고통이 온다 해도 갈 것이다. 문을 열어라!"

전갈들은 그를 막을 수 없다는 걸 깨달았지. 그들은 말없이 산으로 들어가는 문을 열었어. 길가메시는 좌우를 돌아볼 것도 없이 안으로 쑥 들어갔단다.

산속은 전갈이 말한 대로였어. 가도 가도 칠흑같은 어둠이고 한 줄기 빛도 없었지. 가슴이 꽉 막혀오면서 숨을 쉴 수 없는 거라. 하

지만 길가메시는 걸음을 멈추지 않았어. 깜깜한 어둠 속을 한 걸음씩 가고 또 갔지. 끝없는 어둠을 헤쳐내는 방법이 뭔지 아니? 어둠이 끝날 때까지 계속 가는 거야. 바로 길가메시의 방식이지. 며칠인지 몇 달인지 모를 긴 시간이 지나갔어. 마침내 맞은편에서 빛이 새어 나오기 시작했단다. 막혔던 숨통이 확 트였지. 길가메시는 빛을 향해 힘차게 나아갔단다. 한순간, 그 앞에 환하게 타오르는 태양이 비추는 낯선 세상이 펼쳐졌어. 자기 살던 곳과 비교가 안 될 정도로 밝고 화려한 곳이었지. 모든 것들이 넘치는 생명력으로 빛나고 있었어. 구름 한 점 없고 안개 한 알도 없었지.

길가메시는 천천히 앞으로 걸어나갔어. 그때 어디선가 차갑고 매몰찬 음성이 들려온 거야.

"이게 뭐냐? 야수의 고깃덩이를 먹고 짐승 가죽을 걸친 흉한 꼴이라니! 길가메시, 나의 세상을 더럽히지 마라. 너는 네가 구하는 영생을 얻지 못할 것이다."

그게 누구냐면 태양신 샤마쉬야. 자기가 전해준 아름다움을 잃어버린 길가메시의 몰골에 분노한 거지. 오랜 수호자였던 샤마쉬의 저주는 돌덩이처럼 길가메시의 가슴을 짓눌렀어. 하지만 길가메시는 멈추지 않았단다. 눈을 부릅뜨고 태양을 마주하면서 계속 나아갔어. 풀과 나무들이 못 볼 것을 보기라도 한 것처럼 몸을 돌리면서 길을 비켰지.

길가메시는 홀로 신들의 정원을 관통해서 드넓은 바다 앞에 이르렀어. 죽음의 바다야. 그 바닷가 작은 집에 한 여인이 살고 있었지. 포도로 술을 빚는 시두리라는 여인이야. 시두리가 자기를 향해 다가오는 길가메시에게 말했어.

"짐승 같은 모습으로 다가오는 그대는 누구입니까?"

"나는 길가메시요. 훔바바를 정복하고 하늘 황소를 처치하고 수많은 사자를 죽인 사람이지."

"당신이 길가메시라면 왜 이리 수척하고 쓸쓸합니까? 비애로 꽉 차 있군요."

"아아, 내 뺨이 홀쭉해질 줄 누가 알았겠소. 무거운 비애에 파묻힐 줄 어찌 알았겠소. 죽음 때문이오. 죽음이 내 친구 엔키두를 데려갔소! 그 무력하고 처량한 모습이라니. 나도 그렇게 된다는 걸 견딜 수 없구려. 우트나피쉬팀에게 가는 길을 알려주시오."

"길가메시여, 저 죽음의 바다를 건널 수 있는 건 태양신 샤마쉬뿐입니다. 인간 중에는 단 한 명, 우트나피쉬팀의 뱃사공만이 그곳을 횡단할 수 있지요. 꼭 가고자 한다면 뱃사공을 찾아가세요. 그에게 잘 보여야 할 거예요."

길가메시는 시두리가 알려준 곳으로 뱃사공을 찾아갔어. 뱃사공은 길가메시를 위해 배를 띄울 마음이 없었지. 화가 난 길가메시는 보란 듯이 집 앞에 있는 이상한 돌을 밟아서 깨뜨린 다음 바다로 던져버렸단다. 뱃사공이 깜짝 놀라면서,

"배를 움직이는 장치를 부숴버리다니! 비애로 꽉 찬 수척한 몸으로 험한 짓을 하는 당신은 누구입니까?"

"나는 길가메시다. 훔바바를 정복하고 하늘 황소를 처치하고 수많은 사자를 죽인 사람이지. 우트나피쉬팀에게 가는 길을 인도해라."

"당신이 스스로 길을 부쉈습니다. 남은 방법은 하나뿐이오. 키 큰 나무 120그루를 잘라서 껍질을 벗기고 상앗대를 만드시오. 그 상앗대를 죽음의 바다에 차례로 넣어서 배를 미는 겁니다. 하나가 녹으면 이어서 다른 걸 쓰면서요. 바닷물이 손에 닿으면 끝장이란 걸 잊지 마시오."

길가메시는 거대한 상앗대 120개를 만들었어. 배에 올라서 죽음의 바다를 헤쳐가는 데 120개 상앗대가 다 필요했지. 매우 힘든 사투였지만 길가메시는 결국 그 일을 해냈단다. 죽음을 넘어선 사람 우트나피쉬팀이 사는 집에 마침내 다다르고 만 거야. 거기 사

는 사람은 단 두 명뿐이었단다. 우트나피쉬팀과 그의 아내야. 그 아내도 영생을 얻은 건 아무도 몰랐던 일이었지.

길가메시는 우트나피쉬팀 앞에 엎드리면서 발에 입을 맞췄어.

"현자여, 죽음이 나의 친구를 앗아갔습니다. 나의 소중한 엔키두를요. 엔키두가 그랬던 것처럼 나도 덧없는 먼지로 돌아가겠지요. 현자여, 나의 눈에 그대는 영웅도 아니고 평범한 노인일 따름입니다. 삶과 죽음의 경계를 넘어선 비법은 무엇인가요? 나에게 영생의 길을 알려주십시오."

"길가메시여, 삶과 죽음은 하늘이 정한 이치라오. 내가 여기 이렇게 있는 것 또한 신의 뜻일 따름이지."

"말해주세요. 어떻게 여기 있게 됐는지를요."

우트나피쉬팀은 길가메시에게 자기가 겪은 이야기를 들려줬단다. 뒷날 인류 최초의 홍수 신화로 알려지게 된 이야기야.

아득한 옛날, 유프라테스 강변에 슈르루팍이라는 도시가 있었어. 인간의 숫자가 점점 늘어나면서 세상은 아주 소란했지. 신들이 편히 쉬지 못할 정도였대. 엔릴 신은 인간을 심판하기로 결정했어. 그러자 또 다른 신 에아가 우트나피쉬팀의 꿈에 나타나 이 일을 말해준 거야. 우트나피쉬팀은 에아 신이 알려준 대로 집을 부순 뒤 둥근 천장이 있는 큰 배를 만들었어. 그가 모든 종의 동물들을 한 쌍씩 태운 뒤 아내와 함께 배에 오르자 폭우가 쏟아지기 시작했어. 맹렬한 폭풍우는 엿새 동안 계속됐단다. 부부는 잠시도 눈을 붙일 수 없었지. 마침내 다시 해가 뜨고 날이 밝아졌을 때,

세상에 꽉 찬 건 무거운 침묵이었어. 물이 빠진 세상은 처참했지. 인류는 다 진흙으로 변한 상태야. 살아남은 건 배에 탄 부부와 동물들뿐이었지. 우트나피쉬팀은 자기를 구해준 신들을 위해 제사를 올렸어. 살아 있는 사람이 있음을 알게 된 엔릴 신이 화를 냈지만 다른 신들이 나서서 우트나피쉬팀을 변호했단다. 엔릴 신은 마음을 풀고서 축복을 내렸어.

"우트나피쉬팀은 죽을 수밖에 없는 인간이었으나 죽음의 강을 건너왔다. 이제부터 그와 아내는 강들의 입구에서 영원히 살 것이다."

이게 이들 부부가 신들의 땅에 들게 된 사연이었어. 이야기를 마친 우트나피쉬팀이 길가메시에게 말했지.

"만약 그대가 여섯 날과 일곱 밤을 자지 않고 깨어 있으면 죽음의 강을 건너게 될지도 모른다오. 신들께 달린 일이겠지만."

그 말에 길가메시의 눈이 빛났어. 그 정도 일은 아무것도 아니라고 생각했지. 그간 그가 해왔던 수많은 일들에 비하면 식은 죽 먹기 아니겠니? 하지만 그렇지 않았단다. 길가메시가 잠시 어딘가에 몸을 기대는 순간에 잠의 안개가 부드러운 실처럼 그를 감쌌지. 한번 잠든 길가메시는 깨어날 줄 몰랐어. 여자가 그를 깨워서 고향으로 돌려보내자고 했지만 우트나피쉬팀은 길가메시 자신의 선택이라면서 그냥 자도록 놔뒀어. 아내에게 매일 빵을 하나씩 구워서 잠자는 영웅 옆에 갖다놓게 했지.

길가메시의 잠은 이레 동안 계속됐단다. 그제야 우트나피쉬팀은 길가메시를 흔들어 깨웠어.

"내가 막 눈을 감으려 하는데 나를 깨우셨군요."

그러자 우트나피쉬팀은 옆에 놓인 일곱 개의 빵을 가리켰어. 눅눅하고, 곰팡이가 끼고, 말라비틀어지고…… 멀쩡한 건 그날 만든 빵 한 개뿐이었어.

"아, 현자여! 내 몸 안에 죽음이 꽉 차 있었군요. 내 발이 어디를 디디든 죽음이 있을 뿐이에요. 나는 어찌해야 좋습니까?"

우트나피쉬팀의 선택은 뱃사공을 불러서 길가메시를 고향으로 돌려보내는 것이었어. 길가메시가 절망감에 빠진 상태로 배에 올라탈 때 우트나피쉬팀의 아내가 나서면서,

"여기까지 찾아온 사람인데 고향에 가져갈 선물은 줘야지요."

그러자 우트나피쉬팀이 길가메시를 불러서 말했어.

"길가메시여, 피곤에 지친 그대에게 선물을 하나 주지. 신들만 아는 비밀이라오. 바다 아래로 바닥까지 내려가면 가시가 가득한 풀이 있는데, 그걸 가지면 늙지 않고 젊음을 유지할 수 있다오."

그 말은 길가메시에게 한 줄기 빛이었어. 길가메시는 발에 커다란 돌덩이를 매달고서 바다로 뛰어들었지. 숨이 막히는 걸 참고서 끝까지 내려가니까 날카로운 가시가 손을 찔렀어. 길가메시는 가시가 가득한 풀을 맨손으로 움켜쥐어서 뜯은 뒤 물위로 올라왔단다. 그는 환희에 찬 표정으로 말했어.

"이 불로초를 우루크로 가져가서 사람들에게 젊음을 선사하겠어. 이 풀의 이름은 '늙은이가 다시 젊어지다'로 불리게 될 거야."

하지만 그의 행복은 오래가지 않았어. 돌아오는 길에 그가 샘에

서 목욕할 때 풀 향기를 맡은 뱀이 그걸 물고서 달아난 거야. 그때부터 뱀은 허물을 벗고 다시 태어날 수 있게 됐단다. 하지만 길가메시에게 남은 건 또 한 번의 절망이었어. 희망을 놓친 뒤의 절망은 더 컸지. 죽음의 그림자는 그렇게 훌쩍 다가왔단다.

우루크에 도착한 길가메시는 성벽에 올라서서 도시를 내려다봤어. 구운 벽돌을 쌓아 만든 자신의 위대한 도시를. 지나온 삶을 돌아보자니 뜨거운 눈물이 흘러내렸지. 길가메시는 사람들을 시켜서 자기가 살아온 역사를 토판에 자세히 새기게 했단다. 우트나피쉬팀이 들려준 홍수 이야기까지 어느 것 하나 빠뜨리지 않았지. 길가메시가 발견한 세상의 비밀과 홍수 이전의 역사는 그렇게 이 세상에 남게 됐단다. 5천 년이 지난 지금까지 말이지.

길가메시의 죽음은 허무하고도 비장했어. 신들에게도 굴하지 않았던 최고의 영웅이 움직이지 못한다는 사실을, 영원한 잠에 빠져 숨을 쉬지 못한다는 사실을 사람들은 믿을 수 없었지. 살아 움직이지 못하는 길가메시라니! 하지만 그것이 인간의 피할 수 없는 운명 아니겠어? 누구보다 강력했던 최초의 영웅은, 무엇에도 굴하지 않았던 최고의 영웅은 그렇게 영원히 떠나갔단다. 지금은 모두 떠나가 버린 수많은 사람들의 소리 없는 울음 속에서.

이야기에 대한 이야기

퉁이 아, 뭔가 비장하네요. 마음이 뭉클해요.

연이 5천 년 전의 이야기라는 게 실감이 안 나요. 현대의 판타지 영웅 신화 같은 느낌이에요.

뀨 아재 원래 훨씬 긴 이야기인데 많이 줄였다는 것만 알아둬.

세라 길가메시 서사시는 전에 본 적 있는데, 뀨 아재 이야기를 들으니까 상징적 의미가 새롭게 다가오는 것 같아요.

뭉이쌤 이야기 가닥을 잘 잡아서 들려준 덕분이지요. 엔키두도 그렇고 훔바바도 그렇고, 이야기에 담긴 상징을 적절히 짚어줬어요.

세라 훔바바는 산 또는 자연을 상징하는 존재로 보면 되겠죠?

뭉이쌤 그렇죠. 특히 인간의 손길이 미치기 이전 야생 상태의 산이라고 할 수 있어요.

엄지 근데 훔바바를 죽인 건 잘한 일이었을까요? 엔키두가 훔바바를 죽이라고 한 게 뜻밖이었어요. 자기도 숲 출신인데…….

세라 나도 좀 그렇긴 했어. 그런데 어찌 보면 자연의 생리를 잘 아니까 그렇게 말한 거 아닐까? 자연의 거친 힘은 확실히 눌러야 한다는 뜻? 하여튼 뭔가 도전적이면서도 공격적이야.

뭉이쌤 이 신화가 전체적으로 공격적이고 투쟁적인 느낌이 강하죠. 자연의 힘에 맞서 삶을 개척하던 영웅시대의 세계관이라 할 만해요.

연이 하늘 황소가 상징하는 건 뭘까요? 그것도 자연과 연관이 되나요?

뭉이쌤 황소가 나타났을 때 어떤 일이 벌어졌는지 잘 생각해 봐. 특히 강물이 말랐다는 점이 포인트!

연이 아, 가뭄 같은 걸까요?

세라 바로 그거네! 하늘 황소가 불볕더위 같은 걸 연상시키잖아? 더위와 가뭄이겠어. 두 사람이 그런 재해와 맞서 싸운 거였군.

퉁이 오, 역시나 영웅! 저는 길가메시와 엔키두가 엉켜 싸우다가 딱 껴안는 장면 멋졌어요. 브로맨스!

뀨 아재 근데 여신의 청혼을 딱 잘라 거절할 줄이야! 좀 서운했다고.

세라 이슈타르가 사랑과 전쟁의 여신이고 풍요의 신이잖아요? 쌤, 길가메시가 청혼을 거부한 건 어떤 의미일까요?

뭉이쌤 신에 기대지 않고 인간의 주관대로 살아가겠다는 뜻? 길가메시는 소신이 분명한 존재니까요.

퉁이 길가메시가 태양신 샤마쉬를 변함없이 따르잖아요? 그녀를 사랑한 걸까요?

뭉이쌤 길가메시는 지상의 태양 같은 존재였다는 점에서 샤마쉬와 짝이 되는 것일 수도 있겠어.

연이 길가메시가 지상의 태양이라면 엔키두는 달 정도 될까요?

퉁이 오오, 참신한 발상인걸!

세라 길가메시가 영생을 못 얻은 이유가 잠 때문이었잖아? 그게 무척 인상적이야. 죽음이 늘 우리 곁에 있다는 뜻 같기도 하고.

퉁이 흠, 오늘부터 7일 동안 잠을 안 자고 버텨볼까나? 하하.

엄지 참으셈. 진짜 죽습니다요.

세라 길가메시도 죽음을 자초한 걸까? 죽음을 이기겠다고 나선 결과가 죽음이었으니 말이야.

통이 그렇다면 죽음은 의식하지 않는 게 최선?

뀨 아재 자꾸 부정적인 걸 생각하면 거기 갇히게 되지. 이 순간을 행복하게 살면 그뿐. 나는 길가메시가 영원히 살고 있는 거라고 생각해. 우리 마음속에서.

뭉이쌤 이야기는 모든 걸 살아 있게 하지요. 행복한 이야기 시간, 계속 이어갈까요? 다음 이야기는 누가?

통이 제가 해볼게요. 인도의 영웅담으로요.

통이

제가 원래 영웅담에 관심이 많거든요. 길가메시 이야기를 들으니까 그 짝으로 '라마야나'가 딱 생각났어요. '라마의 여행'이라는 뜻이에요. 기원전에 기록된 영웅 서사시니까 2천 년도 더 된 이야기예요. 길가메시 서사시보다도 훨씬 긴 이야기인데, 잘 압축해 볼게요.

라마야나 이야기

인도 신화

인도에는 세 명의 큰 신이 있어요. 브라흐마와 비슈누와 시바예요. 브라흐마는 창조의 신이고, 비슈누는 유지의 신이에요. 시바는 파괴와 재생의 신이고요. 그 밖에도 천둥과 번개를 다스리는 인드라 같은 수많은 신들이 있어요.

옛날에 세상에는 락샤사들이 많이 살았어요. 락샤사는 사람들이 악마로 여긴 괴물 인간이에요. 그 왕은 라바나였습니다. 라바나는 히말라야에서 끔찍한 고행을 견뎌낸 존재였어요. 브라흐마가 그 의지를 인정하고 소원을 묻자, 라바나는 어떤 신이나 악마에게도 지지 않을 힘을 달라고 했죠. 브라흐마는 라바나의 소원을 들어줬습니다.

무적의 존재가 된 라바나는 교만해졌습니다. 신들을 무시하면서 세상을 혼란하게 만들었어요. 인드라 신까지 쫓겨났다니 말 다 했죠. 신들이 브라흐마를 찾아가 불만을 얘기하자 브라흐마가 말했습니다.

"라바나는 인간과 동물에 지지 않도록 해달라고는 안 했어."

그건 라바나의 교만이었죠. 방법을 찾아낸 신들은 비슈누 신을 찾아가서 부디 인간으로 태어나 라바나를 죽여달라고 간청했어요. 비슈누는 그 말을 받아들였습니다. 세상의 평화를 위해서요.

그때 인도에는 코살라 왕국이 있었어요. 수도는 아요디아였죠. 현명한 다사라타 왕이 다스렸는데 왕에게는 오래도록 아들이 없었어요. 왕은 신들에게 거룩한 제사를 올려서 자손을 내려달라고 기원했습니다. 제사가 절정에 이르렀을 때 비슈누 신이 나타났어요.

"그대의 뜻이 하늘에 통했다. 이 감로수를 왕비들에게 주어라."

다사라타 왕은 환희에 차서 감로수를 받았습니다. 그에게는 세 명의 왕비가 있었어요. 카우살리아와 수미트라와 카이케이예요. 감로수를 받아 마신 왕비들은 차례로 임신을 해서 왕자를 낳았습니다. 첫째 왕비 카우살리아가 라마를 낳고, 카이케이는 바라타를 낳았어요. 수미트라는 락슈마나와 사트루그나를 낳았고요. 비슈누의 화신이 넷이나 태어난 거예요.

네 왕자는 훌륭하게 자라났습니다. 서로 더없이 친했어요. 모두가 왕이 될 만한 재목이었죠.

라마가 열여섯 살이 됐을 때 다사라타 왕에게 현자 비스와미트라가 찾아왔어요. 그는 고행을 거듭한 끝에 현자가 된 사람이에요. 온 나라에서 존경을 받고 있었죠.

"대왕께 청이 있습니다. 신을 위한 의례를 베푸는데 흉포한 락샤사들이 나타나 훼방하고 있어요. 수행자인 나는 그들을 죽일 수 없습니다. 라마 왕자를 저에게 보내주세요. 그는 악마를 무찌르는 영예를 누리기에 충분합니다."

다사라타 왕은 사랑하는 맏아들을 보내고 싶지 않았어요. 하지만 부탁을 거절하기도 어려웠죠. 그때 라마가 자청해서 현자를 따라가겠다고 했어요. 누구보다 라마를 따르던 락슈마나 왕자도 함께 가겠다고 나섰죠. 왕은 두 아들을 보낼 수밖에 없었습니다.

현자를 따라나선 라마와 락슈마나는 들판을 지난 뒤 강변에서 밤을 지내고 물을 건넜습니다. 강과 언덕, 나무와 구름까지 신이 만든 것들은 위대했지요. 하지만 강을 건너서 다다른 단다카 숲은 거칠고 음산했습니다.

"이곳은 본래 아름다운 곳이었단다. 타타카와 그의 아들 마리차가 끔찍한 곳으로 만들었지. 타타카는 원래 꽃 같은 여인이었는데, 남편 락샤사가 현자의 저주를 받아서 죽은 뒤 인간의 시체를 먹고 사는 괴물이 됐단다. 그 앞에서는 조금도 머뭇거리면 안 돼."

가르침을 들은 라마는 숲 한가운데로 화살을 날렸어요. 그러자 타타카가 나타나 사납게 공격해 왔습니다. 하늘로부터 돌멩이가 소낙비처럼 쏟아졌어요. 라마는 여자를 공격하는 게 마음에 걸렸지만 마음을 다잡고서 타타카를 향해 화살을 날렸습니다. 그의 강력한 일격은 괴물의 가슴을 꿰뚫었어요.

"잘 해냈다. 이곳은 다시 평화를 되찾게 될 거야. 내가 특별한 선물을 주마."

비스와미트라에게는 시바 신에게 받은 신성한 무기가 있었어요. 신의 무기를 아스트라라고 하는데 이게 아주 강력해요. 단, 초인적 집중력이 있어야 쓸 수 있어요. 현자는 시바 아스트라를 왕자들에게 전해주고 사용법을 알려줬어요.

단다카 숲을 지나간 일행은 아름다운 숲으로 둘러싸인 큰 언덕에 도착했어요. 이름은 싯다 아슈라마예요. 비슈누의 화신 바나마가 태어난 곳이고, 비스와미트라 현자가 살고 있는 곳이에요. 현자는 두 왕자에게 뒷일을 맡기고 침묵의 기도에 들어갔습니다.

라마와 락슈마나는 잠시도 경계를 늦추지 않았어요. 6일째 되는 날, 마리차가 이끄는 락샤사 무리가 새까맣게 하늘을 덮으며 몰려왔습니다. 하지만 아스트라를 가진 형제의 협공을 당할 순 없었죠. 라마는 마리차를 묶어서 천 리 밖으로 내던졌습니다. 괴물이 사라지자 하늘은 다시 밝아졌어요.

기도를 마친 비스와미트라가 형제를 칭찬하면서 말했습니다.

"나와 함께 비데하 왕국으로 가자. 좋은 일이 있을 거야."

비데하 왕국의 자나카 왕은 현명하고 용감한 사람이었어요. 다사라타 왕의 오랜 친구이기도 했죠. 그에게는 시타라는 딸이 있었습니다. 신들에게 의례를 베풀려고 땅을 파다가 발견한 아이였어요. 그래서 시타가 됐어요. 그게 '대지의 딸'이라는 뜻이거든요. 시타는 세상 누구보다 아름다웠어요. 그는 락슈미의 화신이었죠. 락슈미는 미와 부귀의 여신이고 비슈누의 아내예요.

세상에는 시타 공주를 아내로 맞으려는 남자가 많았습니다. 자나카 왕이 내건 조건은 왕국의 위대한 활을 다룰 수 있어야 한다는 것이었죠. 그 활을 들어서 당길 사람은 아무도 없었습니다. 하지만 라마는 달랐어요. 수십 명이 달라붙어서 겨우 운반해 온 활을 번쩍 들어서 줄을 맨 뒤 으스러질 정도의 힘으로 잡아당겼습니다. 그러자 활이 거대한 소리와 함께 뚝 부러졌어요. 그 순간, 하늘에서 꽃이 훨훨 흩날렸대요. 사람들은 다들 깜짝 놀라며 환호했죠.

"나의 딸 시타는 라마 왕자와 결혼할 것이다."

두 사람의 결혼 소식은 코살라 왕국에 전해졌습니다. 두 아들을 떠나보낸 뒤 시름에 잠겨 있던 다사라타 왕은 매우 기뻐하며 비데하 왕국으로 향했죠. 세상에 둘도 없는 성대한 결혼식이 열렸습니다. 라마와 시타는 굳게 손을 맞잡았어요.

라마는 시타와 함께 아요디아로 돌아왔고, 12년의 시간이 흘러갔습니다. 모든 일이 순조로웠죠. 그때 다사라타 왕은 오래 계획해 온 일을 실행에 옮기려고 했어요. 라마에게 왕위를 물려주는 일이었죠. 라마가 왕위를 이어받는 건 마땅한 일이었어요. 모든 신하가 동의했고, 라마도 아버지의 요청을 받아들였습니다.

라마가 왕위에 오른다는 소식은 바라타 왕자의 어머니인 카이케이에게도 전해졌어요. 라마는 카이케이를 친어머니처럼 따랐고 그녀도 라마를 사랑했습니다. 그녀는 라마가 왕이 되는 게 당연한 일이라고 여겼죠. 하지만 옆에서 마음을 흔드는 사람이 있었어요. 왕비가 말동무로 데려다 지내는 만타라라는 여자였습니다.

"바라타 왕자님이 안 계신 상태에서 왕위 계승이라니요! 이건 음모입니다. 라마가 왕이 되면 바라타님이 설 곳은 없습니다. 라

마는 자기 못지않은 능력을 가진 동생을 결국 죽여버릴 거예요. 그리고 왕의 총애를 받아오신 왕비님을 카우살리아 왕비가 그냥 두지 않을 겁니다."

카이케이는 말도 안 되는 소리라고 했지만 만타라는 조금도 굴하지 않았어요. 온갖 부정적인 말을 쏟아내면서 왕비의 불안을 부추겼죠. 교묘한 감언이설에 왕비의 마음이 조금씩 흔들렸어요. 만타라는 그 틈을 집요하게 파고들었습니다. 결국 카이케이 왕비는 만타라의 심리적 포로가 되고 말았습니다. 그때 만타라는 왕비가 까맣게 잊고 있던 일을 상기시켰어요.

"화살에 맞아 위태로운 왕을 왕비님이 정성을 다해서 구한 일 기억하시죠? 그때 왕께선 왕비님께 소원을 두 가지 들어준다고 약속하셨어요. 지금이 소원을 말할 때입니다."

이런 걸 가스라이팅이라고 하나요? 결국 모든 일은 만타라의 뜻대로 진행됐습니다. 카이케이 왕비는 곧바로 왕을 찾아갔어요.

"대왕님, 전에 두 가지 소원을 말하라고 하셨어요. 청하면 들어주실 건가요?"

"물론이요. 어떤 일이든 어김없이 들어줄 것이오."

그러자 카이케이가 말했습니다.

"첫 번째 소원입니다. 라마의 대관식을 중지시키고 왕위를 바라타에게 물려주세요. 두 번째 소원입니다. 라마를 멀리 숲으로 보내서 14년간 못 돌아오게 하세요."

다사라타 왕은 귀를 의심했어요. 라마를 내쫓는다는 건 말이 안 되는 일이었지요. 하지만 직접 약속한 일을 스스로 무를 수는 없었어요. 그게 왕의 법도였거든요. 왕은 어떻게든 카이케이의 마음을 바꿔보려 했지만 왕비는 물러서지 않았습니다.

왕은 절망했지만 다른 선택지는 없었어요. 다음 날, 왕은 바라타가 왕위를 이을 것이며 라마는 14년간 숲으로 추방될 것임을 공포했습니다. 모두가 경악했죠. 그 말을 듣고도 담담한 사람은 단 한 명, 라마 왕자뿐이었습니다.

"어서 바라타를 불러와서 대관식을 거행하십시오. 그는 훌륭한 왕자입니다. 저는 숲으로 가겠습니다."

그 말에 다사라타 왕은 더욱 절망했습니다. 이 일은 카우살리아 왕비에게도 청천벽력이었죠. 하지만 라마는 지체없이 길 떠날 준비를 했어요. 울분에 치를 떨던 락슈마나가 형과 생사를 함께하겠다며 따라나섰습니다. 라마의 아내인 시타도 남편과 함께하기를 원했어요. 라마가 걱정하면서 말렸지만 그녀의 결심은 바위처럼 단단했어요. 그 뜻을 꺾을 수 있는 사람은 없었습니다.

시타는 길을 나서면서 자기가 가진 귀한 물건들을 가난한 사람들에게 나누어주고 허름한 수행자 차림을 했습니다. 형제의 행색도 단출하고 초라했어요. 다사라타 왕의 비통함은 이루 헤아릴 수 없었죠. 카우살리아 왕비와 수미트라 왕비도요. 수많은 백성들이 애통해하면서 라마 일행을 뒤따랐습니다.

다사라타 왕은 깊은 무력감에 빠졌습니다. 죽음의 그림자가 그를 사로잡았죠. 그가 카우살리아 왕비에게 말했어요.

"이게 다 나의 업보라오. 내가 젊었을 때 사냥을 나갔다가 연못에서 물을 마시는 아이를 화살로 쏴 죽인 일이 있었지. 어두워서 분간을 못 하고 동물로 착각했던 거요. 그때 소년의 부모가 슬픔에 빠져 울부짖으면서 나를 저주했었다오. 나 또한 아들을 이별하는 슬픔으로 죽게 될 거라고 말이오. 그날이 이렇게 오는군요."

결국 왕은 슬픔과 절망을 이기지 못하고 세상을 떠났습니다.

전령들의 부름을 받고서 바라타 왕자가 돌아왔을 때는 이미 아버지가 세상을 떠난 뒤였어요. 바라타 왕자는 그 모든 일을 믿을 수 없었습니다. 그의 슬픔은 분노로 바뀌어서 어머니 카이케이에게로 향했어요.

"어머니, 도대체 무슨 일을 벌이신 겁니까? 제가 왕이 되고 싶다고 한 적이 한 번이라도 있었나요? 탐욕과 불안이 어머니의 이성을 마비시켰군요. 저는 어머니 뜻을 따르지 않을 겁니다. 영원히 라마 왕자의 신하로 남을 거예요. 아아, 어머니가 아버지를 죽게 했다는 걸 잊지 마세요."

카이케이 왕비의 꿈은 그렇게 무너졌어요. 왕비는 바닥에 쓰러진 채 통곡했지만 저질러진 일을 돌이킬 수는 없었죠. 한 사람의 나쁜 생각과 교묘한 말이 가져온 결과는 아주 컸습니다. 그 당사자인 만타라는 바라타에 의해 맨몸으로 쫓겨났어요. 목숨을 건진 것만 해도 다행이었죠.

바라타 왕자는 아버지 장례를 치른 뒤 나라의 원로들에게 자기는 왕위에 오르지 않을 거라고 선언했습니다. 라마 왕자를 모셔

와서 왕관을 씌워드리겠다고 했어요. 그는 곧바로 수행원들을 데리고 라마를 찾아서 길을 떠났습니다.

자신을 찾아온 바라타에게서 아버지의 죽음을 전해 들은 라마는 비통함을 금할 수 없었죠. 락슈마나는 끓어오르는 울분에 포효했어요. 라마는 아요디아로 돌아가기를 청하는 동생에게 말했습니다.

"코살라의 왕위는 너의 것이다. 돌아가신 아버님의 약속이야. 나는 14년간 왕궁으로 돌아가지 않을 것이다."

라마의 뜻은 굳건했어요. 바라타가 그게 모두 사악한 주술에 걸린 어머니 탓이라고 하자 오히려 어머니를 원망하지 말라고 말했어요. 바라타가 알고 있는 형의 모습 그대로였죠. 바라타는 라마의 마음을 바꿀 수 없다는 걸 알았어요.

"알겠습니다. 그 대신 형님이 신고 있는 신발을 주세요. 저는 그 신발을 왕으로 삼고 한 명의 신하로서 나랏일을 보면서 형님의 귀환을 기다릴 것입니다."

바라타의 결심은 단단했어요. 라마는 말없이 신발을 벗어서 바라타에게 줬지요. 바라타는 그 신발을 받들고 돌아온 뒤 옥좌에 올려놓았습니다. 그는 코살라의 왕은 라마라고 선언한 뒤 궁궐 밖 허름한 집에서 지내며 나랏일을 봤어요. 형을 대신하는 일이라서 더 정성을 쏟았죠.

바라타를 돌려보낸 라마는 거처를 단다카 숲으로 옮기기로 했어요. 예전에 락슈마나와 함께 락샤사들을 물리친 곳이죠. 하지만 거기 들어가기는 쉽지 않았습니다. 비라드하라는 흉포한 락샤사가 길을 가로막았어요. 그는 브라흐마의 축복을 받았던 존재라서 아스트라로도 죽일 수 없었습니다. 형제는 그 괴물에 의해 숲으로 내동댕이쳐지기도 했어요. 형제는 무기를 내려놓고 맨손으로 협공한 끝에 겨우 그를 제압할 수 있었습니다. 비라드하는 라마의 발에 목이 눌린 채로 쓰러진 신세가 됐죠. 그때 그가 말했어요.

"아아, 이제야 눈이 열리는군요. 나는 본래 락샤사가 아니고 음악의 신 간다르바였어요. 저주를 받아서 괴물이 됐지요. 당신만이 나를 구원할 수 있습니다. 나를 죽여주세요. 그러면 본모습을 되찾고 천상으로 갈 것입니다."

라마와 락슈마나는 그의 숨을 끊은 뒤 땅에 고이 묻어줬습니다. 비라드하는 간다르바의 세계로 돌아갔다고 해요. 라마와 락슈마나는 그 뒤에도 락샤사들을 제거하면서 숲을 정화하는 일을 이어갔습니다. 숲은 평화를 찾았고, 수행자들은 마음놓고 수행에 전념하게 됐어요. 그렇게 10년의 시간이 훌훌 흘러갔습니다.

그때 새로운 만남이 있었어요. 주인공은 현자 아가스타야였어요. 그는 라마에게 비슈누 아스트라를 전해준 뒤 남은 유배 생활을 판차바티에서 하도록 권했습니다. 판차바티는 초목과 열매가 많은 아름다운 곳이었죠. 판차바티로 옮겨 간 두 왕자는 아버지의 옛 친구도 만났습니다. 자타유라는 독수리였어요. 비슈누 신을 태우고 다니는 가루다의 형제였죠. 자타유는 라마 형제를 반기면서 그들이 사냥을 나가면 시타를 보호하겠다고 약속했습니다.

모든 것은 순조로웠습니다. 시간은 물처럼 흘러갔고 유배 생활은 탈없이 끝날 것 같았죠. 하지만 진짜 험난한 시간은 이제부터였습니다. 그 출발은 수르나파카라는 락샤사 마녀였어요. 마왕 라바나의 여동생인데, 어느 날 라마 왕자를 보고서 홀딱 반해버렸지 뭐예요. 수르나파카는 본래의 흉한 모습을 감추고 아름다운 여인으로 변신해서 라마 앞에 모습을 드러냈습니다.

"먼 곳에서 온 왕자여, 이곳이 락샤사의 땅인 걸 아나요? 나는 라바나의 동생 수르나파카입니다. 카라와 비비샤나와 쿰부하카르나의 동생이기도 하지요. 당신은 이제 내 남편입니다. 옆에 있는 여자 따위는 잊어버려요. 저런 건 내 한 입 거리도 안 되죠."

그러면서 마녀는 시타에게 덤벼들었어요. 깜짝 놀란 라마는 가까스로 아내를 구할 수 있었습니다. 분노한 락슈마나가 즉시 칼을 뽑아서 마녀를 공격했죠. 마녀는 얼굴에 흉한 상처를 입고 달아났습니다. 모욕감에 휩싸인 마녀는 작은오빠 카라에게 자기가 당한 일을 말했어요. 분노한 카라는 대부대를 이끌고 라마를 공격했죠. 결과는 전멸이었습니다. 수많은 락샤사가 두 영웅에게 죽었고, 카라도 라마의 화살에 가슴이 관통돼 쓰러졌습니다.

이 소식은 란카에 있는 락샤사의 왕 라바나에게 전해졌어요. 라바나는 조언을 얻으려고 숙부인 마리차를 찾아갔죠. 전에 라마에 의해 천 리 밖으로 던져진 락샤사예요. 수행자처럼 지내던 마리차는 라바나를 말렸습니다. 라마의 용맹을 잘 아니까요. 라바나는 숙부의 조언을 받아들이려 했지만 수르나파카가 그냥 있지 않았습니다. 갖은 방법으로 라바나를 부추겼어요. 결정타는 시타였죠.

"오빠는 시타가 얼마나 아름다운지 상상도 못 할 거예요. 지상에도 천상에도 그런 여자는 없어요. 내가 오빠를 위해 시타를 빼앗아 오려다가 이렇게 됐는데 그냥 참을 건가요? 가서 그 여자를 차지하세요!"

시타에 대한 얘기는 라바나의 마음을 요동치게 했어요. 욕망이 불처럼 타올랐죠. 그는 숙부 마리차에게 출정을 명했어요. 마리차는 라마에게 죽는 것이 자기 운명임을 깨닫고 라바나와 함께 황금 마차에 올라타고 판차바티 숲으로 향했습니다.

락샤사들은 교묘한 술수를 썼어요. 마리차가 아름다운 황금 사슴으로 변신해서 시타 앞에 모습을 보이자 시타가 그 동물에 마음을 뺏겼어요. 그 사슴을 갖기를 원했죠. 라마는 시타를 락슈마나에게 맡기고 황금 사슴을 잡으러 나섰습니다. 그가 막 사슴을 포획하려는 순간, 사슴이 라마의 목소리로 크게 외쳤습니다.

"시타! 락슈마나! 이리 와서 나를 도와줘. 빨리!"

시타는 깜짝 놀랐어요. 락슈마나에게 어서 가서 형을 도우라고 했죠. 락슈마나는 뭔가 수상했지만 시타의 간청을 거절할 수 없었어요. 그는 시타가 있는 자리에 둥그렇게 결계를 쳐둔 뒤 그곳을 벗어나지 말라고 당부하고 숲으로 달려갔습니다.

그때를 놓치지 않고 라바나가 나타났어요. 그는 늙고 가난한 수행자로 변신해서 시타에게 다가갔어요. 동정심 많은 시타는 목마른 수행자를 외면할 수 없었죠. 물을 건네주려던 시타는 락슈마나가 쳐놓은 결계를 벗어나고 말았습니다. 그러자 본모습으로 돌아온 라바나가 시타를 번쩍 들어서 숨겨뒀던 황금마차에 태우고서 날아올랐습니다.

라바나의 모습은 끔찍했어요. 얼굴이 열 개에 팔이 스무 개나 되니까 완전 괴물이죠. 공포에 사로잡힌 시타가 비명을 지르며 라마와 락슈마나를 불렀지만 그들은 먼 곳에 있었습니다.

그때 커다란 새 한 마리가 황금마차로 날아왔어요. 독수리 자타유가 시타의 비명을 듣고 날아온 거예요. 자타유는 라바나를 꾸짖으며 맹렬히 공격했습니다. 그는 놀라운 용맹으로 라바나에게 상처를 입히고 마차를 부쉈지만, 신들의 무기를 지닌 라바나는 막강했어요. 라바나는 칼을 휘둘러서 자타유에게 치명상을 입힌 뒤 시타를 안고 날아올랐습니다.

시타를 납치해서 바다 건너 란카로 돌아온 라바나는 그녀의 마음을 얻으려고 정성을 다했습니다. 힘으로 억누르기에는 시타가 너무 고귀했던 거예요. 시타는 모든 걸 거부하며 괴물을 저주했습니다. 라바나는 시타에게 철통같은 감시를 붙이면서, 절대 그녀를 화나거나 슬프게 하지 말라고 명령했어요. 그러면서 시타가 자신의 권력과 부귀를 실감할 수 있게 했죠. 라바나만큼 화려한 궁전을 소유한 왕은 세상에 없었지만, 시타의 마음은 조금도 움직이지 않았습니다.

그때 라마는 락슈마나와 함께 공황 상태에 빠져 있었어요. 시타를 잃어버린 형제는 서로 자기 자신을 탓했죠. 곧바로 시타를 찾아 온 숲을 헤맸지만, 발견된 것은 붉은 핏자국과 시타의 몸에서 떨어진 꽃잎뿐이었습니다. 시타가 락샤사에게 찢겨 먹혔다고 생각한 라마는 슬픈 울음을 토해냈습니다. 락슈마나가 위로했지만 아무 소용이 없었죠.

그때 어디선가 고통스런 신음 소리가 들려왔습니다. 독수리 자타유였어요. 자타유는 시타가 괴물에게 붙잡혀 간 사실을 말해줬습니다. 그 말을 전하기 위해 한 가닥 생명의 끈을 붙잡고 있었던 거예요. 자타유는 형제를 축복해 준 뒤 피를 토하고 죽었습니다. 슬픔에 빠진 형제는 의로운 새의 장례를 고이 치러줬습니다.

이제 라마 형제가 할 일은 분명했어요. 시타가 붙잡혀 간 곳을 알아내서 그녀를 되찾는 일이었죠. 둘은 숲을 헤치면서 자타유가 말해준 남쪽 방향으로 나아갔습니다. 거대한 락샤사 카반다가 나타나 그들을 가로막았어요. 그는 머리와 발이 없고 입이 배에 달린 괴물이었죠. 형제는 힘겹게 괴물의 양쪽 팔을 자르고 제압하는데 성공했습니다.

카반다도 비라드하처럼 본래 신이었어요. 저주를 받아서 그런 흉한 모습이 된 것이었죠. 라마는 카반다의 바람대로 몸을 불태워서 하늘로 되돌려 보냈습니다. 카반다는 하늘로 떠나기 전에 이렇게 말했어요.

“아내를 찾으려면 팜파로 가서 원숭이 왕 수그리바를 만나 친구가 되시오.”

라마와 락슈마나는 팜파로 향했습니다. 팜파는 무척 아름다운 곳이었죠. 그런데 형제가 수그리바를 찾기 전에 수그리바가 먼저 그들을 발견했어요. 수그리바는 형에 의해 왕궁에서 추방된 상태라 의심이 많았습니다. 라마 형제를 자기를 해치려는 적으로 생각했죠. 하지만 수그리바 옆에는 현명한 장수 하누만이 있었습니다. 원숭이 하누만은 수도승으로 변신해서 형제에게 다가갔어요. 영웅들 사이에 말이 통하는 데는 긴 시간이 걸리지 않았죠. 라마 형제는 모든 진실을 말했고, 하누만도 그렇게 했어요. 라마 형제는 수그르바에게 안내됐고, 그들은 곧 친구가 됐습니다.

원숭이 부대는 숫자가 많고 유능했어요. 형제에게 최고의 지원군이었죠. 하지만 시타를 찾기 전에 할 일이 있었어요. 수그리바가 자기 형 발리에게 빼앗긴 나라를 되찾기 위한 작전이 시작된 거예요. 수그리바가 발리에게 결투를 청해서 맞붙어 싸울 때 라마가 발리에게 화살을 날리기로 했습니다. 계획대로 진행돼서 수그리바와 발리의 싸움이 시작됐어요. 두 원숭이 왕은 서로 뒤엉키며 뒹굴었죠. 하지만 라마는 활을 쏠 수 없었어요. 둘이 너무 비슷해서 구별할 수 없었거든요. 수그리바는 상처만 입은 채 돌아왔습니다.

다음 날, 수그리바는 다시 발리에게 결투를 청했어요. 전날과 달리 목에 꽃넝쿨을 둘렀죠. 발리의 아내 타라가 수상한 마음에 출전을 만류했지만 발리는 개의치 않고 결투에 나섰습니다. 이길 자신이 있었거든요. 하지만 오산이었어요. 수그리바를 공격하는 데 열중하던 발리는 라마가 날린 화살에 맞아 피를 흘리며 쓰러졌습니다. 그는 죽어가면서 이렇게 말했어요.

"정정당당하지 못한 승부였지만 비난하지는 않겠다. 대신 한 가지 부탁이 있다. 내 아들 안가다를 거두어다오."

사실 수그리바가 형과 어긋난 데는 자기 잘못도 있었어요. 동굴 속에서 괴물과 싸우던 발리가 죽은 줄 알고 바윗돌로 입구를 막았었거든요. 수그리바는 형의 죽음 앞에 지난날을 생각하며 눈물을 흘렸습니다. 그때 발리의 아내인 타라가 라마에게 말했어요.

"용사여, 부탁이 있습니다. 나를 죽여서 남편과 함께하게 해주세요. 그는 하늘에서도 나 없이는 외로울 겁니다. 나를 보냄으로써 남편을 죽인 죄를 씻으세요."

타라는 그렇게 남편의 뒤를 따랐어요. 부부의 장례식이 엄숙하게 거행됐습니다. 나라를 되찾은 수그리바는 형의 아들 안가다를 태자로 삼았어요. 그 모든 과정은 라마 형제에게 많은 걸 생각하게 했습니다.

그 일이 끝나자 긴 우기가 시작됐어요. 낮에도 세상이 컴컴했죠. 우기에 군대를 움직이긴 어려웠어요. 라마는 마음이 급했지만 시타를 찾는 일은 뒤로 미뤄졌습니다. 넉 달 뒤, 우기가 끝나자 원숭이 군대가 한자리에 모였습니다. 수그리바는 군대를 넷으로 나누어 동서남북으로 사방을 수색하도록 했습니다. 주력은 남쪽이었죠. 하누만과 안가다가 이끄는 원숭이 부대에 늙은 곰 잠바반이 이끄는 곰 부대가 합세했습니다.

원숭이 부대와 곰 부대는 숲속을 샅샅이 탐색하면서 나아갔어요. 하지만 성과는 없었습니다. 시간은 흘러가고 군사들은 배고픔과 목마름에 시달렸죠. 길도 막혀서 더 나아가기 어려웠습니다.

그때 그들 앞에 낯선 동굴이 나타났어요. 안에서 새소리와 꽃향기가 흘러나왔죠. 동굴 안에는 맑은 물과 큰 숲이 있고 열매가 가득했습니다. 부대는 기운을 회복한 뒤 동굴을 관통해서 반대편으로 나갔어요. 원래는 못 찾을 길인데, 신의 계시를 받은 수행자가 그들을 도와준 거예요.

동굴 밖은 땅의 끝이었어요. 앞에 넓은 바다가 펼쳐져 있었죠. 그들이 어디로 어떻게 가야 하나 고민하고 있을 때 뜻밖의 원조자가 나타났습니다. 날개가 사라지고 몸뚱이만 남은 독수리 삼파티였어요. 그는 자타유의 형이었죠. 원숭이 부대가 라마를 위해 시타를 찾는다는 얘기를 들은 삼파티가 말했어요.

"라바나가 그녀를 안고서 날아가는 걸 봤지. 그는 바다 건너 란카로 갔다네."

그러면서 삼파티는 자신이 알고 있는 란카에 대해 말해줬어요. 말을 마치자 그의 오랜 고난도 끝났습니다. 태양에 의해 녹았던 두 날개가 다시 돋아난 거예요. 라마를 도와준 데 대한 신의 축복이었습니다. 삼파티는 자유롭게 훨훨 날아갔어요.

그때 하누만은 부대를 이끌고 본거지로 돌아가는 대신 다른 선택을 했어요. 직접 란카에 들어가 시타의 안위를 확인하기로 한 거예요. 하지만 드넓은 바다를 건너갈 방법이 없었습니다. 그때 늙은 곰 잠바반이 무언가를 생각해 내고서 말했어요.

"하누만, 바람의 신 바유의 아들이여! 자네가 그 일을 해낼 수 있다네. 어렸을 적에 자네는 태양을 열매라고 생각하고 그것을 따

먹으러 하늘로 날아갔었어. 그때 인드라 신이 벼락을 퍼부어서 자네를 떨어뜨리는 바람에 턱이 깨졌지. 그러자 분노한 바람의 신은 움직임을 멈췄어. 살아 있는 모든 것들이 숨을 못 쉬었지. 신들은 바유를 달래려고 자네에게 축복을 내렸다네. 자네는 그 축복으로 어떤 무기에도 죽지 않는 몸이 됐지. 그뿐 아니야. 자네에게는 몸을 한껏 키우고 줄이는 능력도 있다네."

"그게 다 진짜인가? 왜 난 그걸 몰랐지?"

"바람의 신께서 수를 쓰신 것 같군. 자네를 위해서였겠지."

자신의 숨은 능력을 깨달은 하누만은 곧바로 시험에 나섰어요. 그가 언덕 위에 올라가서 숨을 들이마시면서 몸을 부풀리니까 점점 커져서 산만 한 크기가 됐습니다. 그는 그 상태로 바다를 향해 힘차게 도약했죠. 그때 땅이 마구 흔들리고 나무들이 뽑히고 짐승들이 뛰쳐나오고 난리였대요.

하누만은 새처럼 바다 위를 날았어요. 바다에서 웬 산들이 솟아올라서 징검다리 구실을 해줬죠. 하누만은 그걸 디디고서 건너편으로 날아갔습니다. 그를 바다로 끌어들이려는 방해자가 있었지만 길을 막을 수는 없었어요.

마침내 바다 건너에 발을 디딘 하누만의 눈에 들어온 란카는 최고의 요새였어요. 하누만은 고양이보다 작게 몸을 줄인 뒤 벽을 기어올라서 안으로 들어갔어요. 성 안은 풍요롭고 화려했습니다. 하누만은 큰 집들을 이리저리 수색했지만 시타는 보이지 않았어요. 라바나 왕이 누워 있는 침실까지 잠입했는데도 그녀를 찾을 수 없었죠. 그때 하누만은 높은 담장으로 둘러싸인 비밀스런 정원을 발견했습니다. 아쇼카 정원이에요. 하누만은 거기가 자기가 찾는 곳임을 직감했습니다.

정원으로 잠입해서 높은 나무에 올라선 하누만의 눈에 한 여인이 들어왔어요. 보는 순간 시타라는 걸 알 수 있었죠. 동시에 대부대가 출정한 일이 가치 있는 일이었음을 깨달았어요. 시타는 그만큼 아름답고 고귀했어요. 하지만 락샤사들의 감시 속에 있는 시타의 표정은 더없이 슬펐어요. 하누만의 눈에 눈물이 고일 정도였죠. 그때 궁중 악대의 연주가 들리는가 싶더니 라바나가 턱 나타났어요. 열 개의 머리를 가진 라바나의 위용은 엄청났습니다.

라바나는 시타에게 다가가 정성껏 사랑의 말을 전하면서 짝이 돼달라고 호소했어요. 아주 그럴싸한 설득이었죠. 하지만 시타는 요지부동이었어요.

"내가 정한 1년의 기한이 이제 두 달밖에 안 남았다. 그때가 되면 너는 온몸이 조각난 채 요릿감이 돼서 내 입으로 들어오게 된다는 걸 잊지 마라."

그 말은 단순한 협박이 아니었어요. 라바나는 말한 것을 그대로 행하는 자였거든요. 시타는 몸을 덜덜 떨면서도 라바나를 거부했습니다. 오히려 라바나가 죗값을 받을 거라고 경고했어요.

라바나가 돌아가자 시타는 온몸에 힘이 빠져버렸습니다. 그녀는 오랜 기다림에 몸과 마음이 다 지친 상태였어요. 차라리 죽어버리는 게 낫겠다는 마음이 안에서 솟구쳐 올랐죠. 그 모습을 지켜보던 하누만은 자기가 나설 때임을 깨달았습니다. 하누만은 그녀에게로 가는 대신 낮고 감미로운 목소리로 노래를 시작했어요. 고개를 든 시타의 눈에 작고 귀여운 원숭이가 들어왔습니다.

"아, 저 원숭이가 라마님의 전령이기를!"

그때 하누만이 나무에서 내려와서 시타에게 다가갔습니다.

"비데하의 공주 시타여, 고귀한 전사 라마가 당신께 나를 보냈습니다. 락슈마나는 안부 말씀을 전하셨지요."

하누만은 품속에서 라마가 증표로 전해준 반지를 꺼냈어요. 사랑하는 사람의 반지를 받아 든 시타의 얼굴은 눈물로 가득 찼죠.

"가서 그들에게 전해주세요. 시간은 두 달뿐이라고요. 두 달이 지나면 마왕이 저를 죽일 거예요. 그의 동생인 비비샤나가 저를 돌려보내라고 설득하고 있지만 라바나는 완강합니다. 라마와 락슈마나를 데려와서 그들의 화살이 마왕의 가슴을 꿰뚫게 하세요."

시타는 라마에게 받았던 보석을 증표로 건네줬어요. 그것을 받아 들고 정원을 나선 하누만은 곧바로 복귀하는 대신 란카에 한바탕 공포를 안겨야겠다고 생각했어요. 그는 몸을 거대하게 부풀리고서 숲과 사원을 마구 망가뜨린 뒤 신전 꼭대기로 올라가서 외쳤습니다.

"나는 바유의 아들 하누만이다. 코살라 왕국 라마 왕자의 사절로 이곳에 왔다. 시타를 납치한 자들은 라마의 적이다. 우리는 락샤사들을 멸망시킬 것이다."

분노한 라바나가 군대를 보냈지만 용맹한 하누만을 이길 수는 없었어요. 그러자 란카 최고의 용사인 인드라지트가 나섰습니다. 라바나의 아들이에요. 두 용사의 싸움은 격렬했습니다. 막상막하였죠. 하지만 인드라지트에게는 브라흐마 아스트라가 있었어요. 신의 무기가 몸에 닿자 하누만은 굳은 듯 움직일 수 없었습니다. 하지만 치명적이진 않았어요. 하누만에게는 신에게서 받은 불멸의 재능이 있으니까요.

락샤사들은 하누만을 묶어서 라바나 앞으로 데려갔습니다. 하누만은 라마의 사절답게 행동했죠.

"라마의 이름으로 요청합니다. 마지막 기회를 놓치지 말고 시타를 돌려보내시오."

라바나가 그 말을 들을 리 없죠. 화를 내면서 당장 하누만을 죽이려고 했어요. 그러자 동생인 비비샤나가 나서서 사절을 죽이는 건 부당하다며 말렸습니다. 라바나는 하누만을 죽이는 대신 그를 조롱거리고 삼기로 했어요. 꼬리에 천을 돌돌 감은 뒤 불을 붙였죠. 꼬리에 불이 붙은 원숭이를 보고 다들 손가락질을 하면서 웃음을 터뜨렸습니다.

꼬리가 활활 불탔지만 하누만은 전혀 뜨겁지 않았어요. 그는 몸을 작게 줄여서 밧줄에서 빠져나온 뒤 몸을 한껏 부풀렸습니다. 그가 꼬리에 불이 붙은 채로 란카의 집과 사원과 정원을 헤집고 다니자 도시 곳곳에 불길이 일어났습니다. 하누만을 골탕 먹이려다가 오히려 된통 당한 거예요.

하누만은 란카를 한바탕 뒤집어놓은 뒤 바다를 건너서 돌아왔어

요. 그가 부대를 이끌고 본거지로 돌아와서 시타에 대한 소식을 전하자 라마와 락슈마나는 감격했습니다. 시타가 무사하다는 소식을 듣고 기뻤지만, 시타가 겪고 있는 고통을 생각하니 비통했죠. 라마는 영웅처럼 큰 활약을 한 원숭이 장군을 뜨겁게 끌어안았습니다.

이제 라마 형제가 직접 나설 차례예요. 진군나팔이 울리고 라마 형제와 원숭이 왕이 이끄는 대부대가 길을 나섰습니다. 부대의 사기는 더없이 높았어요. 다들 입을 모아서 라바나를 죽일 거라고 했죠. 라마는 바다를 건널 일을 걱정했지만 수그리바는 자기 군대의 능력을 믿었습니다.

그때 란카의 라바나는 하누만이 벌인 일 때문에 마음이 편치 않았어요. 곧 적군이 쳐들어올 걸 알았죠. 하지만 장수들은 태평했어요. 원숭이 부대 따위는 상대도 안 된다고 여겼죠. 라바나보다 더 신중한 락샤사는 비비샤나였습니다. 그는 라마 왕자와 원숭이 부대가 만만치 않다면서 시타를 돌려보내서 전쟁을 피하는 게 최선이라고 했어요. 라바나는 일리 있는 말이라고 생각했지만 그 말을 따르지는 않았습니다. 시타를 돌려보내는 건 그의 선택지에 없었죠. 비비샤나가 굽히지 않고 자기주장을 내세우자 라바나는 크게 화를 냈습니다. 인드라지트도 나서서 삼촌을 공격했어요.

란카에 설 땅이 없음을 깨달은 비비샤나는 가진 걸 다 포기했어요. 그는 자기를 따르는 네 명의 락샤사와 함께 바다 건너 라마의 진영으로 찾아가서 귀순할 뜻을 밝혔습니다. 원숭이 왕 수그리바는 그들을 의심했지만 하누만이 나서서 비비샤나를 변호했어요.

란카에서 보고 들은 게 있었거든요. 하누만의 말은 라마를 기쁘게 했습니다. 살려고 찾아온 이를 물리치는 건 라마의 방식이 아니었거든요. 라마가 비비샤나를 받아들이기로 결정하자 수그리바도 기꺼이 동의했습니다.

그들은 대부대를 이끌고 바다를 건널 방법을 찾아야 했습니다. 라마는 바다의 신들에게 통로를 마련해 줄 것을 청하는 기도를 올렸어요. 사흘간 단식하며 정성껏 기도했지만 응답은 없었죠. 분노한 라마가 바다 한복판에 화살을 날리자 바다가 고통으로 끓어올랐습니다. 그때 바다의 신이 나타나서 말했어요.

"왜 자연의 순리를 거스르려고 하는가? 그러나 그대들이 다리를 만드는 일을 허락하지."

그러면서 바다의 신은 다리를 놓기에 좋은 곳을 알려줬어요. 라마는 곧바로 바다에 둑길을 만드는 대공사를 시작했죠. 라마의 지휘 아래 수많은 원숭이 병사들이 착착 작업을 이어갔습니다. 원숭이 부대는 빠르고 유능했어요. 한 달 안에 기적의 둑길이 완성됐죠. 그 이름이 '라마세투'예요. '라마의 다리'라는 뜻이죠.

드디어 결전의 시간이 다가왔어요. 라마가 이끄는 원숭이 부대와 라바나의 락샤사 부대의 싸움은 아주 격렬했죠. 라마는 처음부터 큰 위기를 겪었습니다. 란카의 용사 인드라지트가 던진 악마의 창에 맞아서 동생과 함께 몸이 굳어버린 거예요. 창은 뱀처럼 둘의 몸을 옥죘죠. 그들은 불굴의 의지로 버텼지만 한계가 닥쳐왔습니다. 그때 그들을 구한 건 하늘에서 날아온 새였어요. 자타유를 닮은 커다란 새가 날아와 창을 걷어내고 상처를 매만져 줬죠. 비슈누 신을 모시는 가루다였습니다.

라마와 락슈마나가 회복되자 원숭이 부대는 사기가 살아났어요. 그들은 온 힘을 다해 공격했습니다. 라마 형제가 인드라지트의 창을 맞고도 회복한 사실을 안 라바나는 당황했어요. 그런 일은 한 번도 없었거든요. 원숭이 부대의 기세는 놀라웠습니다. 하누만의 활약에 라바나의 많은 장수들이 목숨을 내놔야 했죠.

기세에 눌린 라바나는 자기 동생 쿰브하카르나를 깨우라고 명령했어요. 쿰브하카르나는 엄청난 거인인데, 몇 달째 잠이 든 상태였죠. 아무리 흔들어도 깨어나지 않던 거인은 병사들이 코앞에 향기로운 음식을 가져다 놓자 잠에서 깨어났습니다. 음식을 먹어 치운 쿰브하카르나는 라바나의 명을 받고 출전해서 원숭이 부대를 닥치는 대로 죽이고 먹어 치웠어요. 공포 그 자체였죠. 그를 물리친 건 라마의 화살이었습니다. 화살에 머리가 부숴진 괴물은 산이 무너지듯 쓰러졌습니다.

하지만 라바나에게는 인드라지트가 있었습니다. 그가 날린 브라흐마 아스트라에 맞은 라마와 락슈마나가 다시 치명적인 상처를 입고서 쓰러졌어요. 그 상처는 히말라야산맥의 '약초의 언덕'에서 자라는 풀이 있어야 치료할 수 있었죠. 늙은 곰 잠바반은 약초를 가져오는 임무를 하누만에게 맡겼습니다. 하누만은 약초의 언덕으로 날아갔지만 어떤 약초를 뽑아야 할지 알 수 없었죠. 잠시 고민하던 하누만은 약초의 언덕을 통째로 떼어서 돌아왔습니다. 덕분에 라마 형제와 수많은 병사들이 살아날 수 있었죠.

상처를 회복한 라마와 락슈마나는 더 강력해졌습니다. 둘은 하누만과 함께 수많은 락샤사 장수들을 죽였어요. 그러자 다시 인드라지트가 나섰죠. 그는 하늘로 올라가서 모습을 감춘 채로 거센 공격을 퍼부었습니다. 그는 교묘한 술수도 썼어요. 마법으로 시타의 환영을 만든 뒤 적군이 보는 데서 찔러 죽인 거예요. 원숭이 부대는 대혼란에 빠지고 라마와 락슈마나는 비탄에 잠겼습니다. 이때 비비샤나가 말했어요.

"라바나가 시타를 죽일 리 없습니다. 이건 속임수 마법이에요. 인드라지트가 악령에게 제사를 지낼 시간을 벌려는 거예요. 제사를 마치면 그를 이길 수 없습니다. 지금 저지해야 해요."

하누만과 락슈마나가 비비샤나와 함께 인드라지트를 치러 나섰습니다. 제사는 중단되고 격렬한 싸움이 시작됐죠. 인드라지트는 용맹했지만, 이쪽은 하누만과 락슈마나 두 명이었습니다. 인드라지트의 전차가 파괴됨과 동시에 락슈마나의 인드라 아스트라가 날아갔어요. 미처 아스트라를 피하지 못한 인드라지트의 머리가 땅에 떨어져 불타올랐죠. 락샤사 최고 용사의 최후였습니다.

힘겹게 인드라지트를 물리친 락슈마나는 온몸에 상처가 가득했어요. 라마는 동생을 뜨겁게 껴안았습니다. 사랑하는 아들을 잃은 라바나는 미친 듯 울부짖었죠.

"나에게 남은 건 복수뿐이다. 모든 비극의 원인은 시타다. 내 아들은 환영을 죽였지만 나는 진짜 시타를 죽이겠다."

그는 제정신이 아니었어요. 한 신하가 그를 진정시켰습니다.

"열 개의 머리를 가진 군주시여, 여자를 죽이는 수치를 범하지 마십시오. 라마와 락슈마나를 죽인 뒤 시타를 취하십시오. 그것이 왕의 도리입니다. 왕께는 브라흐마의 은총이 깃든 갑옷과 투구가 있음을 잊지 마십시오."

라바나는 분노를 누르고서 고개를 끄덕였어요. 브라흐마 갑옷과 투구를 장착한 뒤 여덟 마리 말이 이끄는 전차에 올라타고 적진으로 돌진했습니다. 수많은 병사들이 쓰러지자 라마가 나섰어요. 라마의 맹렬한 일격에 라바나가 바닥에 뒹굴었지만 그는 굴하지 않았습니다. 곧바로 일어나서 라마에게 거친 공격을 퍼부었죠. 라마가 다시 창으로 라바나의 발을 꿰뚫었지만 라바나는 쓰러지지 않았어요. 오히려 기세가 더 사나워졌죠. 락슈마나가 형을 도우려고 나섰지만 라바나의 공격에 치명상을 입고 쓰러졌어요. 그 상처를 치료하기 위해 하누만은 다시 약초의 언덕을 떼 와야 했어요.

양 진영이 격렬히 맞서고 있을 때, 인드라 신이 보낸 전차가 라마 진영에 도착했어요. 라마는 신들께 절한 뒤 전차에 올랐죠. 전차를 탄 라마의 용맹한 공격에 라바나가 부상을 입고 쓰러졌습니다. 락샤사들은 급히 왕을 부축해서 후퇴했어요. 의식이 돌아온 라바나는 만류를 무릅쓰고 다시 전장에 나섰습니다. 무서운 전투가 이어졌고, 모든 아스트라가 맞부딪쳤죠. 그 중 가장 강력한 건 라마의 아스트라였습니다. 그의 아스트라가 번득이자 라바나의 머리 열 개가 통째로 잘려나갔죠. 하지만 라바나는 대단했어요.

잘린 머리가 다시 자라난 거예요. 하지만 심장은 달랐습니다. 라마의 아스트라에 바수어진 심장은 되살아나지 못했죠. 마왕은 무기를 떨어뜨리고 전차에서 떨어졌습니다. 그의 최후였어요.

라마의 부대가 환호할 때 비비샤나가 형에게 다가갔습니다. 그는 형의 시체를 안고서 통곡했어요. 라마가 다가가서 말했습니다.

"라바나는 영웅적으로 싸우다 죽었소. 그의 죄는 죽음으로 씻겼습니다. 그는 하늘로 돌아갔어요."

라마는 비비샤나를 란카의 새로운 왕으로 추대한 뒤 하누만에게 란카 왕의 허락을 얻어서 시타를 찾게 했어요. 하누만은 비비샤나의 허락을 얻는 절차를 거쳐서 시타가 있는 아쇼카 정원으로 향했습니다. 하누만에게서 라마의 승리를 전해 들은 시타의 기쁨은 이루 말할 수 없었죠.

드디어 라마와 시타가 재회하는 시간이에요. 시타와의 만남을 앞둔 라마는 깊은 명상에 잠겼습니다. 수많은 상념이 소용돌이처럼 몰아쳤죠. 그때 시타를 태운 수레가 도착하자 수많은 원숭이들이 주변으로 몰려들었습니다. 장수들이 병사들을 밀어젖히면서 길을 내려고 하자 라마가 말했어요.

"그들을 밀치지 마세요. 나를 도와 용맹하게 싸운 이들입니다."

수레가 멈추고 시타가 내려서 라마에게로 다가왔어요. 그녀가 한 말은 딱 한마디였습니다.

"아르야프트라."

아내가 사랑하는 남편을 친근하게 부를 때 쓰는 말이에요. 하지

만 시타를 바라보는 라마의 표정은 어둡고 차가웠습니다. 그의 입에서 나온 목소리는 더없이 냉정했어요.

"나는 적들을 무찔렀고 당신을 되찾았소. 언약은 지켜졌습니다. 내가 이 전쟁을 한 것은 당신에 대한 애착 때문이 아니었소. 내가 해야 할 일을 다 한 것뿐입니다. 이제 임무가 완수됐으니 당신은 당신의 길로 가시오. 이방인의 집에서 오랫동안 살았던 아내를 다시 받아들일 수는 없습니다. 코살라 왕국의 백성들이 그것을 인정하지 않을 것이오."

그러자 시타가 락슈마나를 향해 말했습니다.

"락슈마나, 마른 장작을 모아다가 불을 붙여주세요."

락슈마나는 라마를 바라봤지만 형은 아무 말도 하지 않았어요. 락슈마나는 시타가 원하는 대로 할 수밖에 없었죠. 장작에 불이 붙어서 활활 타오르자 시타가 외쳤습니다.

"신들이시여, 당신들은 저의 순결함을 아십니다. 저를 받아들여 주십시오."

그 말과 동시에 시타는 불속에 뛰어들었어요. 그때 브라흐마 신이 나타나서 라마에게 말했습니다.

"인간의 모습으로 라바나를 죽인 비슈누여, 이 여인이 당신의 락슈미입니다."

그 순간 불의 신 아그니가 불꽃 위로 올라가 시타를 안아 들고 나왔습니다. 라마는 시타에게 다가가서 손을 잡으면서 말했어요.

"내가 어찌 당신의 순결함을 모르겠소? 만백성이 이를 알게 함이었다오."

그때 하늘에서 다사라타 왕이 내려와서 아들을 축복한 뒤 시타에게 말했습니다.

"시타여, 내 아들이 한 일을 용서해 다오. 너에게 영원한 신의 축복이 있을지어다."

라마와 시타는 그렇게 다시 하나가 됐습니다. 인드라 신은 싸움에서 죽은 원숭이들에게 은혜를 베풀어서 새 생명을 주었다고 해요.

어느 덧 라마가 아요디아를 떠난 지 14년이었어요. 라마와 시타가 아요디아로 돌아오자 온 나라는 기쁨으로 술렁였습니다. 14년간 형의 신발을 모시고 나라를 다스리던 바라타가 누구보다 감격하면서 기뻐했어요. 드디어 라마가 왕의 자리에 오르면서 바라타의 긴 고행도 끝이 났습니다. 그의 어머니 카이케이의 고통도요. 라마가 바라타에게 어머니를 용서하도록 한 거예요.

왕위에 오른 라마는 시타에게 목걸이를 선물했어요. 시타는 그 목걸이를 자기가 아닌 다른 이의 목에 걸어줬습니다. 그 주인공은 원숭이 장군 하누만이었어요. 시타의 밝은 미소는 덤이었습니다. 우리의 쿨한 영웅 하누만은 그것으로 충분했어요.

이야기에 대한 이야기

연이

퉁이

엄지

세라

뀨 아재

뭉이쌤

연이 오빠, 멋있다. 이야기가 오빠하고 잘 어울려. 오빠에게 영웅 기질이 있나 본데?

퉁이 당신의 밝은 미소로 충분합니다, 시타 공주여!

엄지 하누만 멋있어요. 자기 일도 아닌데 최선을 다해 싸운 거잖아요.

퉁이 그렇지? 산을 통째로 떼 오는 거 최고야. 하누만이 제천대성 손오공의 원형으로 말해진다는 건 알고 있니?

연이 닮은 점이 있는 것 같아. 특히 란카에서 불장난하는 모습!

세라 뭐랄까…… 인도인의 세계관이 느껴지는 이야기였어. 비슈누 신을 정말 존중하는 걸 알게 됐달까?

뀨 아재 인도에서는 라마 자체가 비슈누 이상으로 존중된다죠?

뭉이쌤 맞아요. 라마야나 이야기의 영향이지요. 인도뿐만 아니라 동남아시아에서도 라마야나의 영향력은 아주 크답니다. 나라별로 변형된 이야기가 전해오고 신전 같은 곳에 수많은 조각상이 만들어질 정도로요.

퉁이 하누만의 인기도 상당하다고 들었어요.

연이 근데 하누만이 바람의 신 하유의 아들이잖아요? 원숭이가 재빠른 것과 바람 사이에 상관이 있을까요?

엄지 오, 그럴 수 있겠다.

뭉이쌤 이야기에서 하누만이 몸을 크게 부풀리기도 하고 작게 줄이기도 하잖아? 그것도 바람이나 공기와 연결시킬 수 있을 거야. 하늘을 나는 것도 그렇고.

연이 그게 그렇게 연결되는구나! 신기해요.

퉁이 제 생각엔 락샤사들이 그냥 악마나 괴물이 아닌 것 같아요. 라바나에게 왕의 풍모가 느껴졌어요. 인드라지트는 라마 못지않은 영웅이라고 생각됐고요.

세라 란카 입장에서 보면 라바나가 지도자이고 그의 장수들이 영웅이겠지. 어쩌면 라마가 악마이고 비비샤나가 반역자일지도 몰라.

퉁이 란카가 스리랑카잖아요? 스리랑카 사람들이 라마야나 이야기를 어떻게 생각할지 궁금해요.

연이 란카가 스리랑카구나. 이야기 속에서 화려한 문명국으로 묘사됐는데 무척 강대국이었나 보네. 신기하다.

뭉이쌤 그래. 이 이야기를 매개로 해서 역사와 문화 쪽으로 탐구를 이어나가 보려무나. 재미있는 공붓거리가 많을 거야.

엄지 저는 남성 중심적 사고를 탐구해 보겠어요. 시타를 납치한 라바나도 그렇지만 막판에 시타에게 냉정한 모습을 보인 라마도 뭔가 마음에 안 들어요.

꾸 아재 라마의 정당성에 대한 도전? 역시 우리 엄지!

세라 그래 엄지야, 나랑 함께 탐구해 보자꾸나. 그런 의미에서 내가 여자가 주인공인 영웅 이야기를 하나 해볼게.

연이 오, 좋아요!

세라

내가 들려줄 이야기는 우리나라에서 입에서 입으로 전해온 신화야. 무척 유명한 이야기지. 바리공주라고 들어봤을 거야. 바리데기라고도 해. 사실은 내가 예전에는 이 이야기가 좀 별로였어. 바리공주가 억울하게 희생되는 것 같았거든. 그런데 자꾸 볼수록 대단하게 느껴지지 뭐니. 지금 나에게 바리데기 바리공주는 최고의 영웅이야. 길가메시나 라마보다도! 엄청난 힘이나 전투 같은 건 기대하지 마. 바리공주는 색깔이 아주 다른 영웅이거든.

바리데기 바리공주

✷

한국 신화

먼 옛날, 한반도 땅에 삼나라가 있었어. 임금은 어비 대왕이야. 젊고 유능한 왕이었는데 왕비가 없었어. 신하들이 국모 자리가 비어 있으면 곤란하다며 빨리 중전마마를 고르라고 재촉해. 왕도 계속 미룰 순 없었지. 왕비를 뽑는 일을 간택이라고 해. 간택이 시작됐고 길대부인이 뽑혔어. 어비 대왕 마음에 쏙 드는 여자였어. 왕은 마음이 급해졌지 뭐니. 그런데 점술가들이 결혼 날짜를 잡으려고 점을 쳐보더니 이렇게 말하는 거야.

"결혼식을 올해에 올리면 일곱 공주를 낳을 것이고, 내년에 올리면 나라를 이어갈 세자를 얻을 것입니다."

그러자 왕이 말했어.

"점이 용타 한들 어찌 늘 맞겠느냐? 하루가 열흘 같으니 예식을 서둘러라."

그래서 두 사람은 그해 칠월 칠석날 결혼식을 올렸어. 꿈같은 신혼이 시작됐지. 세월이 흘러서 길대부인이 임신을 했는데 태몽이 신기해. 달 아래서 푸른 복숭아꽃을 꺾어 든 거야. 점술가들이 점을 쳐보더니 공주가 태어날 징조래. 하지만 왕은 그 말을 안 믿고 아들이 태어날 거라면서 준비를 시켰어. 아홉 달을 채우고 왕비가 낳은 아이는 딸이었단다.

"공주가 태어났으니 왕자도 나겠지. 이 아이 이름은 청대공주로 하겠다."

어비 대왕은 첫딸을 고이 잘 길렀어.

그 딸이 다섯 살 됐을 때 길대부인이 다시 임신을 했어. 이번 태몽은 일곱 개 별이 떨어지면서 붉은 복숭아꽃을 꺾어 드는 꿈이야. 점술가들이 점을 쳐보더니 이번 아이도 공주래. 왕은 믿지 않았지만 태어난 건 역시나 딸이었지. 왕은 딸 이름을 홍대공주로 짓고 고이 길렀단다.

비슷한 일이 그 뒤로도 계속됐어. 길대부인은 몇 년마다 임신했고 그때마다 태어난 건 딸이야. 그렇게 딸이 여섯이 됐지 뭐니. 어비 대왕은 여섯 딸을 잘 챙겨 길렀지만 마음속은 아주 답답했어. 길대부인도 속이 타들어 가지. 딸은 왕위를 잇지 못하던 시절이었으니까.

그때 길대부인이 일곱 번째 아이를 임신했는데 태몽이 아주 대단해. 궁궐 대들보에 청룡과 황룡이 엉크러지고, 오른손과 왼손에 매가 앉고, 두 어깨에 해와 달이 돋아 보이지 뭐니. 꿈 얘기를 들은 왕은 아들이라고 확신했어. 점술가들이 차마 아니라고 얘기를 못 할 정도야.

이번에도 태어난 건 딸이었어. 왕비는 절로 울음이 터져 나왔단다. 슬픈 예감이 밀려오며 가슴이 내려앉았지. 아니나 다를까, 어비 대왕은 공주가 태어났다는 말을 듣고서 눈물을 줄줄 흘리더니 무서운 말을 내뱉었어.

"이 나라는 누구에게 물려주며, 신하와 백성들은 누구를 의지한단 말이냐! 내가 전생에 죄가 많아 천지신명께서 일곱 딸을 점지하셨구나. 이 딸은 서해 용왕에게 진상을 보낼 것이다."

그게 서해 바다로 아이를 띄워 보낸다는 말이야. 말이 좋아 진상이지, 자식을 내버리겠다는 거지. 왕은 사람을 시켜서 아기를 넣을 옥함을 만들게 했어. 소식을 들은 길대부인이 달려와서 매달렸지.

"모질기도 모집니다. 어찌 딸을 버리려 하십니까? 자손 없는 신하에게 양녀로나 주십시오."

어떻게든 딸을 살리려고 그런 거지. 하지만 왕은 요지부동이야. 한번 입 밖에 낸 말을 거둘 줄 몰랐단다. 길대부인이 아기에게 마지막 젖을 물리고서 왕에게 말했어.

"버리는 아이라지만 이름이나 지어주십시오."

"던져도 던질 것이요 버려도 버릴 것이니, 바리데기 바리공주라."

이름이 지어지자마자 아기는 옥함에 뉘여졌어. 옷고름에 부모 생일과 아기 생일을 적어놓고 옥병에 젖을 담아서 아기 옆에 놓아주는 게 엄마가 할 수 있는 전부였지. 왕의 명을 받은 신하들은 자물쇠를 꽁꽁 채운 뒤 고갯길을 넘어가서 바다에 옥함을 훌쩍 띄워 버렸단다. 그러자 바닷물이 한 번도 아니고 세 번 용솟음쳤대.

다들 그대로 공주가 죽었다고 생각했지. 하지만 하늘은 불쌍한 아이를 그냥 두지 않았어. 바다에서 금거북이 떠올라서 옥함을 지고는 헤엄쳐 간 거야. 그때 부처님이 제자들을 거느리고 산천 구경을 나왔는데, 태양서촌 바다 위에 이상한 기운이 서려 있지 뭐니.

"제자들아, 저기를 가면 하늘이 아는 사람이 있을 것이다."

제자들이 아무것도 안 보인다고 하니까 부처님은 직접 돌배를 저어서 기운이 서린 곳으로 다가갔어. 가보니까 옥함이 떠 있는데, '삼나라 칠공주'라고 새겨져 있는 거야. 그때는 여자가 부처님 제자도 못 되던 시절이었단다.

"남자면 제자로 삼으련만 여자니 소용없구나."

부처님은 옥함을 태양서촌 속 빈 나무 뒤로 인도했어. 마침 걸인 할미와 할아비가 불경을 외면서 오는 걸 보고서,

"너희가 공덕을 아느냐? 깊은 물에 다리를 놓고 헐벗은 사람 입혀주는 것도 공덕이지만, 죄 없는 자손 먹여서 키우는 공덕이 제일이다. 하늘이 아는 자손이 있으니 데려다 기르거라."

"집도 없어서 들에서 지내고 굴에서 자는 저희가 어찌 귀한 자손을 기르겠습니까?"

"이 아기를 데려다 기르면 없는 집도 생기고 옷과 밥이 생길 것이다."

그러고서 온데간데없이 사라지니까 할미와 할아비가 비로소 부처님인 줄 알지. 옥함을 보니까 '칠공주' 세 글자가 뚜렷해. 함을 열고 보니까 아기 입에는 왕거미, 귀에는 불개미가 가득하고 허리

에는 뱀이 칭칭 감겨 있어. 부부가 아기를 꺼내서 맑은 물로 몸을 씻기고 나서 보니까 난데없는 초가삼간 작은 집이 서 있지 뭐니. 바리공주가 할미 부부와 살 집이지.

바리가 할미와 할아비 아래에서 자라는데, 스스로 세상 이치를 알아서 착착 깨우쳐. 하늘에서 배우고 땅에서도 배우는 거야. 그러던 어느 날, 바리가 할미와 할아비를 찾더니,

"할머니, 할아버지! 날짐승과 길벌레도 어미와 아비가 있는데 저는 어찌하여 부모가 없습니까?"

그러자 할미가 말했어.

"하늘이 너의 아버지이고, 땅이 너의 어머니다."

"그런 말 마십시오. 어찌 하늘땅이 인간 자손을 낳습니까?"

"전라도 왕대나무가 너의 아버지이고, 뒷동산 잎 넓은 나무가 너의 어머니다."

"그런 말 마십시오. 어찌 산천초목이 인간을 낳습니까?"

"그게 어찌 빈말이겠느냐. 하늘과 땅이 있어서 사람이 있는 것이고, 산천초목 정기로 네가 태어난 것이다."

바리는 그 말을 무심히 넘기지 않았어. 전라도는 멀어서 못 가고, 뒷동산 잎 넓은 나무를 매일 세 번 찾아가서 문안을 드렸단다.

그렇게 세월은 물처럼 흘러갔어. 바리는 어느덧 큰애기 처녀가 됐지. 그때 왕궁의 왕과 왕비는 큰 병이 들어서 자리에 누운 지 오래였어. 세상 모든 약이 다 소용없었지. 점술가들에게 점을 치게 했더니 이상한 점괘가 나와.

"대왕마마와 중전마마께서 한날한시에 돌아가실 것입니다. 바리공주를 찾으소서."

둘이 함께 죽는다니 이게 웬 말이야. 죽은 공주를 찾으라는 건 또 무슨 말이고. 그때 어비 대왕이 꿈을 꿨는데, 궁궐 뜰에 청의동자가 나타나서 이렇게 말하는 거야.

"대왕과 왕비께선 칠공주 내다 버린 죄로 한날한시에 세상을 떠날 것입니다. 서천서역 저승 땅 무장승의 양현수 아니고는 약이 없습니다. 바리공주를 찾으소서."

왕이 놀라서 깼는데 꿈속의 일이 실제처럼 생생해. 왕은 신하들을 불러놓고서 말했어.

"꿈에 청의동자가 말하길 서천서역 양현수가 있어야 산다는데, 찾으러 갈 사람이 있는가?"

아무도 말을 못 해. 거기는 산 사람이 갈 수 없는 곳이었거든. 왕이 여섯 딸을 불러서 물어봤지만 딸들 또한 마찬가지지. 대부분 결혼해서 자식을 키우는 처지인데 어떻게 저승 땅으로 가겠니. 왕이 다시 신하들에게 말했어.

"바리공주를 찾으라는 계시가 거듭 나오니, 그 아이가 살아 있단 말인가? 공주를 찾으러 갈 사람이 있겠느냐?"

그러자 한 신하가 나서서 온 나라를 뒤져서라도 공주를 찾아보겠다고 했어. 사람들을 데리고 길을 떠나서 바닷가 마을 곳곳을 찾아다닌 신하는 마침내 태양서촌에 다다랐단다. 그들이 할미와 할아비 집에 찾아들어 가니까 부부가 딱 알아차리지. 바리와 이별할 때가 됐다는 걸 말야.

신하가 증표를 내보이면서 임금님이 자손을 찾는다고 하니까 바리가 말했어.

"왕의 자식이 어찌 이렇게 산단 말입니까? 믿을 수 없습니다."

바리는 샘에서 맑은 물을 길어다 은쟁반에 받쳐놓고 하늘에 빌면서 자기가 왕의 자손이 맞으면 응답을 달라고 했어. 그러자 난데없는 검은 구름이 일어나고 천둥과 번개가 치면서 소낙비가 쏟아지지 뭐니. 공주가 운명인 걸 알고 따라나서려니까 신하가 가마에 오르라고 해.

"가마도 싫고 수레도 싫습니다. 내 한 몸으로 가겠습니다."

그때 바리가 할미랑 할아비와 눈물로 이별하고서 불탄고개, 지옥고개, 수많은 고개를 넘어서 대궐로 가려니까 만감이 교차하지. 대궐에 들어가서 부모에게 절을 올리는데 아무 말도 나오질 않아. 눈물만 흐를 뿐이지. 바리가 아홉 번 절을 올리니까 왕이 눈물을 흘리면서 말했어.

"내 딸아, 울음을 그쳐라. 내가 너를 미워서 버렸겠느냐. 내 딸아, 머리는 덕석이 되고 손은 가축 발이 되고 발등은 바위가 됐구나. 여름 석 달은 어찌 살고 겨울 석 달은 어찌 살았느냐?"

"추워도 어렵고 더워도 어렵고 배고파도 어렵더이다. 그중에 제일 어려운 것은 어머니, 아버지 그리운 것이더이다."

그 말을 듣는 왕비의 마음은 또 어땠을까? 말로 표현할 수가 없지 뭐!

바리는 어머니와 아버지를 처음 보는 셈이야. 그런데 둘 다 죽을병이 들어서 누워 있으니 이 일을 어떡하니. 멀쩡해야 마음 놓고 원망이라도 할 텐데 말이야. 들어보니까 부모 살릴 약은 서천서역 무장승의 양현수뿐이래. 그게 사람을 살리고 세상을 살리는 생명수라지. 하지만 거기는 사람이 갈 수 없는 곳이라고들 해. 그때 바리데기 바리공주가 썩 나서서 말했어.

"제가 아버지 덕으로 생겨나 어머니 뱃속에서 열 달을 지내고 세상에 나왔습니다. 여기 이렇게 있는 게 부모님 덕이니 어찌 외면하겠습니까. 양현수를 구하러 가겠습니다."

옆에서 다들 걱정하면서 말렸지만 바리의 뜻은 바위처럼 굳었어. 바리는 남자처럼 차려입은 뒤 무쇠 신발을 신고 무쇠 지팡이를 들고서 홀로 길을 나섰단다. 바지 끝에 부모님 편지를 넣고, 속옷에는 여섯 언니 편지를 넣었지.

바리가 길을 나서긴 했는데 방향을 분간을 못 해. 그때 까막까치들이 나서서 길을 인도했단다. 바리가 무쇠 지팡이를 한 번 짚으니까 천 리를 가고, 두 번 짚으니까 이천 리를 가고, 세 번 짚으니까 삼천 리를 갔대. 그게 어찌 저절로 그렇게 된 거겠니. 굳은 마음으로 천 리를 가고 이천 리, 삼천 리를 갔다는 뜻이겠지.

바리가 그렇게 길을 가는데, 초목이 우거져서 날짐승도 드나들지 못할 곳에서 집채만 한 호랑이가 입을 딱 벌리고서 잡아먹으려 들지 뭐니. 바리는 호랑이에게 다가가 절을 하고서 말했어.

"부모를 살리러 가는 중입니다. 길을 열어주십시오."

그러자 호랑이가 세 번 재주를 넘더니 산신령으로 변하는 거야.

"네 정성이 참으로 지극하구나. 네가 삼천 리를 왔다만, 앞으로 길도 없는 삼만 리를 어찌 가려느냐? 너를 위해 낙화를 줄 것이니 험한 곳에 이르거든 이 꽃을 흔들거라. 바다가 육지가 되고 가시덤불 가득한 곳이 평지가 될 것이다."

바리공주는 꽃을 받아서 품에 넣고 다시 길을 나섰어. 천 리, 이천 리를 가다가 가시덤불과 칡덩굴이 엉켜 오도 가도 못할 곳에서 낙화를 던지니까 진짜로 평지가 돼. 앞으로 열두 바다, 뒤로 열두 바다가 둘러싼 곳에서 낙화를 던지니까 바다가 육지로 변하지. 그렇게 길을 가고 있는데 부처님이 나타나더니만,

"귀신이냐 사람이냐? 여기를 어떻게 왔느냐?"

"저는 삼나라 왕자인데, 양현수를 구해서 부모를 살리려고 왔습니다."

"삼나라에 칠공주 있다는 말은 들었으나 왕자가 있다는 말은 못 들었다. 감히 부처를 속이니 죄를 면할 수 없도다."

그 말이 끝나자마자 바리가 있는 곳이 갑자기 싹 바뀌었어. 살펴보니까 끔찍한 무간지옥 속이지 뭐니. 수천수만 온갖 귀신들이 우글우글 모여서 극심한 고통을 겪고 있었어.

"언제 이곳에 갇혔습니까? 언제 여기서 나갈 수 있습니까?"

"여기서 고통을 받은 지 천 년도 넘었습니다. 낙화가 없으면 만 년이 되어도 못 나갑니다."

바리가 그 말을 들으니까 부처님이 왜 자기를 그곳으로 보냈는

지 알겠어. 바리가 품속에서 낙화를 꺼내서 던지니까 지옥의 담장이 우르르 무너져 내렸어.

"불쌍한 혼령님들이 극락세계로 들게 하소서."

바리가 이렇게 빌어주자 혼령들은 죄와 원한을 씻고서 극락으로 들어갔단다.

바리가 그곳을 지나서 다시 길을 가다 보니 약수 삼천 리야. 거기는 새의 털도 가라앉는 곳인데, 배도 없고 다리도 없지. 그때 다시 바리가 낙화를 던지며 기원하니까 무지개가 생겨났어. 바리가 무지개에 올라타서 약수 삼천 리를 건너고 보니까 거기가 무장승이 있는 곳이야.

무장승은 키가 하늘에 닿을 것 같은 거인이야. 얼굴은 쟁반 같고 두 눈은 등잔 같지. 바리를 물끄러미 보더니만,

"사람이냐 귀신이냐? 열두 지옥을 어찌 지나고 약수 삼천 리를 어찌 건너서 날짐승도 못 오는 곳에 이르렀느냐?"

"나는 삼나라 일곱째 왕자인데, 부모를 살릴 양현수를 얻으러 왔습니다."

"물값과 나무값과 불값을 가져왔느냐?"

"못 가져왔습니다."

"그러면 3년간 날이 없는 낫으로 나무를 하고, 차돌로 불씨를 피우고, 물을 길을 수 있겠느냐?"

"해야 할 일이라면 하지요."

바리가 거기서 나무하면서 3년, 물을 길으면서 3년, 불을 피우

면서 3년, 9년을 살고 나니까 무장승이 이렇게 말하지 뭐니.

"그대를 보자니, 앞을 보면 국왕의 상이고 뒤를 보면 여인의 몸이구려. 그대와 내가 천상배필이니 나와 결혼해서 칠형제를 낳아 주오."

바리가 생각해 보니까 그 또한 운명이야. 둘은 하늘과 땅을 장막으로 삼고, 해와 달을 초롱 삼고, 산과 물을 병풍 삼고, 나뭇등걸을 베개 삼아서 짝을 이루었단다. 바리는 그날로 임신해서 아홉 달 만에 아들 칠형제를 낳았어.

자식들이 걸음을 걸을 때가 되자 바리가 무장승에게 말했지.

"자식을 낳아서 키워보니까 부모 마음을 알겠습니다. 부모님이 걱정돼서 어서 가야겠습니다."

"갈 때는 가더라도 뒷동산 꽃구경과 물구경을 하고 가시오."

둘이 뒷동산으로 올라가 보니까 삼색 꽃이 만발해 있었지.

"저 꽃 이름이 다 무엇입니까?"

"저것이 죽은 사람을 살리는 꽃입니다. 그대가 3년간 나무를 한 일이 뼈살이꽃이 되고, 3년간 물을 길은 일이 살살이꽃이 되고, 3년간 불을 피운 일이 피살이꽃이 됐습니다."

"어느 것이 양현수입니까?"

"그대가 밥하고 빨래하던 물이 양현수입니다."

바리가 양현수를 긷고 삼색 꽃을 챙겨서 길을 나서니까 무장승과 자식들이 따라나서지. 갈 때는 한 몸이었는데 올 때는 아홉 몸이야. 이승과 저승 사이에 있는 피바다를 건너려니까 배들이 둥둥

떠 있어. 이승에서 건너온 혼령들이 탄 배야.

"연꽃이 가득하고 청룡과 황룡이 끌고 오는 배는 어떤 배입니까?"

"세상에 있을 적에 공덕을 많이 베풀어서 극락 가는 배입니다."

"살기가 충천하고 악기가 가득한 배는 어떤 배입니까?"

"제 욕심만 차리고 사람을 괴롭혀서 지옥으로 가는 배입니다."

"불빛도 하나 없이 돌 위에 얹혀 있는 배는 어떤 배입니까?"

"아무도 마음 주고 빌어주는 이가 없어서 갈 곳을 잃은 배입니다."

바리공주는 죄짓고 지옥으로 가는 혼령과 갈 곳 모르는 혼령들을 위해 마음을 다해서 빌어줬어. 그러자 그들 모두 죄와 한을 씻고서 좋은 곳으로 갔단다.

물을 건너고 땅을 지난 바리는 마침내 삼나라에 들어섰어. 바리가 한곳을 지나는데 커다란 장례 행렬이 다가오지 뭐니. 누구 장례인지 물어보니까 그게 자기 부모님 장례야. 왕과 왕비가 죽은 지 오래인데 아무리 기다려도 칠공주가 돌아오지 않아서 장례를 치르게 됐다는 거야. 바리는 장례 행렬로 달려들어서 슬프게 곡을 했어.

"누구시기에 길 위에서 곡을 합니까?"

"칠공주 바리데기입니다. 무장승의 양현수를 구해서 이제야 왔습니다."

그러니까 사람들이 다들 깜짝 놀라서 절을 올리지. 바리가 상여를 멈추고서 관을 열어보니까 부모님 시신이 다 삭았어. 그때 바리가 뼈살이꽃을 대니까 뼈가 살아나고, 살살이꽃을 두르니까 살이 살아나고, 피살이꽃을 문지르니까 피가 다시 돌았단다. 입 안에 양현수를 흘려 넣으니까 숨을 내쉬면서 일어나더니,

"이게 잠결이냐 꿈결이냐? 여기는 어디고 상복은 또 무슨 일이냐?"

"대왕마마와 중전마마께서 한날한시에 돌아가신 것을 칠공주님이 약물을 구해 와서 회생시키셨습니다."

들어보니 바리공주가 두 사람을 살린 거야.

"죽으라고 버린 자식이 우리를 살렸구나."

어비 대왕이 대궐로 돌아와 용상에 앉으니까 온 나라 신하들과 백성들이 만만세를 부르지. 이때 바리가 부모에게 세 번 절을 올리고서 말했어.

"제가 부모 몰래 죄를 지었습니다. 무장승과 연분을 맺어서 일곱 아들을 두었습니다."

"그것은 너의 죄가 아니라 우리의 죄다. 어서 그들을 이리 들게 해라."

그때 무장승과 칠형제가 대궐로 들어오는데, 무장승이 너무 커서 대문 귀퉁이를 헐고서 들어와야 했대. 어비 대왕이 딸과 사위를 번갈아 보더니,

"너희가 천상배필이로다. 죽은 부모를 살렸으니 무엇을 줄까? 나라를 반을 줄까, 재산을 반을 줄까?"

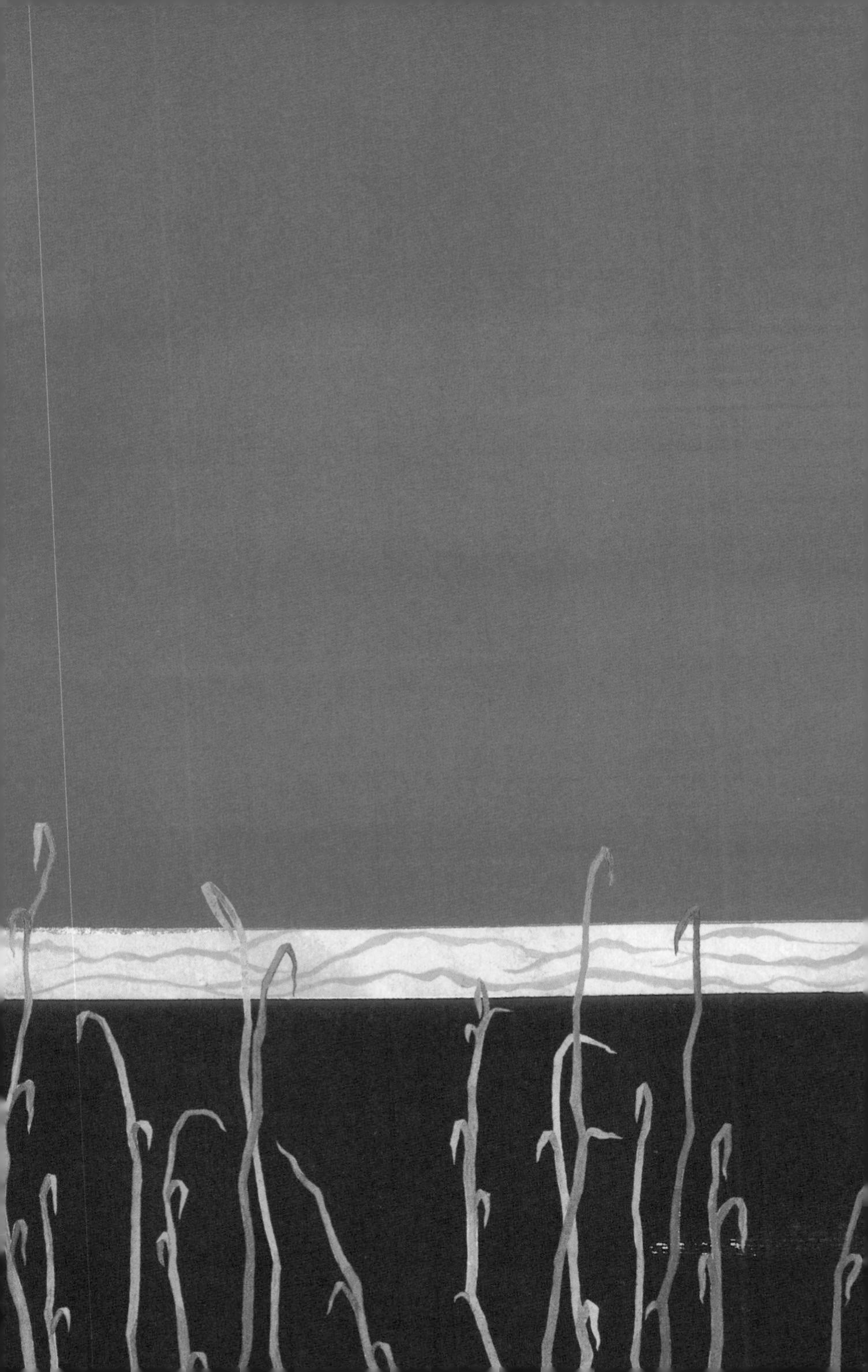

"나라도 싫고 만금도 싫습니다. 무당 만신들의 왕이 되어서 산 사람을 보살피고 죽은 사람을 극락으로 천도하겠습니다."

그래서 바리공주는 무당 만신의 신이 되고 오구신이 돼서 사람들의 영혼들을 극락으로 인도하게 됐대. 무장승은 혼령들에게 산신제·평토제 같은 제사를 받게 됐고, 바리와 함께 지냈던 할미와 할아비는 길제사를 받게 됐다지. 바리공주의 일곱 아들은 뭐가 된지 아니? 저승 시왕으로 들어앉아서 죽은 영혼들을 심판하게 됐대. 사람들이 살다가 죽으면 저승 가는 길에 이들을 차례로 만나게 된다고 해.

이야기에 대한 이야기

연이

통이

엄지

세라

뀨 아재

뭉이쌤

연이 언니, 감동적이에요. 바리공주가 신이 된 거 맞죠?

세라 응. 영혼을 극락으로 이끌어주는 오구신이야. 무당을 높여서 만신이라고 하거든. 만신들이 바리공주를 조상신으로 모신다고 해.

엄지 신이 인간으로 태어나는 게 아니고 인간이 신이 된다는 게 특이해요.

뭉이쌤 그게 한국 신화의 세계관이지. 우리 신화의 주요 신들은 대개 인간 출신이란다.

통이 그런데 누나가 보기에 바리공주는 영웅이라는 거죠? 확실히 길가메시나 라마와는 다른 것 같아요.

엄지 바리공주가 대단하긴 한데, 부모 때문에 너무 고생하는 것 같아요. 좀 불편해요.

연이 내 생각도 그렇긴 한데, 저승 가는 길이 바리가 스스로 선택한 거라서 슬프거나 힘들지만은 않았을 것 같아.

세라 바로 그거야. 내 생각엔 보람 있는 길로 느껴졌어. 자기를 찾아서 가는 길이랄까? 처음엔 무장승하고 결혼하는 게 억울했는데, 자꾸 보니까 그것도 스스로 선택한 일로 생각되더라고. 무장승이 좋은 사람이라고 보고 싶어.

뭉이쌤 바리가 무장승과 살면서 생명꽃과 생명수를 얻잖아요? 이는 바리가 거기서 지낸 삶의 과정이 보람 있는 것이었다는 말일 수 있어요.

뀨 아재 최고의 생명꽃은 역시 자식들이겠죠?

뭉이쌤 역시 자식을 키워본 분이라서. 동의합니다! 하하.

퉁이 바리공주의 자식들이 저승 시왕이 됐다는 거 깜짝 놀랐어요. 시왕은 저승에서도 아주 무서운 존재잖아요? 그중 일곱이 바리공주 자식이라니. 이것만으로도 영웅 이상인데요?

세라 생각을 좀 바꿔봐. 바리가 자기 자신하고 했던 긴 싸움, 영웅적이지 않니? 바리가 뒷동산 나무에 매일 문안을 드리는 장면에서 내가 감동했잖아. 그게 자기 자신에 대한 문안이고 존중이라는 생각이 드는 거야.

연이 바리공주가 살아온 모든 과정이 자신과의 영웅적 싸움이었다는 말이네요. 맞죠, 언니?

세라 맞아. 저승으로 가는 것뿐만 아니라 나무하고 물 긷고 불 피우며 살아온 시간까지도. 사실 그 장면에서 할머니와 엄마가 생각나서 마음이 시큰했어.

뭉이쌤 맞아요. 그게 우리네 어머니의 삶이었죠.

뀨 아재 그걸 희생이라고만 보면 영웅적인 삶에 대한 예의가 아니죠.

연이 저는 바리공주가 저승에 있는 혼령들을 구한 것만 생각했어요. 그래서 영웅인가 보다 했거든요.

뭉이쌤 그 두 가지는 별개가 아니라는 게 포인트지. 자기 자신과 싸우면서 살아온 긴 날이 사람들을 구원하는 힘이 된 거야. 나는 산신령에게 받은 낙화가 실은 바리공주 자신이라고 보고 있단다.

세라 그러네요! 비록 부모에게 버려졌지만 스스로 꽃을 피운 존재가 바리예요.

엄지 바리공주가 남자 옷을 입고 무쇠 신발을 신은 건 무슨 뜻일까요? 아들 역할일까요?

뭉이쌤 그래. 아들이 해야 하는 몫을 하는 것일 수 있어. 한편으로, 무쇠 신발과 무쇠 지팡이는 바리공주의 굳은 의지를 나타내는 것일 수도 있지. 신발과 지팡이는 길을 가는 도구잖아? 그게 무쇠라는 건 걸음을 멈추지 않겠다는 뜻 아닐까?

통이 오, 아주 영웅적이네요.

세라 그렇지. 바리는 길가메시나 라마와 달리 그 먼 길을 혼자 가잖아? 그게 놀라운 것 같아. 좀 슬프기도 하고.

연이 할머니나 어머니가 혼자 무언가를 하는 모습이 떠올라서 슬퍼요.

엄지 갑자기 바리가 무장승과 함께 살다가 결혼까지 한 일이 이해되려고 해요.

뭉이쌤 그래. 그렇게 하나씩 새롭게 느껴가는 거야. 그게 옛이야기를 제대로 즐기는 방법이지.

storytelling time

나도 이야기꾼!

기본 스토리텔링

이번 스테이지에서 만난 이야기 중 가장 마음에 드는 것을 골라서 다음과 같은 단계로 스토리텔링 활동을 해보자.

step 1: 책에 쓰인 그대로 이야기를 소리 내어 읽는다.

step 2: 책에 쓰인 그대로 이야기를 소리 내어 읽되, 가상의 청자에게 말해주듯이 읽는다.

step 3: 청자에게 이야기를 전달하되, 틈틈이 책을 참고한다.

step 4: 청자에게 이야기를 전달하되, 책을 참고하지 않는다.

step 5: 청자에게 이야기를 전달하되, 표현과 내용을 조금씩 자신의 방식대로 바꿔본다.

step 6: 완전히 내 것이 된 이야기를 구연 환경과 청자의 성향에 맞춰 내용과 표현을 자유자재로 조절하며 전달한다.

이야기별 재창작 스토리텔링

다음은 이번 스테이지에서 만난 이야기들에 대한 활동거리이다. 이 중 하나 이상을 골라 스토리텔링 활동을 해보자.

<최초의 영웅 길가메시>

① **장면을 시나 노래로 표현하기:** 이야기 속에서 인상적인 장면을 하나 골라 시나 노래 가사, 랩으로 표현해 보자.

② **뒷이야기 만들기:** 길가메시가 죽은 뒤 어디로 가서 어떤 일을 겪었을지 상상해서 이야기를 만들어보자. 단, 엔키두와 만나는 내용을 넣는다.

③ **다른 인물의 관점에서 이야기하기:** 길가메시와 훔바바가 싸운 과정을 훔바바의 입장에서 이야기해 보자.

<라마야나 이야기>

④ **숨은 이야기 상상하기:** 만타라에게 있었을 법한 숨은 사연을 상상해서 이야기를 만들어보자. 다사라타 왕과의 악연이나 전생담도 좋다.

⑤ **등장인물 그리기:** 하누만의 생김새를 상상해서 그림을 그려보자. 단, 이야기 속 성격에 어울리는 표정을 세심하게 표현한다.

⑥ **다른 인물의 관점에서 이야기하기:** 시타를 사이에 둔 라마와 라바나의 갈등 이야기를 라바나의 입장에서 풀어내 보자. 라마를 악마적 존재로 설정해도 좋다.

<바리데기 바리공주>

⑦ 인물의 심정 짐작하기: 바리공주의 삶에서 가장 특별하다고 생각되는 사흘을 골라 그때의 사연과 심정을 일기 형식으로 써보자.

⑧ 이야기 고쳐쓰기: 만약 바리공주가 양현수를 구하러 저승에 가지 않았다면 그 이후 어떤 상황이 벌어졌을지 상상해 보자.

⑨ 숨은 이야기 상상하기: 저승에서 홀로 양현수를 지키고 있는 무장승에게 어떤 숨은 사연이 있을지 상상해서 이야기해 보자.

⑩ 인물에 대해 토론하기: 어비 대왕에 대해 '재고의 여지가 없는 나쁜 아버지이다.'라는 입장과 '인간적으로 이해할 만한 면이 있다.'라는 입장으로 나누어 토론을 진행해 보자.

이야기 연계 스토리텔링

1. 세 편의 이야기에서 가장 특별한 영웅으로 생각되는 인물을 하나 고르고, 그 인물이 다른 인물들보다 더 인상적으로 여겨지는 이유를 말해보자. 주인공 외에 주변 인물을 선택해도 좋다.

2. 길가메시와 엔키두, 라마와 시타, 무장승과 바리공주가 천계에서 서로 친밀한 관계였다고 가정하고, 그들이 인간계에 태어나기 전에 있었을 만한 일을 상상해서 이야기해 보자. 인물의 성별을 바꾸어도 좋다.

3. 길가메시가 죽어 오구신 바리공주를 만났다고 가정하고, 둘 사이에 오갔을 대화 내용을 상상해서 대본 형식으로 써보자.

4. 이 외에 이야기들을 흥미롭게 연계할 수 있는 여러 가지 방법을 찾아보고, 이를 토대로 다양한 스토리텔링 활동을 해보자.

E=MC²

stage 02

비극의 여운

아킬레우스는 왜

아기장수 우뚜리

청개구리 용사 이야기

흰 코끼리 왕의 딸

이반이에요. 제가 그리스 신화를 무척 좋아합니다. 이야기 속에 많은 영웅이 나오는데, 특별히 마음을 끈 인물이 아킬레우스예요. 트로이 전쟁의 영웅입니다. 호메로스의 <일리아스>에 그의 행적이 생생히 담겨 있어요. 아킬레우스는 무적의 영웅이었어요. 하지만 결국 허무하게 죽고 맙니다. 그 죽음이 마음에 큰 여운을 남겼어요. 이야기에는 헥토르와 아이아스 같은 다른 영웅들도 나와요. 그럼 시작하겠습니다.

아킬레우스는 왜

*

그리스 신화

영웅 아킬레우스는 인간인 펠레우스와 여신 테티스 사이에서 태어났어요. 테티스는 바다 깊은 곳에 사는 여신인데, 더없이 아름답고 착했습니다. 절름발이라는 이유로 바다에 버려진 헤파이스토스를 거두어서 최고의 기술자로 키우기도 했어요. 테티스는 신들에게 많은 구애를 받았어요. 바다의 신 포세이돈이 그를 사랑했고, 최고신인 제우스도 테티스를 원했어요.

하지만 제우스는 테티스와 짝을 이루는 대신 그녀를 인간인 펠레우스와 결혼시켰습니다. 그건 프로메테우스에게서 알아낸 비밀 때문이었어요. 제우스는 아버지 크로노스를 죽이고 최고의 자리에 오른 신이에요. 알고 보니 제우스 자신도 아들에게 당할 운명이었습니다. 앞날을 내다보는 프로메테우스는 제우스와 테티스 사이에서 태어난 아들이 제우스를 제압할 것임을 예견했어요. 그런데 제우스가 그 예언을 미리 알아차리고 자기가 테티스와 결혼하는 대신 인간과 결혼시킨 거예요.

펠레우스는 신의가 있는 선한 사람이었어요. 하지만 테티스는 인간과 결혼하는 게 싫었습니다. 여신에게는 신분 하락이나 다름없는 일이었거든요. 테티스는 몸을 변신시켜서 펠레우스를 피하려 했습니다. 물과 불로도 변하고 동물이나 괴물로도 변했어요. 하지만 펠레우스는 눈을 질끈 감은 채 테티스를 꼭 붙잡고 놓아주지 않았어요. 현명한 켄타우로스 케이론이 그렇게 하도록 알려줬던 거예요. 그러자 결국 테티스는 펠레우스를 남편으로 받아들이기로 마음먹었습니다.

펠레우스와 테티스의 결혼식 날이 됐어요. 모든 신들이 초대됐는데, 불화의 여신 에리스는 예외였어요. 결혼과 불화는 잘 안 어울리니까요. 하지만 그게 화근이었습니다. 제 발로 결혼식 장소로 온 에리스는 모든 이들이 모인 자리에 황금 사과 한 알을 던졌어요. 그 사과에는 '가장 아름다운 여신께'라는 글귀가 쓰여 있었습니다.

그때 어떤 일이 벌어졌을까요? 이름만 들어도 대단한 여신들 셋이 나서서 그 사과가 자기 것이라고 주장했습니다. 제우스의 아내인 헤라, 지혜의 여신 아테나, 미의 여신 아프로디테였어요. 셋은 조금도 양보하지 않았습니다. 싸움에 끼어들고 싶지 않았던 제우스는 트로이의 왕자인 파리스에게 결정을 맡겼습니다. 인간 청년의 눈으로 가장 아름다운 여신을 고르게 한 거예요.

세 여신은 파리스에게 선택을 받기 위해 선물을 준비했습니다. 헤라 여신은 권력과 부를 약속했고, 아테나 여신은 전쟁에서의 승리와 명성을 약속했어요. 아프로디테 여신의 제안은 인간 세상에서 가장 아름다운 여자를 아내로 삼게 해준다는 것이었습니다. 파리스의 선택은 아프로디테였습니다. 아프로디테는 매우 기뻐했고 헤라와 아테나는 분노했어요. 그래서 두 여신은 트로이와 척을 지게 됐답니다.

시간이 흐른 뒤, 파리스가 선택한 가장 아름다운 인간 여인은 헬레네였습니다. 헬레네는 처녀가 아니라 결혼한 몸이었어요. 스파르타의 왕 메넬라오스의 아내였습니다. 파리스는 감히 그리스의 강국 스파르타의 왕비를 차지하려고 한 거예요. 아프로디테 여신은 그 소망이 이루어지도록 도왔습니다. 헬레네는 파리스의 유혹에 넘어갔고, 그를 따라서 몰래 트로이로 떠났어요. 트로이 전쟁의 시발점이었습니다.

스파르타의 왕 메넬라오스는 분노했어요. 트로이를 공격하기로 결정하고 여러 영웅들에게 도움을 청했습니다. 그에게는 헬레네가 어려움을 겪으면 자기 일처럼 도와주기로 굳게 약속한 사람들이 있었습니다. 오디세우스도 그 중 한 명이었어요. 꾀 많은 오디세우스에게 아킬레우스를 참전시키라는 미션이 주어졌어요. 칼카로스가 예언하길, 아킬레우스 없이는 절대 트로이가 함락되지 않으리라고 했거든요.

여신 테티스와 펠리우스 사이에서 태어난 아킬레우스는 최고의 영웅으로 성장했습니다. 테티스가 어린 아킬레우스의 몸을 저승을 흐르는 스틱스강에 적셔서 불사신으로 만들었어요. 그는 스승

케이론에게 달리는 법을 배워서 세상에서 가장 빠른 자가 됐습니다. 케이론은 아킬레우스에게 용맹함을 심어주기 위해 야수의 심장을 먹이기도 했대요. 헤라 여신과 아테나 여신의 축복이 파리스 대신 아킬레우스에게 주어졌지요. 그런 아킬레우스를 그리스 군에서 찾는 건 당연한 일이었습니다.

하지만 아킬레우스의 어머니 테티스는 아들을 전쟁터로 보내고 싶지 않았습니다. 테티스는 아들이 전쟁에 참가하면 트로이 성을 눈앞에 두고 죽을 운명이라는 신탁을 들은 상태였어요. 테티스는 아들을 처녀로 변장시킨 뒤 스키로스 섬의 궁전으로 보내서 공주들 사이에 숨어 지내게 했어요.

아킬레우스가 궁전에 있는 걸 알아낸 오디세우스는 방물장수로 변장해서 그곳으로 찾아갔습니다. 공주들 앞에 준비해 간 물건들을 펼쳐놨는데, 예쁜 장신구들 사이에 무기가 섞여 있었죠. 남들과 달리 한 여인만 무기를 손에 들고서 만졌습니다. 오디세우스는 그가 아킬레우스라는 걸 알아차리고 영웅이 있을 곳이 아니라며 출전을 부추겼어요. 여자로 변장해서 숨어 있는 게 창피했던 아킬레우스는 출전을 결정했습니다. 자기는 헬레네를 둘러싼 맹약과 상관이 없었지만 자신의 용맹을 한번 시험해 보고 싶었어요. 불의를 바로잡겠다는 마음도 있었고요.

그리스 군의 총사령관은 미케네의 왕 아가멤논이었어요. 헬레네를 빼앗긴 메넬라오스의 형이기도 했지요. 트로이로 진군하는 그리스 군에는 수많은 영웅이 있었습니다. 용맹한 아킬레우스와 슬기로운 오디세우스 외에, 성질이 불같은 아이아스도 있었고 나이 많은 장군 네스트로도 있었습니다. 아킬레우스의 둘도 없는 친구였던 파트로클로스도 함께했어요. 그리스 군의 기세는 하늘을 찔렀습니다.

하지만 트로이 군도 만만치 않았어요. 트로이의 프리아모스 왕은 현명한 군주였습니다. 성을 단단히 쌓고 이웃 나라들과도 동맹을 맺은 상태였지요. 그의 아들 헥토르는 전 세상을 통틀어 손꼽을 만한 영웅이었습니다. 그는 최고의 아들이자 최고의 남편이었어요. 아프로디테의 아들인 아이네이아스도 아주 뛰어난 장수였습니다. 트로이 군은 멀리 원정을 떠나야 하는 그리스 군과 달리 본거지에서 싸움을 한다는 유리함도 있었어요.

그리스 군은 기세가 대단했지만 처음부터 난관에 부딪혔어요. 전염병이 도는 데다 바람이 불어오지 않아서 배를 출발시킬 수 없었습니다. 그건 아르테미스 여신의 분노 때문이었어요. 아가멤논이 아르테미스의 숲에서 여신의 숫사슴을 활로 쏴 죽인 일이 있었거든요. 여신의 분노를 달래는 유일한 방법은 아가멤논의 딸을 제물로 바치는 것뿐이었습니다. 아가멤논은 아킬레우스와 결혼시켜 주겠다면서 딸 이피게네이아를 부대로 불렀어요. 딸은 아버지에게 속아서 산 제물로 바쳐지게 됐죠. 다행히 여신이 이피게네이아를 죽이지는 않았어요. 여신은 그녀를 구름에 감싼 채 데려가서 신전의 여사제로 삼았습니다.

여신의 분노가 가라앉으면서 그리스 군은 배를 띄워 트로이로 향할 수 있었습니다. 하지만 아가멤논이 한 일은 아킬레우스를 화나게 했어요. 자식을 속여서 희생시키는 일에 자기가 공연히 이용당한 셈이니까요. 아킬레우스는 분노를 억누르고 원정길에 올랐지만 그와 아가멤논 사이에는 늘 긴장감이 감돌았습니다.

트로이 성은 굳건했어요. 그리스 군이 무적의 용사 아킬레우스를 앞세워 성 밖에서 벌어진 여러 차례의 싸움을 승리했지만 트로이의 용사 헥토르에게 장수들을 잃는 등 피해도 컸어요. 오랜 시간이 지나도록 트로이 성을 함락시킬 수 없었죠. 사기가 떨어진 상태에서 큰 위기가 닥쳐왔습니다. 아폴론 신이 그리스 진영에 은빛 화살을 쏴서 짐승들을 죽이고 끔찍한 전염병을 퍼뜨린 거예요. 수많은 군사들이 죽어나갔습니다. 그러자 아킬레우스가 나서서 말했습니다.

"이건 사령관 아가멤논 때문이오. 그가 아폴론 신전 제사장의 딸 크리아세스를 전리품으로 삼은 뒤 제사장의 간청에도 불구하고 그녀를 돌려보내지 않아서 아폴론 신이 노한 겁니다."

그러자 아가멤논이 목소리를 높여서 말했어요.

"좋다. 제사장의 딸을 풀어주마. 그 대신 네가 얻은 브리세이스를 나에게 넘겨라."

브리세이스는 아킬레우스가 아끼고 사랑하는 여자였어요. 아킬레우스가 말했습니다.

"이런 치욕을! 맘대로 하시오. 그 대신 나는 전쟁에서 손을 떼고 돌아가겠소."

아킬레우스는 단호했어요. 싸움에서 손을 놓고 고향으로 돌아갈 준비를 했습니다. 아킬레우스가 빠지자 그리스 군의 사기는 뚝 떨어졌어요. 그리고 트로이 군과의 싸움에서 턱없이 밀리기 시작했습니다. 바닷가에 정박한 함선에까지 적군이 침범해서 불을 지를 정도였지요.

이대로라면 그리스 군의 패배가 분명했어요. 현명한 노장군 네스트로는 아가멤논으로 하여금 브리세이스를 아킬레우스에게 돌려주고 사과하게 했습니다. 아가멤논이 그 말대로 했지만 아킬레우스는 요지부동이었어요. 그러자 네스트로는 파트로클로스에게 친구 아킬레우스를 설득해 달라고 부탁했습니다.

“만약 그가 돌아오지 않는다면 부하라도 보내달라고 하시오. 그것도 안 되면 갑옷이라도 얻어 오시오. 그대가 아킬레우스의 갑옷을 입고 출전하면 트로이 군이 겁을 먹고 물러설 겁니다.”

파트로클로스는 친구에게 가서 지금 그리스 군이 얼마나 큰 어려움을 겪고 있는지 구구절절 말하면서 복귀를 설득했어요. 하지만 그가 해낸 건 친구의 갑옷을 얻는 것까지였습니다. 갑옷만으로도 위력은 대단했지요. 파트로클로스가 갑옷을 입고 출전하자 트로이 군은 그를 아킬레우스로 착각하고 혼비백산 도주했습니다. 트로이 장수 사르페돈이 그를 막아서다가 창에 찔려서 죽기도 했어요.

기세에 취한 파트로클로스는 적진 깊숙이 들어갔습니다. 그러다 그는 한순간에 적들에 둘러싸인 처지가 됐어요. 그때 헥토르의 창이 아킬레우스의 갑옷을 관통해서 파트로클로스에게 치명상을 입혔습니다. 파트로클로스는 그대로 숨이 끊기고 말았지요. 그 시체를 두고 양 진영 사이에 치열한 공방전이 이어졌어요.

아이아스는 급히 아킬레우스에게 사람을 보내서 파트로클로스의 죽음을 알렸습니다. 그 소식을 들은 아킬레우스 입에서 신음이 터져 나왔어요. 그는 바닥에 쓰러져서 머리를 감싸쥐었습니다. 그 얼굴이 얼마나 슬펐는지, 전령의 두 눈에서 눈물이 쏟아져 나올 정도였대요. 아킬레우스는 한참이 지나고 나서 넋 나간 사람처럼 말했습니다.

"내가 친구를 죽인 거야. 내가 싸우고 싶지 않다는 이유로 말이지. 아, 나는 그를 보내지 말았어야 했어. 차라리 나도 함께 죽어서 저승길의 그가 외롭지 않기를!"

고통에 찬 그의 탄식 소리가 바닷속 깊은 곳에 있는 테티스에게까지 들렸어요. 테티스는 곧장 육지로 올라와서 아들에게 갔습니다. 아들이 말했어요.

"어머니, 제게는 지금 한 가지 소원밖에 없습니다. 헥토르를 죽여 파트로클로스의 원수를 갚는 일이에요."

"아들아, 헥토르가 죽고 나면 너 또한 어둠의 세계로 내려갈 운명임을 잊지 마라."

"상관없습니다. 저는 여기 가만히 있으면서 친구를 죽게 만들었어요. 친구 혼자 타르타로스의 깜깜한 어둠 속을 헤매게 하지 않을 겁니다. 전쟁터로 가겠어요!"

테티스는 아들의 뜻을 꺾을 수 없었습니다. 그녀가 아들을 위해 해줄 수 있는 일은 튼튼한 새 갑옷을 만들어주는 일뿐이었습니다. 테티스는 헤파이스토스에게 부탁해서 즉시 새 갑옷과 무기를 만들게 했어요. 하지만 아킬레우스는 갑옷이 준비되기도 전에 전장으로 달려갔습니다. 친구의 시체를 찾아오기 위해서였어요.

갑옷도 무기도 없었지만 분노한 아킬레우스를 막을 자는 없었습니다. 트로이 군이 추풍낙엽처럼 쓰러졌죠. 마침내 아킬레우스의 품에 친구의 시체가 들어왔습니다. 그는 친구의 가슴에 손을 얹고 말했어요.

"친구여, 자네 앞에 내가 있네. 나는 알고 있다네. 나 또한 고향으로 돌아가지 못하고 이 낯선 땅에 쓰러질 운명이라는 것을! 하지만 나는 자네를 위해 복수할 거야. 헥토르를 죽이고 트로이 장수들이 자네 발 앞에서 고통스럽게 죽게 만들겠어. 잠시만 기다리게나."

그때 테티스가 헤파이스토스가 만든 갑옷과 무기를 가지고 도착했어요. 최고의 기술을 가진 대장간 신이 만든 갑옷은 완벽했습니다. 아킬레우스는 갑옷을 입은 뒤 방패와 창을 들고서 다시 적진으로 나아갔습니다. 그리스 군은 열광했고 적군은 공포에 물들었어요. 아이네이아스가 그를 막아섰지만 헛수고였습니다. 겨우 목숨을 건졌을 따름이에요.

전세가 불리한 걸 느낀 프리아모스 왕은 모든 군사를 성 안으로 불러들이고서 문을 걸어 잠그려 했습니다. 하지만 한 사람, 헥토르는 성 안으로 들어가지 않고 밖에서 아킬레우스를 기다렸어요.

"내가 후퇴 명령을 내리지 않은 탓에 수많은 군사들이 목숨을 잃었다. 내가 어찌 자식을 잃은 백성들이 있는 곳으로 도망가겠는가."

그런 헥토르에게 아킬레우스가 다가갔어요. 최고의 영웅들이 맞부딪치는 순간이지요. 아킬레우스는 마치 전쟁의 신 아레스 같았어요. 헥토르는 최고의 용사였지만 분노로 가득 찬 아킬레우스를 상대할 수는 없었습니다. 몸을 빼서 달아나는 헥토르와 아킬레우스 사이에 추격전이 벌어졌습니다. 둘은 트로이 성 주변을 세 바퀴나 돌았대요. 헥토르는 점점 힘이 빠져갔죠. 이대로 몸을 피하다가 잡혀서 죽을 수는 없었습니다. 그는 남은 힘을 다 끌어모아서 아킬레우스에게 돌진했습니다. 하지만 아킬레우스의 방패가 그의 칼을 막아냈어요. 반면에 헥토르는 아킬레우스의 창을 피할 수 없었지요. 목에 창을 맞은 헥토르는 피를 흘리며 쓰러졌습니다.

헥토르는 자기에게 다가오는 아킬레우스를 향해 숨이 끊기기 직전에 마지막 부탁을 했습니다.

"아킬레우스, 내가 졌네. 부디 내 시체만은 조국 트로이에 돌려주길……."

하지만 아킬레우스는 냉정했어요. 그는 숨이 끊어진 헥토르 몸에서 갑옷을 벗긴 뒤 전차에 매달고 말에게 채찍질을 했습니다. 그렇게 시신을 끌고서 트로이 성 앞을 여러 번 왔다 갔다 했대요. 성에서 그 모습을 내려다보는 프리아모스 왕과 헤카베 왕비는 가슴이 찢어지는 것 같았습니다. 왕이 당장 성을 뛰쳐나가려 하자

신하들이 억지로 붙잡았지요. 남편이 죽었다는 소식을 전해 들은 아내 안드로마케는 통곡하다가 그대로 기절하고 말았습니다. 트로이 성에는 헥토르의 죽음을 애도하는 울음이 밤새 끊이지 않았어요.

그리스 군에서는 파트로클로스의 장례식이 엄숙히 치러졌습니다. 장례식을 마치고 밤새 잠을 못 이루던 아킬레우스는 헥토르를 매단 전차를 몰고 친구의 무덤 주위를 세 바퀴 돈 다음 무덤 앞에 시체를 버렸습니다. 아폴론 신이 헥토르를 불쌍히 여겨서 그 시체가 상하지 않도록 돌봐줬다고 해요.

그때 프리아모스 왕이 아들의 시체를 찾기 위해 나섰습니다. 그는 수많은 귀한 물건을 마차에 가득 실은 뒤 늙은 마부 한 명만 데리고 성문을 나서서 적진으로 향했어요. 헤르메스 신이 보호해 준 덕분에 늙은 왕은 아킬레우스의 막사에 다다를 수 있었습니다. 그는 아킬레우스 발 아래 무릎을 꿇고서 아들의 주검을 넘겨달라고 애원했습니다. 테티스 여신도 아들에게 헥토르의 주검을 돌려주라고 설득했지요. 마침내 돌 같고 얼음 같던 아킬레우스의 마음이 녹았습니다. 그는 프리아모스 왕에게 헥토르의 시체를 넘겨준 뒤 시신을 덮고 갈 수 있도록 망토를 건네줬어요. 그는 트로이가 헥토르의 장례를 치를 수 있도록 12일 동안 휴전을 선언하고 공격을 멈췄다고 해요. 그렇게 해서 트로이의 영웅은 조국의 품에서 잠들 수 있었습니다.

그 뒤로도 전쟁은 계속됐어요. 헥토르가 죽었지만 트로이에는 동맹국이 있었습니다. 이디오피아 왕 멤논과 아마존족 여왕 펜테실레이아가 와서 트로이를 도왔어요. 아마존 여자 부대의 용맹과 투지는 엄청났습니다. 펜테실레이아의 손에 그리스 장수 여럿이 죽어나갔지요. 하지만 그녀도 아킬레우스를 이길 수는 없었어요. 결국 아킬레우스 손에 죽임을 당할 운명이었습니다. 펜테실레이아의 아름다움과 용기에 감동한 아킬레우스는 후회하면서 자기의 승리를 원망했대요. 그때 테르시테스라는 경망한 자가 그 모습을 비웃다가 아킬레우스에게 맞아서 죽고 말았습니다. 아킬레우스의 분노는 아군에게도 인정사정이 없었던 거예요.

전장에서 무적이었던 아킬레우스의 죽음은 허망하게 찾아왔습니다. 한 여자 때문이었어요. 그는 우연히 헥토르의 여동생 폴릭세네를 보고는 그 아름다움에 마음을 빼앗겨 버렸습니다. 아킬레우스는 폴릭세네를 자기 아내로 넘겨주면 트로이에 평화를 선사하겠다고 약속했습니다. 그러자 폴릭세네가 자청해서 그 제안을 받아들였어요. 그러면서 아킬레우스에게 트로이 성 근처에 있는 아폴론 신전에서 맹세 의례를 거행해 달라고 했습니다.

하지만 그건 함정이었어요. 아킬레우스가 폴릭세네의 말대로 아폴론 신전을 찾아가 무릎을 꿇고 예의를 올릴 때 뒤쪽에서 독화살이 날아왔습니다. 화살을 쏜 사람은 파리스였어요. 헬레네를 트로이로 데려간 그 사람이지요. 파리스는 폴릭세네의 오빠이기도 했습니다. 파리스가 날린 화살은 아킬레우스의 발뒤꿈치에 명중했어요. 그 독화살을 맞은 아킬레우스는 그대로 쓰러졌고 다시 일어나지 못했습니다.

테티스 여신에 의해 스틱스 강물에 담궈졌던 아킬레우스는 불사의 몸을 가지고 있었습니다. 하지만 치명적인 약점이 한 군데 있었어요. 발뒤꿈치가 그곳이었죠. 테티스가 그를 강물에 담글 때 손으로 아이의 발을 잡는 바람에 발뒤꿈치가 강물에 닿지 않았던 거예요. 하필 그곳에 독화살을 맞았으니 얄궂은 운명이지요. 평소에 아킬레우스에게 악감정을 가지고 있던 아폴론 신이 화살을 약점에 명중시켰다고 해요. 그 뒤로 사람들은 발뒤꿈치 힘줄을 '아킬레스건'이라고 부르게 됐다고 해요. 오늘날까지 아킬레스건은 치명적인 약점을 뜻하는 말로 쓰이고 있지요.

아킬레우스가 쓰러지자 트로이 군이 시체를 향해 덤벼들었습니다. 하지만 그리스 군은 아킬레우스의 시체를 빼앗기지 않았어요. 아이아스와 오디세우스가 나서서 시체를 수습해 왔습니다. 아킬레우스의 장례식은 장장 17일에 걸쳐서 거행됐어요. 장례에서 테티스 여신이 부른 노래가 얼마나 슬프고 무서웠던지 병사들이 다 배로 도망칠 정도였다고 해요. 하지만 여신의 슬픈 울음도 죽은 사람을 되살릴 순 없었지요. 아킬레우스는 영웅이지만 어디까지나 한 명의 인간이니까요.

죽음은 또 다른 죽음을 낳았습니다. 테티스 여신은 남은 그리스 용사 가운데 가장 뛰어난 이에게 아들의 갑옷을 물려주려고 했어요. 주인공으로 뽑힌 사람은 지혜로운 오디세우스였습니다. 그와 경쟁했던 아이아스는 그 결과를 받아들이지 못했어요. 광기에

휩싸여서 날뛰며 칼을 휘두르던 그는 스스로 목숨을 끊고 말았습니다.

파리스는 어떻게 됐을까요? 독화살로 아킬레우스를 죽였던 파리스의 목숨을 앗아간 것 또한 독화살이었어요. 예전에 헤라클레스가 쓰던 활에서 날아온 화살이었지요. 그 활을 가진 장수가 그리스 군에 있었거든요. 화살에 맞아서 상처를 입은 파리스가 찾은 건 요정 오이노네였습니다. 오이노네는 헬레네 때문에 버림을 받았던 파리스의 옛 아내예요. 그녀는 옛 남편의 상처를 돌보기를 거절했고, 결국 파리스는 트로이 성으로 들어가서 죽고 말았습니다. 뒤늦게 약초를 가지고 찾아왔던 오이노네는 슬퍼하다가 목을 매고 죽었다고 해요.

트로이가 그리스 군이 남긴 목마에 의해 어떻게 멸망했는지는 길게 얘기하지 않을게요. 거대한 목마가 성스러운 물건이라고 판단한 트로이 군이 목마를 성 안으로 끌어들이려고 문을 활짝 열었을 때 몰래 숨어 있던 그리스 군대가 기습해서 성을 함락시켰다고 해요. 프리아모스 왕은 아킬레우스의 아들 네오프톨레모스 손에 죽었고, 왕비인 헤카베와 딸 카산드라는 그리스로 끌려갔지요. 네오프톨레모스는 아킬레우스를 죽음으로 몰아넣은 폴릭세네를 아버지를 위한 산 제물로 바쳤다고 해요. 헬레네는 다시 그리스로 돌아와 메넬라오스와 재결합했다니 아이러니하지요?

아킬레우스와 여러 번 부딪쳤던 아가멤논은 어떻게 됐을까요? 그가 딸 이피게네이아를 속여서 아르테미스 여신에게 제물로 바치려고 했었잖아요? 그는 집으로 돌아가자마자 그 일에 원망을 품고 있던 아내에게 살해당하고 말았답니다. 아가멤논이 프리아모스의 딸 카산드라를 첩으로 삼아서 애정을 쏟은 데 대한 복수라고도 해요.

저의 얘기는 여기까지입니다. 트로이 전쟁에 대한 신화는 한동안 허구로 여겨졌다고 해요. 하지만 독일 고고학자 하인리히 슐리만이 터키 해안 지역에서 트로이 유적지를 발굴하는 데 성공했고, 지금은 하나의 역사로 받아들여지고 있어요. 트로이 유적지가 있는 튀르키예 시골 마을 한켠에는 아킬레우스가 묻힌 무덤도 있다고 해요. 멀리 그리스가 바라보이는 바닷가 언덕 위에요.

이야기에 대한 이야기

연이 퉁이 엄지 이반 로테 이모 뭉이쌤

퉁이 형! 놀라운 이야기였어. 뭔가 파란만장하다.

엄지 근데 사람이 너무 많이 죽어. 아무리 영웅이 좋다지만…….

연이 맞아. 여자들은 무슨 죄가 있다고!

뭉이쌤 그게 전쟁이지. 영웅의 빛과 그림자이기도 하고. 어쩌면 이 신화도 영웅을 추앙하는 게 아니라 그 이면의 그림자를 말하고 있는 걸지도 몰라.

이반 그럴 수 있겠어요. 이야기를 하면서도 중간에 회의적인 마음이 많이 들었어요.

뭉이쌤 그나저나 아킬레우스 무덤 이야기가 새롭구나. 사실 몇 년 전에 그곳을 찾아가 본 적이 있거든. 지도에도 잘 안 나오고 안내판도 없이 방치된 상태라서 찾기가 무척 힘들었어.

퉁이 오, 신기하다! 그런데 영웅의 무덤을 그렇게 방치한단 말예요?

뭉이쌤 그게 진짜 무덤인지 어떤지 확실치는 않아. 그리고 그곳 사람들에게는 아킬레우스가 침략자고 원수겠지.

이반 그건 그래요. 그곳의 영웅은 단연 헥토르죠!

퉁이 내 생각에도 헥토르가 더 영웅 같아. 싸움에서는 졌지만.

엄지 그 모든 싸움과 수많은 죽음의 원인이 파리스라는 한 남자의 욕망이었다는 게 좀…… 많은 사람들의 죽음이 안타까웠지만 파리스가 죽을 땐 잘됐다 싶기도 했어요.

로테 이모 이해하기 어렵겠지만 그게 인간이고 인생이지.

뭉이쌤 풀이하자면, 작은 욕망의 불길이 세상을 불태우는 게 인생이라는 말씀이야. 불사신이라던 아킬레우스가 죽은 것도 결국은 한 여자에 대한 욕망 때문이었잖아?

연이 솔직히 전 아직 이해가 잘 안 돼요. 아킬레우스뿐만 아니라 수많은 남자들이 욕망 덩어리 같아요. 너무 이기적이고요.

뭉이쌤 인간의 속모습을 생생하게 보여주는 게 신화의 세계라는 점을 기억해 둬. 그리스 신화가 특히 그런 면이 있지. 인간뿐만 아니라 신들까지도.

이반 맞아요. 어떨 때는 신들이 더한 것 같아요.

퉁이 아킬레우스가 자기 친구를 끔찍하게 챙기면서 헥토르를 함부로 다루는 게 모순으로 여겨졌어요. 자존심 때문에 자기편을 죽이는 것도 그렇고요. 어쩌면 그게 그의 아킬레스건 아니었을까요?

이반 오오, 멋진 해석인데!

로테 이모 그를 찾아가서 무릎 꿇고 애걸하는 프리아모스 왕의 모습이 기억에 남아요. 자식을 어떻게든 보호하려는 테티스 여신도 그렇고요. 그게 부모 마음이겠죠.

엄지 하지만 딸을 희생시키려 한 아가멤논 같은 아버지도 있어요.

연이 부모와 자식 이야기를 하니까 떠오르는 이야기가 있어요. 아킬레우스의 뒤꿈치와도 연결되는 이야기예요.

뭉이쌤 그렇담 들어봐야지!

연이

제가 들려드릴 이야기는 우리나라의 유명한 전설이에요. 아기장수라고 들어봤을 거예요. 장수로 태어난 자식을 부모가 죽이는 슬픈 이야기랍니다. 그런데 부모가 어떻게든 아이를 지키려고 하는 버전도 있어요. 그 아이 이름은 우뚜리예요. 그 이야기를 해볼게요.

아기장수 우뚜리

✴

한국 전설

옛날, 임금이 나라를 다스리던 시절에 구석진 시골 마을에 농사를 지으며 사는 부부가 있었어요. 사실은 농부라고 하기도 어려워요. 자기 땅이 없었거든요. 남의 땅에서 이리저리 품팔이 일을 하고서 겨우 먹을 것을 얻는 처지였답니다. 그땐 요즘과 달라서 일거리도 적고 품삯도 아주 적었대요. 부부는 열심히 일했지만 먹고살기가 아주 어려웠어요. 일거리가 없는 겨울엔 끼니를 굶는 날이 많았죠.

그런데 어느 날, 남편이 갑자기 일을 나갔다가 쓰러지더니 다시 일어나지 못하고 저세상으로 가버렸어요. 아내는 막막했죠. 더군다나 뱃속에 아기가 자라고 있었거든요.

아빠가 죽은 걸 뱃속의 아기가 알 리가 없잖아요? 아기가 점점 자라나서 여자는 배가 나오고 몸이 무거워졌어요. 하지만 끼니를 때우려면 일을 그만둘 수 없었어요. 뱃속의 아기도 함께 먹어야 하니 더 열심히 일거리를 찾아야 했지요. 사람들이 그 모습을 보면서 안타까워했지만, 그들도 다 먹고살기가 어려운 형편이에요. 임금이 포악하고 벼슬아치들이 제 욕심 채우기에 바빠서 백성들이 정말 힘들게 살던 시절이었거든요.

"에이, 이놈의 세상. 한번 확 뒤집어져야 하는데!"

하늘을 보면서 이렇게 말하는 사람도 있었어요. 하지만 남들 앞에서는 그렇게 말을 못 해요. 그랬다가는 바로 관가에 붙잡혀 가서 죽도록 맞을 수도 있으니까요.

여자는 아기를 낳을 때가 다 되도록 쉴 수가 없었어요. 어느 날, 여자는 무거운 몸으로 혼자서 산속에 있는 돌밭을 매고 있었어요. 역시나 품팔이 일이죠. 땀을 흘리면서 호미질을 하는데 갑자기 배가 아파왔어요. 아기가 나오려는 거예요. 여자는 너무 아파서 움직일 수도 없었어요. 살려달라고 소리쳤지만 지나가는 사람은 아무도 없었답니다.

여자는 거기서 혼자 아기를 낳을 수밖에 없었어요. 아기 낳는 게 얼마나 힘든 일인지는 엄마에게 들은 적이 있어요. 집도 아닌 들판에서 혼자 아기를 낳는 게 얼마나 힘들겠어요? 천신만고라는 말이 딱 맞아요. 여자는 천신만고 끝에 아기를 낳았어요. 근데 탯줄을 잘라야잖아요? 여자는 옆에 있는 억새풀을 꺾어서 탯줄을 잘랐대요. 그러고선 맥이 풀려서 쓰러졌어요.

그런데 정신이 다 꺼져가는 상태에서 문득 생각해 보니까 아기 울음소리가 안 들린 거예요. 여자는 화들짝 놀라서 아이를 살펴봤어요. 보니까 입이 꽉 닫혀 있어요. 더 놀라운 건 따로 있었어요.

아기 몸이 윗부분만 있지 뭐예요. 엉덩이 아래 쪽에 아무것도 없어요. 여자는 그만 울음을 터뜨렸어요.

한참을 울던 여자는 겨우 정신을 차리고 기운을 내서 아기를 안고 오두막으로 돌아왔어요. 아기의 입은 그 뒤에도 열리지 않았어요. 한 번도 울지 않았고 다른 소리도 내질 않았답니다. 그래도 엄마 젖은 빨아 먹었나 봐요. 덕분에 죽지 않고 살았죠. 아이는 늘 두 팔을 몸에 꼭 붙이고서 돌부처처럼 가만히 있었어요. 작은 돌부처 같았죠. 하지만 눈빛은 남달랐대요. 눈이 마주치면 깜짝 놀랄 정도로요.

사람들은 그 아이를, 몸이 웃도리만 있다고 해서 '우뚜리'라고 불렀어요. 다들 그렇게 부르다 보니까 그게 이름이 돼버렸어요. 옛날에는 자식 있는 여자를 부를 때 아이 이름을 넣어서 불렀대요. 엄지 엄마는 엄지네, 연이 엄마는 연이네, 이런 식이죠. 우뚜리 엄마는 '우뚤네'라고 불리게 됐어요.

우뚤네는 아이를 데리고서 품팔이를 다녔어요. 일하는 동안 우뚜리를 한구석에 내려놓았죠. 우뚜리는 늘 돌부처처럼 가만히 앉아 있었어요. 거기 아이가 있는 걸 모를 정도로요. 하지만 우뚜리 눈은 밝게 빛났대요. 세상을 눈에 다 담을 것처럼요.

그러던 어느 날, 우뚤네는 모를 심는 곳으로 일을 나갔어요. 우뚤네는 아이를 논둑에 앉혀놓고서 마을 사람들하고 함께 열심히 모를 심었어요. 그때 웬 사람이 말을 타고서 다가온 거예요. 그게 고을의 아전이에요. 그 아전이 원님의 앞잡이예요. 공연한 트집으로 사람들을 괴롭히곤 했죠. 꼬투리가 잡히면 그냥 넘어가질 않아요. 사람들은 또 무슨 짓을 하려나 신경이 곤두섰어요.

아전이 말을 멈추고서 논둑에 서더니 사람들 일하는 걸 한참 바라봐요. 그러더니 하필 우뚤네를 콕 찍어서 말을 걸었어요. 우뚤네가 얼굴이 예뻐서 눈에 들어온 거예요.

"어이, 거기 이쁘장한 부인네! 나 좀 보게나. 내가 뭘 좀 물어보려고."

우뚤네는 일에 열중하느라고 아전이 온 줄도 몰랐었어요. 깜짝 놀라서 고개를 들고 바라보니까 그 아전이 실실 웃으면서,

"지금까지 모를 심은 게 모두 몇 포기나 되는고?"

질문이 아니고 놀리려는 거예요. 우뚤네는 당황해서 아무 말도 못 하죠. 그러자 아전이 음흉하게 웃으면서,

"얼굴만 이쁘장하지 머리에는 든 게 없군. 자기가 심은 것도 못 헤아린단 말야? 천한 것들이 다 그렇지 뭐. 크크크."

희롱을 당한 우뚤네는 얼굴이 빨개졌어요. 옆에 있던 농부들이 열불이 났지만 감히 뭐라고 말을 못 하고 속으로만 화를 삭였죠. 그때 뜻밖의 일이 벌어졌어요. 한쪽에서 그 광경을 보고 있던 우뚜리가 입을 열어서 아전에게 소리친 거예요.

"보세요! 그러는 당신은 지금까지 타고 온 말 발자국이 모두 몇 개나 됩니까?"

그러자 아전은 아무 말도 못 하고 얼굴이 벌겋게 달아올랐어요.

"자기가 걸어온 숫자도 못 헤아린단 말입니까?"

아전은 말문이 딱 막혔습니다. 자기가 했던 말 그대로 당한 거죠. 아전은 혼자서 식식거리다가 말머리를 돌렸어요. 그 모습을 보면서 사람들이 통쾌하게 웃었어요.

"10년 묵은 체증이 쑥 내려가네그려."

그러면서 사람들 시선은 온통 우뚜리에게 쏠렸어요. 돌부처처럼 앉아만 있던 어린아이가 그런 말을 할 줄 어찌 알았겠어요. 그때 한 사람이 무심코 입을 열었습니다.

"혹시 우뚜리가…… 아기장수?"

그러자 옆에 있던 사람이 얼른 나서면서 입을 막았어요.

"쉿! 무슨 소리를! 생사람 잡을 일 있어?"

'아기장수'라는 말 한마디에 사람들이 다들 주변을 둘러보면서 긴장해요. 그때는 '장수 났다'는 말이 그렇게 무서웠대요. 시골 사람 집에 장수가 나면 나라에서 사람을 보내서 잡아 죽였다는 거예요. 아이만 죽이는 게 아니에요. 가족이나 마을 사람들도 무사하지 못해요. 아기장수가 크면 나라를 뒤집을 역적이 될 텐데, 관가에 안 알리고 숨겼으니 큰 죄라는 거예요. 말도 안 되는 일이지만 못된 임금이나 벼슬아치가 설치던 시절에는 정말로 그랬대요. 도둑이 제 발 저리는 격이죠.

그 당시는 '역적'이나 '역모'라는 말이 정말 무서웠다는 거예요. 거기 얽혀들면 수십 수백 명이 죽임을 당해요. 아기장수는 겨드랑이에 날개가 있어서 폴폴 날아다닌대요. 그런 아이가 태어나면 부모가 무거운 물건으로 눌러서 죽이는 일도 흔했대요. 아기장수가 태어났다는 사실이 알려지만 집안이 박살나고 마을도 무사하지 않았으니까요.

아기장수 얘기가 나오니까 우뚤네는 얼굴이 하얘졌어요. 얼른 우뚜리를 업고서 집으로 돌아왔죠. 앞으로 어떤 일이 닥칠지 걱정 가득이에요. 우뚜리가 늘 팔을 몸에 붙이고 있었잖아요? 어쩌면 그 겨드랑이에 날개가 있는지도 몰라요.

그런데 우뚜리도 그걸 알았나 봐요. 그날 저녁, 우뚜리는 어머니에게 조용히 말했어요.

"어머니, 그동안 감사했어요. 저는 이제 떠날 때가 됐어요. 제가 여기 있으면 어머니도 화를 당하실 거예요."

"네가 떠나면 나는……."

"그게 제 운명이에요. 어머니, 한 가지 부탁이 있어요. 검은콩 한 말을 구해다가 한 톨도 빼지 말고 볶아주세요. 그리고 좁쌀을 한 말 구해다 주세요."

그러니까 그게 마지막 부탁이에요. 우뚤네는 아들을 위해 곡식을 빌리러 나섰죠. 집집마다 다 다닌 끝에 겨우 검은콩 한 말과 좁쌀 한 말을 채울 수 있었어요. 우뚤네는 밤을 꼬박 새우면서 콩 한 말을 다 볶았답니다. 그런데 중간에 콩이 잘 익었나 보려고 한 알을 집어서 먹었지 뭐예요. 그게 나중에 어떻게 될 줄은 꿈에도 몰랐죠.

다음 날, 우뚜리는 콩 자루와 좁쌀 자루를 양손에 들고 엄마 등에 업혀 길을 나섰어요. 엄마가 보니까 애가 콩 한 말과 좁쌀 한 말을 가볍게 들어요. 우뚜리는 엄마에게 사람 발길이 안 닿는 깊은 산속으로 들어가 달라고 했어요. 집채만 한 바위가 나타나자 엄마에게 억새풀을 꺾어 바위를 치게 했답니다. 엄마가 그 말대로 하니까 바위가 칼로 벤 것처럼 쫙 갈라져요.

"어머니, 저를 저 바위 속에 넣어주세요. 그리고 저를 잊으세요. 100일이 지날 때까지 아무에게도 말하면 안 됩니다. 저는 죽어서 파묻힌 거예요."

우뚤네는 눈물을 흘리며 우뚜리를 갈라진 바위 속에 내려놨어요. 그러고 나니까 바위는 아무 일도 없었던 것처럼 하나로 합쳐졌답니다. 갈라진 흔적이 전혀 안 남았대요. 아들을 그렇게 두고서 돌아서는 엄마 마음은 뭐라고 말할 수가 없죠.

그렇게 우뚜리는 하루아침에 흔적도 없이 사라졌어요. 사람들이 이상하게 여겨서 어떻게 된 일이냐고 물으면 우뚤네는 이렇게 말했어요.

"아이가 밤에 갑자기 입에 거품을 물고 쓰러져 죽어서 산에 갖다가 묻었어요."

우뚤네의 말을 믿는 사람도 있었지만 곧이듣지 않고 의심하는 사람도 있었어요. 우뚜리가 아전에게 한 방 먹이는 걸 본 사람들은 더 그랬죠.

그때부터 사람들 사이에 이상한 소문이 생겨나서 퍼져 나가기 시작했어요. 아기장수가 났다는 소문이었죠. 하늘이 우뚜리라는 장수를 내보냈는데 용마를 타고 어디론가 사라졌다는 거예요. 머지않아 그가 나타나서 세상을 바꾸어놓을 것이라고들 했죠.

사람들은 그 소문을 귓속말로 은밀하게 전했어요. 하지만 발 없는 말이 천 리를 간다고, 소문은 이 마을 저 마을로 퍼져 나가기 시작했답니다. 나라에 큰 흉년이 들었는데도 관가에서 손을 놓는 바람에 수많은 사람들이 죽어나가면서 소문은 점점 커져갔지요. 한밤중에 '쿵쿵' 산이 울리고 사람들이 떠드는 듯한 소리가 들려오기도 했는데, 사람들은 아기장수 우뚜리가 훈련을 하는 소리라고 여겼어요. 장수가 세상에 나올 때가 머지않았다고들 했지요.

그 비밀스런 소문은 권력자들의 귀에까지 들어갔어요. 장수가 났다는 말에 조정이 발칵 뒤집혔어요. 나라에서는 눈에 불을 켜고 우뚜리를 찾아 나섰답니다. 조선 팔도로 군사들을 내려보내서 각 고을을 샅샅이 뒤지게 했어요. 하지만 바위 속으로 들어간 아이를 찾을 수는 없었죠. 밤중에 쿵쿵 소리가 난 곳을 찾아서 산속을 수색했지만 아무 단서도 발견되지 않았어요.

우뚜리가 말한 100일이 점점 다가왔어요. 우뚤네는 그날만 손꼽아 기다리고 있었죠. 그런데 일이 터지고 말았답니다. 예전에 말을 타고 와서 우뚤네를 놀리다가 망신당했던 아전이 문제였어요. 나라에서 한창 우뚜리를 찾고 있을 때 아전이 문득 그 일을 생각해 낸 거예요. 자기를 망신시킨 아이가 아랫도리가 없었다는 것을요.

"내가 멍청했구나! 그놈이 우뚜리였어!"

아전은 그 일을 곧바로 장군에게 말했어요. 장군이 군사를 이끌고 우뚤네 사는 마을을 뒤지기 시작했죠. 하지만 아기장수를 찾을 수는 없었습니다. 사람들은 하나같이 모르는 일이라고 발뺌했어요. 아무 단서가 없으니 돌아설 수밖에 없죠. 그런데 마을에 입이 가벼운 사람이 하나 있었지 뭐예요. 밭에서 일을 하다 말고서,

"우뚤네, 이제 그만 좀 쉬어."

이렇게 소리친 거예요. 장군은 '우뚤네'라는 말을 놓치지 않았어요. 곧바로 달려들어서 우뚜리 엄마를 잡아챘죠.

무시무시한 압박이 시작됐어요. 장군은 달래기도 하고 위협하기도 하면서 우뚜리 있는 곳을 실토하라고 했죠. 우뚤네는 아들이 갑자기 죽어서 땅속에 묻었다고 했지만 통하질 않아요. 묻은 위치를 대라고 해서 대충 둘러댔는데, 유골이 안 나오니까 화를 내면서 고문을 시작했어요. 옛날 고문은 정말 무서웠대요. 도저히 견딜 수가 없어요.

우뚤네는 비몽사몽 정신없는 상태에서 결국 우뚜리가 바위로 들어간 걸 말하고 말았어요. 사람이 바위 속으로 들어갔다니 말도 안 되는 일이잖아요? 하지만 장군은 아기장수라면 그럴 수도 있다면서 우뚤네를 앞세워서 바위를 찾아갔어요. 우뚜리가 바위로 들어간 지 100일에서 딱 하루가 모자라는 날이었답니다.

바위에 도착한 장군은 군사들을 시켜서 바위를 깨뜨리게 했어요. 군사들이 도끼로 치고 망치로 때렸지만 바위는 끄떡도 하지 않았어요. 웬만한 쇳덩이보다 더 단단해요. 장군은 홧김에 옆에 있는 억새풀을 뜯어서 바위를 후려쳤어요.

"에이, 이놈의 바위!"

그 순간 바위가 두 쪽으로 쫙 갈라졌습니다. 우뚤네는 비명을 내지르면서 얼굴을 감쌌어요. 일이 이렇게 될 줄은 몰랐죠.

'내가 죽는 한이 있어도 여기를 말해주지 말았어야 하는데…….'

피눈물을 흘리며 후회했지만 엎질러진 물이에요.

두 쪽으로 갈라진 바위 속에서는 놀라운 일이 벌어지고 있었어요. 바위 안쪽에 있는 널찍한 비밀 공간에서 수많은 군사들이 훈련을 하고 있었답니다. 우뚜리가 가지고 들어간 한 말의 좁쌀이 모두 군사로 변한 거예요. 하지만 날짜가 하루 모자란 것이 문제였어요. 햇빛을 받은 군사들은 몸을 꽈배기처럼 비틀면서 녹아버리고 말았답니다. 하루만 더 있었어도 최고의 용사들이 됐을 텐데 말이죠.

더 신기한 건 우뚜리의 몸이었어요. 바위에 들어갈 때는 없던 아랫도리가 훌륭히 자라나서 늠름한 장수가 돼 있었답니다. 딱 봐도 하늘이 내린 영웅이에요. 다만 날짜가 하루 모자라는 바람에 발가락 한 개가 덜 생긴 상태였대요. 그래서 걸을 때 조금 뒤뚱거렸답니다.

"어서 저놈을 처치해라!"

장군이 명령을 내리자 군사들이 우루루 달려들었어요. 하지만 그들은 우뚜리의 적수가 되지 못했어요. 겨드랑이에 날개가 달린 우뚜리가 하늘로 훌쩍 날아올랐다가 내리꽂힐 때마다 군사들이 수십 명씩 나가떨어졌어요.

"한꺼번에 화살을 날려라!"

명령을 받은 군사들이 공중으로 날아오른 우뚜리에게 빗발치듯 화살을 날렸어요. 우뚜리는 얼굴 쪽으로 날아오는 화살을 모조리 쳐냈습니다. 몸에 수많은 화살을 맞았지만 우뚜리는 조금도 상처를 입지 않았어요. 화살들이 뚝뚝 부러져 나갔죠. 우뚜리의 몸이 강력한 콩 갑옷으로 단단히 덮여 있었거든요. 엄마가 볶아준 검은 콩이 갑옷이 되었던 거예요.

어느새 사람들이 모여들어 그 싸움을 지켜보고 있었어요. 사람들은 마음속으로 우뚜리를 응원했습니다. 장군과 군사들이 무서워서 나서서 싸우지를 못해요. 그때 한 사람이 멀리 하늘을 가리키며 말했어요.

"용마다. 용마가 날아오고 있어!"

진짜로 날개 달린 말이 날아오고 있었어요. 용마는 하늘이 내린 말이에요. 아기장수가 거기 올라타면 무적이죠. 겨드랑이에 달린 작은 날개와는 차원이 달라요. 대궐까지도 단숨에 날아갈 수 있으니까요.

날아온 용마에 막 올라타려던 순간, 우뚜리가 날카로운 비명을 질렀습니다. 하늘로 날아온 화살 하나가 우뚜리 몸을 뚫고 들어온 거예요. 우뚜리의 콩 갑옷에는 딱 한 군데 빈 곳이 있었어요. 어머니가 콩을 볶다가 한 알을 집어 먹는 바람에 한 곳이 비었던 거예요. 그곳이 급소인데, 하필 화살이 그 자리에 꽂혀서 피가 분수처럼 솟았어요. 우뚜리는 용마에 오르지 못하고 땅으로 뚝 떨어지고

말았답니다. 그것으로 끝이었어요. 우뚜리는 다시 일어나지 못했어요.

장군은 쓰러진 우뚜리를 칼로 여러 번 찌른 뒤 불질러서 태워버렸습니다. 아기장수는 죽어서 묻혀도 다시 살아난다는 얘기가 있었거든요. 불에 타는 순간까지도 우뚜리의 부릅뜬 눈은 감기지 않았다고 해요.

우뚜리가 죽은 뒤 우뚤네도 아들을 따라서 세상을 떠났어요. 자식을 지키지 못한 죄책감을 못 이긴 거지요. 사람들은 너나없이 우뚜리와 우뚤네의 죽음을 슬퍼하면서 눈물을 흘렸답니다. 말하지 않아도 그들은 모두 알았어요. 우뚜리를 지키지 못하고 죽게 만든 건 자기 자신들이라는 사실을요.

용마는 어떻게 됐을까요? 아기장수 우뚜리가 죽자 용마는 구슬프게 울면서 멀리 사라졌다고 해요. 근처에 있는 연못 속으로 뛰어들었다는 얘기도 있어요. 하지만 사람들은 용마가 죽었다고 생각하지 않았어요. 언젠가 다시 나타나서 아기장수를 태우고 훨훨 날아오를 거라고 믿었답니다.

엄지 너무 슬프다. 진짜 비극이네. 불쌍하고 억울해.

퉁이 동감! 근데 내가 알고 있는 우뚜리 이야기보다 더 자세하고 비장한 것 같네.

연이 내가 자료를 이리저리 찾아보고 내용을 새롭게 엮어봤어. 상상력도 조금 보태서.

이반 이야기를 잘 풀어낸 것 같아. 덕분에 아기장수 전설이 놀라운 영웅담으로 재탄생했어.

뭉이쌤 연이가 맥을 잘 짚어낸 게 놀랍구나. 원전에서는 우뚜리 어머니가 매정하거나 무책임하게 나오기도 하는데, 연이가 선택한 캐릭터가 맞다고 생각해.

로테 이모 맞아요. 그 엄마도 자식을 어떻게든 지키고 싶었을 거예요. 오죽하면 자기도 죽었을까요.

엄지 콩 한 알을 먹은 건 좀…… 그것 때문에 우뚜리가 죽었다는 게 속상해요.

연이 내 말이! 아킬레우스도 발꿈치에 강물이 안 닿아서 죽었잖아? 다른 나라 이야기인데도 뭔가 비슷해.

엄지 그러네. 결국 엄마 탓이라는 걸까?

뭉이쌤 그것보다는, 큰일을 이루기 위해선 작은 일에도 소홀하면 안 된다는 뜻 아닐까? 꼭 엄마를 탓하는 거라고 보기는 어려울 듯해.

이반 맞아요. 아킬레우스도 자기 잘못이 있었죠. 우뚜리도 그때 아전을 공격하지 않았으면 무사했을지 몰라요.

연이 그래도 책임을 아이에게 돌리는 건 너무 슬픈 것 같아.

퉁이 그래. 나는 엄마보다도 마을 사람들이 마음에 안 들어. 우뚜리가 죄 없이 공격당하면서 외롭게 싸울 때 구경만 했잖아. 우뚤네가 장군에게 당할 때도 그렇고. 맞서서 싸우지는 못하더라도 말리기는 해야 하는 거 아니냐고!

엄지 맞아. 그래야 어른이지!

로테 이모 그래. 너희들 말이 맞아. 어른들이 제 몫을 못 하면 아이들의 미래가 막히게 되지.

이반 근데 진짜 문제는 마을 사람들보다 권력자들에게 있는 거잖아요? 영웅이 될 만한 인재를 찾아서 키우지는 못할망정 잡아서 죽인다는 게 말이 안 돼요.

연이 정말 그런 세상에 태어나지 않은 게 다행이에요.

뭉이쌤 그럴까? 어쩌면 요즘에도 비슷한 일들이 있을 수 있어.

엄지 진짜요?

이반 쌤 말씀이 맞아요. 기득권을 가진 집단이 미래의 경쟁 상대를 알게 모르게 견제하면서 억압하는 일이 많아요. 특히 정치나 경제 분야에서요.

퉁이 우와, 아기장수가 우리 이야기일 수 있다는 건 충격이네요. 정신 바짝 차려야겠어요.

뭉이쌤 그래. 퉁이가 마을 사람들을 비판했잖아? 불의가 벌어지는데도 자기 일 아니라고 모른 척 넘어가다 보면 부조리가 점점 심해지기 마련이지. 그러다 보면 그 피해가 결국 나 자신에게로 돌아오게 돼.

퉁이 넵, 명심하겠습니다.

뭉이쌤 사실 이런 전설이 전해지는 건 지난 잘못을 돌아보는 반성의 의미가 크단다. 어떻게 해야 그런 비극을 막을 수 있을지 성찰하도록 하는 거지.

연이 맞아요. 이야기를 하면서도 참 많은 생각이 들었어요. 해피 엔딩 이야기보다 여운이 큰 것 같아요.

로테 이모 나도 그래. 나를 돌아보게 됐달까?

이반 로테 이모, 그런 의미에서 이야기 하나 해주세요.

로테 이모 그럴까? 마침 연이 이야기 듣다가 생각난 게 있는데, 그 이야기를 해볼게.

로테 이모

내가 들려드릴 이야기는 중국 소수민족인 티베트족 사이에서 전해온 전설이에요. 장족(藏族)이라고도 하지요. 주로 티베트 고원 지역에 사는 사람들이라고 해요. 중국에 포함돼 있지만, 고유의 역사와 문화를 가진 사람들이랍니다.

청개구리 용사 이야기

✳

티베트족 전설

옛날, 어느 두메산골에 늙은 부부가 살았는데 집이 아주 가난했어요. 메마른 산에 밭을 일궈가지고 보리랑 감자를 심어 먹으면서 힘들게 살았답니다. 배고픈 것보다도 외로움이 더 커요. 자식이 없으니까 마음 한구석이 휑했어요.

부부는 고민 끝에 모르자나 신에게 자식을 갖게 해달라고 빌었어요. 모르자나는 산과 강을 다스리는 큰 신이에요. 그러니까 자연신이죠. 삼신할머니 역할도 했나 봐요. 열심히 기도를 드린 덕분인지 아내가 임신을 했답니다. 부부는 뛸 듯이 기뻤지요.

그런데 이게 웬일이에요! 아홉 달을 못 채우고 일곱 달 만에 아기가 태어났는데, 사람이 아니라 청개구리인 거예요. 개구리를 본 남편이 얼굴을 찡그리면서 말했어요.

“사람 몸에서 청개구리가 태어나다니! 남들이 알기 전에 내다 버립시다.”

하지만 아내의 생각은 달랐어요.

"여보, 그래도 우리가 낳은 아기인데 어떻게 버린단 말예요. 뒤뜰에 있는 물웅덩이에 넣어서 살게 해줘요."

남편은 아내 말대로 청개구리를 들고 나가서 흙탕물 웅덩이에 넣으려고 했어요. 그랬더니 청개구리가 입을 열어서 말을 하지 뭐예요.

"아버지, 저를 흙탕물에 넣지 마세요. 사람들하고 함께 지내고 싶어요. 제가 크면 한몫을 할 거예요. 가난한 사람들이 잘살 수 있도록 만들겠어요."

사람 몸에서 청개구리가 태어난 것도 신기한데, 개구리가 말을 하니 더 신기하지요. 그게 자기 자식이잖아요? 그 말을 듣고서 웅덩이에 넣을 순 없죠. 부부는 개구리를 다른 집 아이들처럼 곁에 두고서 기르기로 했답니다.

그렇게 몇 년의 세월이 흘러갔어요. 청개구리가 자라나면서 부모님이 힘들게 사는 모습을 눈여겨봤나 봐요. 어느 날, 청개구리가 어머니에게 말했어요.

"어머니, 저에게 시루떡 한 덩이를 만들어 주세요. 제가 그걸 가지고 촌장 집으로 가서 청혼하겠어요. 촌장의 세 딸이 다 아름답다고 들었어요. 그중에 제일 마음씨 곱고 재주 있는 처녀를 아내로 맞이해서 어머니를 돕게 할게요."

들어보니까 말도 안 되는 소리예요.

"얘야, 그런 소리 마라. 작고 못생긴 개구리에게 누가 딸을 주려고 하겠니?"

"제가 어때서요! 걱정하지 말고 떡을 만들어 주세요. 제 뜻대로 될 테니까요."

어머니는 걱정을 하면서도 시루떡을 쪄서 자루에 한 덩이를 넣어줬어요. 청개구리가 그걸 등에 짊어지고 가는데, 제 몸보다 더 커요. 그래도 얘가 신이 나서 폴짝폴짝 뛰면서 가는 거예요. 촌장 집에 다다르고 보니까 솟을대문이 꽉 닫혀 있지요.

"촌장님, 제가 왔습니다. 문 열어주십시오!"

얘 목소리가 아주 쩌렁쩌렁해서 멀리 방 안에까지 커다랗게 울려요.

"이게 무슨 소리냐? 장군님 음성이구나. 어서 나가 봐라."

하인이 명을 받고서 나가 보니까 사람은 없고 청개구리뿐이지 뭐예요. 안으로 뛰어 들어오면서,

"어르신, 밖에서 소리친 게 사람이 아니고 청개구리입니다. 괴물이 분명하니 재를 뿌려서 내쫓게 해주세요."

그러자 촌장이 고개를 갸웃하면서,

"이게 좀 이상한 일 아니냐? 어쩌면 용궁에서 보낸 걸지도 몰라. 재 말고 소젖을 뿌려주도록 해라."

그 지역에서는 소젖을 뿌리는 게 귀한 손님을 맞이하는 예절이래요. 청개구리가 집 안으로 들어오니까 촌장이 다가가서 물었답니다.

"무슨 일이지? 용궁에서 보내서 왔는가?"

"용궁에서 보낸 게 아니고 제 뜻으로 왔습니다. 촌장님의 따님

들이 결혼할 나이가 됐다고 들었어요. 따님 중 한 명을 아내로 맞고 싶습니다."

그러면서 청개구리는 자루에서 시루떡을 꺼내서 바쳤어요.

"정식으로 청혼합니다. 따님과 결혼하게 해주십시오."

다들 생각도 못 했던 일이지요. 촌장이 어이가 없어서 한참 말을 못 하더니만,

"여봐라, 그런 농담은 하지도 말아라. 분수를 알아야지! 귀한 집에서 들어온 청혼도 다 물리쳤는데, 너 같은 놈이 내 딸과 결혼하겠다고? 당장 꺼져."

"진심인가요? 그러면 제가 웃어버릴 겁니다. 후회하셔도 소용없어요."

그러자 촌장이 참지 못하고 화를 벌컥 냈어요.

"나랑 장난하자는 거냐? 밟아버리기 전에 썩 꺼져! 네놈이 웃든 말든 무슨 상관이야!"

그러자 청개구리는 개골개골 웃기 시작했어요. 그 소리가 얼마나 요란한지 말도 못해요. 마치 수천 마리 개구리 떼가 한꺼번에 웃는 것 같아요. 소리가 어찌나 큰지 땅이 들썩거리면서 담장에 금이 가고 집이 흔들리기 시작했답니다. 돌멩이하고 모래가 날아올라서 사방을 분간할 수 없을 정도예요. 하인들이 살려고 여기저기로 숨고 난리도 아니에요.

청개구리의 웃음은 점점 커졌어요. 그대로 뒀다간 집이 다 무너질 지경이에요. 촌장은 급히 청개구리에게 빌었어요.

"여보게, 제발 웃음을 멈추게. 내가 큰딸을 자네와 짝지어 주겠네."

그 말에 청개구리는 웃음을 그쳤어요. 흩날리던 돌과 모래가 내려앉고 땅과 집이 흔들림을 멈췄죠. 넋이 반쯤 나간 촌장은 큰딸을 불러서 청개구리를 따라가게 했답니다. 말 두 필을 끌어내게 해서 한쪽에는 예물을 싣고 한쪽에는 딸을 태웠어요. 그게 그 지역 예법이거든요.

큰딸은 청개구리를 따라가기 싫었어요. 아버지 결정에 잔뜩 화가 났지요. 큰딸은 말에 올라탈 때 작은 맷돌 하나를 집어서 슬쩍 감췄답니다. 이유는 금방 알게 돼요.

둘이 길을 가는데, 큰딸은 말을 타고 가고 청개구리는 바닥에서 폴짝폴짝 뛰어서 가요. 그런데도 뒤쳐지지 않고 앞장서지 뭐예요. 거기 여자들은 말을 잘 타는데, 큰딸이 일부러 청개구리 있는 쪽으로 말을 몰았어요. 발굽으로 밟아버리려고 한 거죠. 청개구리는 그걸 아는지 모르는지 이리저리 쏙쏙 잘도 피해서 가요. 그러자 큰딸은 숨겨뒀던 맷돌을 꺼내가지고 청개구리를 겨냥해서 휙 던졌어요.

맷돌은 청개구리에게 딱 명중했어요. 큰딸은 이제 됐다 싶었죠. 근데 맷돌에서 청개구리가 쏙 빠져나오는 거예요. 맷돌 구멍으로 해서요. 운이 좋았던 걸까요? 아니, 구멍을 딱 겨냥해서 몸을 움직인 거예요. 큰딸이 말발굽으로 자기를 밟으려는 것도 다 알고 있었답니다.

"아가씨, 우리는 인연이 없군요. 돌아갑시다."

청개구리는 이렇게 말하고는 다시 촌장 집으로 향했어요. 큰딸은 풀 죽은 채로 뒤를 따랐죠. 촌장 집에 도착하자 청개구리가 말했어요.

"촌장님, 큰따님과는 인연이 없어서 돌아왔습니다. 다른 따님을 맞이하게 하십시오."

"뭐? 네가 분수를 모르고 설치는구나. 네가 큰딸을 거절했으니 다른 딸을 줄 이유가 없다. 그냥 돌아가."

"진심이시죠? 그럼 이번에는 제가 우는 수밖에 없겠군요."

그 말을 들으니까 촌장이 좀 겁이 나요. 하지만 일부러 센 척하면서 말했어요.

"그런다고 겁낼 줄 아느냐? 난 모르겠으니 마음대로 해라."

그러자 청개구리는 곧바로 울기 시작했어요. 그랬더니 조금 전에 웃은 건 비할 것도 아니에요. 울음소리가 한밤중에 폭우 쏟아지는 소리처럼 사방을 울리더니 날이 캄캄해지면서 이리저리 천둥 번개가 치기 시작했답니다. 벼락 맞아 허물어진 산에서 물이 쏟아져 내려와 마을이 잠기고 온통 난리예요. 그대로 두면 집이 다 잠겨버릴 지경이지요.

"여보게, 그만! 그만! 내가 둘째 딸을 자네와 짝지어 주겠네."

그 말에 청개구리는 울음을 멈췄어요. 혼란이 곧 가라앉았죠. 촌장은 이전처럼 말 두 마리를 내서 예물을 싣고 둘째 딸을 태워서 보냈답니다.

근데 둘째 딸도 언니랑 마음이 같아요. 청개구리랑 결혼하기가 너무 싫은 거예요. 둘째 딸도 몰래 맷돌을 챙겼다가 가는 길에 청개구리를 겨냥해서 던졌답니다. 이번에도 청개구리는 맷돌 구멍으로 쏙 빠져나왔어요.

"아가씨, 우리는 인연이 없군요. 돌아갑시다."

그렇게 둘째 딸을 데리고 와서는 또 전처럼 말을 해요.

"촌장님, 둘째 따님하고는 인연이 없어서 돌아왔습니다. 다른 따님을 맞이하게 하십시오."

촌장은 또 화를 내면서 말했어요.

"벌써 두 번째야. 나를 능멸해도 분수가 있지! 절대 안 된다."

"거절하시면 제가 발을 모아서 뛸 건데요."

그러니까 촌장이 겁이 나지요. 하지만 내친걸음이에요.

"난 모르겠다. 뛰든 말든 맘대로 해!"

그러자 청개구리는 발을 모으고서 펄쩍펄쩍 뛰기 시작했어요. 그랬더니 앞에 벌어졌던 일들은 아무것도 아니에요. 더 큰 난리가 난 거예요. 땅바닥이 출렁거리다가 쩍 갈라지고, 산들이 움직여 부딪쳐가지고 바윗덩어리들이 마을까지 마구 굴러오고, 세상에 그런 야단이 없어요. 우르릉 쾅쾅! 자칫하다가는 촌장 집이 땅속으로 빨려 들어갈 지경이에요. 한시가 급하지요.

"그만! 그만! 그만! 셋째 딸을 자네하고 짝지어 주겠네."

그 말을 들은 청개구리가 뛰기를 멈추니까 모든 게 다시 정상으로 돌아왔어요. 촌장은 말 두 필을 꺼내서 한 말에는 예물을 싣고

한 말에는 셋째 딸을 태워서 보냈답니다.

그런데 셋째 딸은 언니들하고는 달랐어요. 앞서 있었던 일을 다 봤잖아요? 가만 보니까 청개구리가 보통이 아닌 거예요. 웃음과 울음과 뜀뛰기로 세상을 뒤흔드니 영웅이지요! 셋째 딸은 편안한 표정으로 청개구리를 따라서 아무 일 없이 집에까지 도착했답니다.

"고마워요. 당신이 나의 인연입니다!"

청개구리가 셋째 딸하고 함께 집으로 들어가니까 그 부모가 놀라서 어안이 벙벙해요. 촌장 집에서 귀하고 아름다운 딸을 내줄 줄은 상상도 못 했지요. 색시는 시부모님께 공손히 절을 올렸답니다.

"귀한 집 색시가 이런 데서 살 수 있으려나?"

"괜찮아요! 뭐든 열심히 해볼게요."

빈말이 아니었어요. 색시는 그 집에 정을 붙이고서 잘 지냈답니다. 살아보니까 괜찮아요. 시부모가 친정 부모보다 더 순하고 친절하지 뭐예요. 자기를 보물처럼 아껴주니까 색시도 기분이 좋지요. 밭에 나가서 일을 해보니까 그것도 할 만해요. 집 안에서 글이나 읽고 수를 놓는 것보다 오히려 더 재미있는 거예요. 그러니까 인연이겠죠.

날이 가고 달이 가서 가을이 됐어요. 연례행사로 열리는 승마대회가 있는 시기예요. 지역 전체에서 아주 중요하게 여기는 큰 축제였답니다. 신에게 제사를 올리고, 다 같이 춤도 추고, 남녀들이 짝도 찾고, 여러 행사를 해요. 그 가운데 최고는 승마대회예요. 거기서 우승하려면 말을 빨리 달리는 건 물론이고, 말 위에서 멋진 묘기를 펼쳐야 했죠. 거기서 우승하면 아주 영웅 대접을 받아요.

날짜가 되자 청개구리 식구들은 승마대회를 구경하러 나섰어요. 청개구리에게도 함께 가자고 했지요.

"저는 안 갈래요. 대회장까지 가려면 산을 여러 개 넘어야 하잖아요. 저에게는 너무 힘들어요."

본인이 안 간다는데 할 수 없지요. 어머니는 며느리만 데리고 대회 구경을 갔어요. 그런데 그해 대회에서 새로운 스타가 혜성처럼 탄생한 거예요. 푸른 옷을 입고 검정말을 탄 소년이 떡 나타났는데, 말 다루는 솜씨가 차원이 달라요. 완전 어나더 레벨. 말 위에서 몸을 빙그르르 돌리면서 화살 세 발을 하늘로 날리니까 독수리 세 마리가 땅으로 뚝 뚝 뚝 떨어졌답니다. 소년은 왼쪽으로 몸을 휙 내려뜨려서 들꽃을 따가지고 왼쪽 관중에게 던져주고, 오른쪽으로 몸을 내려뜨려서 또 다른 꽃을 따가지고 오른쪽 관중에게 던져줬어요. 다들 환호하면서 손을 흔들고 야단이지요.

그렇게 한껏 묘기를 선보이고서 뒤늦게 달려 나갔는데도 경주에서 그 소년이 단연 1등이에요. 소년은 결승점에 들어올 때 말 위에서 물구나무를 서는 재주까지 선보였답니다. 더 중요한 게 뭐냐면, 그 소년이 아주아주 잘생겼다는 거예요. 말그대로 꽃미남인 거죠.

"저게 누구야? 우리 지역에 저런 청년이 있었단 말이야?"

다들 궁금해서 호들갑인데, 정체를 아는 사람이 아무도 없어요. 근데 그 소년이 시합을 끝내고는 그대로 사라져버렸지 뭐예요. 그러니까 사람들이 더 야단이에요. 온통 그 소년 얘기뿐이죠. 청개구리 가족들도 마찬가지예요. 집으로 오는 동안 내내 그 소년 얘기뿐이었답니다.

"당신도 거기 갔어야 하는데! 진짜 대단했다구요."

아내가 흥분이 안 식어서 감탄하면서 말하는데, 청개구리는 별 반응이 없이 담담해요. 그리 궁금하지도 않은 표정이에요. 흥분해서 말하던 아내가 살짝 김이 빠졌지요.

"다음번 대회에 또 나타날지 몰라. 내년에는 꼭 함께 가요!"

그러자 청개구리가 말없이 눈만 끔뻑끔뻑. 간다는 건지 안 간다는 건지 알 수가 없어요.

그럭저럭 시간이 흘러서 1년이 지나고 다시 승마대회 날이 다가왔어요. 청개구리 아내하고 어머니는 벌써부터 들떠서 야단이에요. 가족들이 다들 청개구리에게 함께 가자고 난리지요. 하지만 청개구리는 몸이 안 좋다면서 이번에도 집에 혼자 남았답니다.

승마대회 구경꾼은 전년보다 훨씬 많았어요. 젊은 용사를 보려고 몰려온 거지요. 아니나 다를까, 이번에도 푸른 옷을 입은 소년이 바람같이 나타나서 절묘한 재주를 선보였답니다. 그 재주가 이전 해보다 더 기가 막혀요. 경주에서도 단연 1등이지요. 사람들이 그 젊은 영웅이 누군지 알아보려고 난리예요. 하지만 이번에도 소년은 바람처럼 사라져버렸답니다. 그 뒤의 일은 뭐 말할 것도 없지요.

또 한 해가 지나고 다시 승마대회 날이 다가왔어요. 가족들이 이번엔 꼭 청개구리를 데리고 가려고 했어요. 하지만 청개구리는 따로 할 일이 있다면서 혼자 집에 남았답니다. 할 수 없이 셋이서만 구경을 갔어요. 보니까 이번에는 사람들이 더 많아요. 그 소년 영웅 덕분이지요.

막 경기가 시작되려고 할 때 청개구리의 아내가 시부모에게 말했어요.

"제가 이상하게 머리가 아프고 몸이 무거워요. 들어가서 쉬어야겠어요. 죄송하지만 노새를 타고 가도 될까요?"

시부모는 걱정하면서 얼른 노새를 내줬어요. 청개구리 아내는 노새를 타고서 급히 집으로 향했습니다. 사실은 그게 처음부터 계획했던 일이었어요. 몸이 아프다는 것도 꾸며낸 말이었죠. 뭔가 낌새를 차린 거냐구요? 바로 그거예요.

이 아내가 머리 회전이 빠른 사람이거든요. 남편이 승마대회 얘기를 첫해에 듣고 다음 해에 또 들었는데도 반응이 심드렁한 게 이상한 거예요. 마치 그 일을 다 알고 있는 것 같아요.

'뭐지? 이 뜨뜻미지근한 반응은? 흠…… 혹시 그게 우리 남편? 그래, 그럴 수 있어!'

그렇게 의심하고서 조용히 1년을 기다린 거랍니다. '네가 그 사람이니?' 하고 물어보면 '그래, 나야!' 하고 대답할 리가 없으니까요.

노새를 타고 집에 도착한 아내는 문을 밀치고 안으로 들어갔어요. 아니나 다를까, 남편은 보이지 않았죠. 아내는 수상한 게 없는지 살피기 시작했어요. 그랬더니 방 한구석에 이상한 게 보이지 뭐예요. 살펴보니까 청개구리 껍질이에요.

'역시 그이였구나! 내 남편이 영웅이었어. 오오, 신이시여! 저는 세상에서 제일 행복하고도 불쌍한 여자입니다.'

남편이 최고 영웅에 꽃미남이라는 사실을 알았으니 행복하지요. 그 남편이 다시 청개구리로 돌아갈 거라서 불쌍한 거고요. 그녀는 청개구리 껍질을 손에 들고서 눈물을 흘리며 혼잣말을 했어요.

"당신은 왜 이런 흉한 껍질을 쓰고 있나요? 왜 멋진 본모습을 감추고 힘들게 살아요? 내가 당신 짝이 될 자격이 없는 건가요?"

아내는 결혼해서 산 지 3년이 되도록 아무 얘기도 못 들은 게 참 야속했어요. 그때 마음속에서 강한 유혹이 솟구쳤답니다.

'이걸 태워버리자! 그냥 놔두면 그이가 다시 개구리로 변할 거야. 내가 그를 개구리가 아닌 사람으로 살게 만들겠어!'

아내는 그 일을 바로 실행에 옮겼어요. 난로에 불을 피운 뒤 거기 개구리 껍질을 집어 던졌답니다. 껍질이 다 탈 무렵, 밖에서 말발굽 소리가 났어요. 아내가 내다보니까 승마대회에서 본 푸른 옷 소년이 검정말을 타고 서 있어요. 대회를 마치고서 바람처럼 달려온 거죠.

"당신이 어떻게 여기에? 아아, 이 냄새는……."

남편이 뛰어 들어왔지만 이미 늦은 뒤였어요. 개구리 껍질은 다 타버리고 말았지요. 오른쪽 뒷다리 껍질만 조금 남아 있었대요. 남편은 그대로 정신을 잃고 쓰러졌답니다. 한참 만에 정신을 차렸는데, 그 표정이 너무 슬픈 거예요. 아내도 덩달아 슬퍼졌지요.

"당신은 이렇게 멋진 사람인데 왜 개구리로 산 건가요? 개구리랑 살고 있는 내 생각은 안 해봤어요?"

그러자 남편이 한숨을 푹 내쉬고서 말했어요.

"조금만 더 기다렸으면 좋았을 것을! 너무 급했어요. 그나저나 이제 불쌍한 백성들을 구하지 못하게 됐으니 이를 어쩝니까?"

아내는 비로소 자기가 큰일을 저지른 걸 깨달았어요.

"미안해요. 잘못했어요. 다시 개구리로 변한다는 사실이 너무 슬퍼서……."

"아니, 내 잘못이에요. 내가 당신을 믿고 진작에 얘기했어야 하는데. 힘을 시험한다고 섣불리 승마대회에 나간 것도 내 잘못입니다. 이렇게 됐으니 다 말할게요. 나는 대지의 신 살가르의 화신이에요. 내 힘이 충분히 채워지면 벼슬아치들이 백성을 억압하고 부자들이 가난한 사람을 괴롭히는 일을 바로잡으려 했지요. 그 일을 하기엔 아직 내 힘이 모자라요. 청개구리 껍질이 없으면 밤의 추위를 견딜 수 없답니다. 이대로는 오늘 밤이 지나기 전에 얼어 죽을 거예요. 방법은 하나뿐이에요. 밤이 오기 전에 대지의 품속으로 돌아가야 합니다."

그 말에 아내는 비 오듯이 눈물을 흘렸어요. 겨우 남편의 본모습을 찾았는데 곧바로 이별이라니 그럴 수밖에요. 그녀는 몸을 떨고 있는 남편을 꼭 끌어안고서 말했어요.

"당신은 누구보다 강한 사람이에요. 꼭 살아야 해요. 오래 꿈꿔온 일을 이뤄야지요."

"그렇게 말해주니까 힘이 납니다. 실은 한 가지 방법이 있어요. 당신이 해줄 수 있을지……."

"뭐든지요. 당신을 살릴 수 있는 일이라면 다 할게요."

그러자 남편은 손으로 서쪽을 가리키면서 말했답니다.

"이 일은 신의 뜻에 달려 있어요. 지금 저 말을 타고 빨리 달려가면 늦지 않을 거예요. 말을 타고서 서쪽 나라로 가세요. 붉은 구름 속으로 신의 궁전을 찾아가는 거예요. 거기서 신에게 내일 날이 밝기 전까지 두 가지를 허락해 달라고 비세요. 우리 사는 세상에 빈부의 차이가 없게 해달라고 하고, 관리가 백성을 괴롭히는 일이 없게 해달라고 하세요. 신이 소원을 들어주면 이곳이 밤중에도 따뜻해질 거예요. 그러면 나는 청개구리 껍질 없이도 여기서 살 수 있어요."

그 말을 듣고 나니까 한마디 말을 할 시간도 아까워요. 아내는 곧바로 검은 말을 타고 서쪽 나라로 달려갔답니다. 날이 어두워졌지만 아내는 쉬지 않고 계속 달렸어요. 그러자 붉은 구름 속에 신의 궁전이 나타났어요. 밤인데도 금빛 햇살이 감도는 게 참 신기해요. 궁전으로 들어간 아내는 무릎을 꿇고서 남편이 말한 두 가지 일을 빌고 또 빌었답니다. 한참 만에 신의 응답이 들려왔어요.

"정성이 갸륵하구나. 소원을 들어주겠다. 지금 네가 살던 곳으로 가서 그 두 가지 일을 집집마다 알리도록 해라. 세상에 빈부의 차이가 없게 하고, 관리가 백성을 괴롭히는 일이 없게 하자고. 사람들 모두가 그 말을 받아들이면 그대로 이루어질 것이다. 어둠이 걷히기 전에 모든 걸 해야 한다는 걸 잊지 마라."

아내는 감사 인사를 드린 뒤 곧바로 말을 타고 자기 살던 곳으로 달렸어요. 갈 때보다 더 빠른 속도로 바람처럼 달렸지요. 날이 밝기까지 시간이 많이 남지 않은 상태였답니다. 하지만 해낼 수 있을 것 같았어요.

그녀가 말을 달려 와서 제일 먼저 만난 사람은 촌장이었답니다. 그가 왜 잠을 안 자고 문 앞에 서 있었는지 몰라요. 촌장이 딸을 보더니만,

"무슨 일이냐? 왜 밤중에 혼자 말을 타고 다니는 거야?"

"그럴 일이 있어요. 신께서 저에게 대단한 일을 허락해 주셨어요. 어서 널리 알려야 해요."

"대체 뭘 허락했는데? 그런 일은 내가 먼저 알아야 하는 것 아니냐?"

그러면서 촌장은 말의 재갈을 잡아챘어요. 그녀는 할 수 없이 사실대로 얘기를 했지요. 그러자 아버지가 얼굴을 잔뜩 찌푸리면서,

"그게 무슨 소리냐? 빈부 차이가 없어진다면 내가 가진 걸 내놓으란 말이잖아? 관리가 백성을 힘으로 다스리지 않으면 궂은일은 누가 하라고? 말도 안 되는 일이야!"

그러면서 촌장은 말 재갈을 잡은 손에 더 힘을 줬어요.

"아버지, 지체할 수 없어요. 빨리 놔주세요. 다 함께 잘살면 좋은 일이잖아요. 제발……."

"어림없는 소리!"

그렇게 아버지와 딸이 실랑이를 하는 동안 귀한 시간이 덧없이 흘러갔답니다. 동쪽 하늘이 희미하게 밝아오면서 수탉이 한 번 울었어요. 수탉이 세 번 울면 날이 완전히 밝는 거예요.

그녀는 온 힘을 다해 아버지를 뿌리쳤어요. 겨우 아버지 손에서 말을 빼냈을 때 닭이 두 번째 울음을 울었어요. 아내는 급히 마을 사람들 집 대문을 두드리며 신의 뜻을 알렸지요. 하지만 겨우 몇 집뿐이었어요. 야속하게 세 번째 닭이 울음을 울었답니다. 어느새 해가 떠오르고 있었지요.

아내는 해가 뜬 뒤에도 여기저기 신의 뜻을 알리고 다녔어요. 그러고는 자기 집에 도착했지요. 집에서 그녀를 기다리고 있는 건 남편의 싸늘한 시신이었답니다. 시부모가 얼어 죽은 아들을 눕혀 놓고서 눈물을 흘리고 있었지요.

아내는 남편에게 달려들어서 몸을 껴안았어요. 하지만 식어버린 남편의 체온은 돌아오지 않았답니다.

"미안해요. 다 내 잘못이에요!"

아내의 슬픈 울음소리가 차가운 아침 공기를 가르면서 퍼져 나갔어요. 촌장도 그 소리를 들었으려나 몰라요.

부모는 아들의 시신을 산 중턱 낭떠러지 위에 묻었어요. 아들이 바꾸려던 세상이 한눈에 내려다보이는 곳이었지요. 아내는 날마다 저녁이 되면 그곳을 찾아가서 온몸으로 무덤을 감싸고서 울었답니다. 죽은 뒤에라도 춥지 않게 하려고 그랬는가 봐요.

그러던 어느 날, 저녁이 됐는데도 그녀의 울음소리가 들려오지 않았어요. 다들 웬일인가 싶었죠. 다음 날 아침에 사람들이 올라가 보니까 아내가 울던 자리에는 전에 보지 못했던 큰 돌덩이 하나가 서 있었답니다. 아내가 그 자리에서 돌로 변해버린 거예요.

지금도 그곳에 가면 낭떠러지 위에 돌 하나가 외로이 서 있대요. 남편과 함께이니 외롭지 않으려나요? 종종 거길 찾아와서 돌을 쓰다듬거나 안아주는 사람도 있다니까 아주 외롭지만은 않을 거예요. 그냥 나의 바람일지 모르지만…….

이야기에 대한 이야기

연이

통이

엄지

이반

로테 이모

뭉이쌤

연이 이모, 슬퍼요. 청개구리랑 아내랑 둘 다 불쌍해요.

엄지 나도. 근데 아내가 더 불쌍해.

통이 하지만 사정을 알아보지도 않고 껍질을 태운 건 잘못이잖아?

엄지 3년 동안 살면서 말을 안 한 건 어떻고! 그게 더 잘못인 거 맞죠, 이모?

로테 이모 글쎄. 나는 두 사람의 슬픈 운명이 안됐다는 생각뿐이야.

이반 굳이 따지자면 세상이 잘못된 거겠죠. 아기장수 이야기에서와 마찬가지로요. 아기장수 설화에 아전과 장수가 있다면, 여기는 촌장이 그 자리에 있는 것 같아요.

뭉이쌤 아기장수도 그렇지만 청개구리는 혁명가 이미지가 뚜렷해. 세상을 바꾼다는 건 참 어려운 일이지. 시간이 필요한 일이고.

연이 그리고 추운 일이에요.

뭉이쌤 오호, 연이가 추위의 의미를 읽어냈구나. 맞아. 앞이 안 보이는 밤이면 더 춥고 힘든 법이지.

통이 청개구리는 상징으로 이해해야겠죠? 그 의미를 어떻게 풀이해야 할까요?

뭉이쌤 개구리 이미지하고 연결해서 여러 가지를 생각해 볼 수 있겠지. 다들 직접 해볼 수 있지 않을까?

엄지 개구리니까 작고 약한 게 생각나요. 가난하고 힘없는 사람요.

연이 맞아. 하지만 실제로는 강하고 멋진 사람.

퉁이 떨치고 일어나면 세상을 흔들 사람. 개구리 울음이 그런 것처럼.

이반 쌤, 저는 청개구리가 촌장 앞에서 웃고 울고 발을 구른 게 혼자 한 일처럼 생각되지 않았어요. 그건 수많은 약자들이 함께 한 행동이라고 볼 수 있지 않을까요?

뭉이쌤 동감이야. 그러니까 땅이 울리고 큰 소동이 일어난 거겠지.

퉁이 근데요 쌤, 너무 슬프게 끝나니까 힘이 빠져요. 해피 엔딩으로 끝나면 좋을 텐데 왜 굳이 비극으로 마무리되는 걸까요?

뭉이쌤 만약 청개구리의 뜻이 이루어졌다면 세상은 빈부 격차와 억압이 없는 좋은 곳이어야 하잖아? 그런데 실제 세상은 그렇지 못한 게 현실이지.

이반 아! 청개구리가 못 이룬 꿈이 뒷사람들에게 과제로 남아 있다는 뜻인가요?

뭉이쌤 바로 그거야. 이 이야기를 들으면서 사람들은 어떻게 해야 세상을 살기 좋은 곳으로 바꿀 수 있을까 고민하게 되는 거지. 청개구리 입장에서, 아내 입장에서, 그리고 다른 사람들 입장에서. 한마디로, 자기 자신 입장에서.

퉁이 알 듯 말 듯 어려워요. 좀 더 생각해 봐야겠어요.

뭉이쌤 그래. 옛이야기는 거듭 되새겨야 속에 담긴 뜻을 알아낼 수 있지. 찬찬히 생각해 보려무나. 대지의 신의 화신이 왜 작고 약한 청개구리로 태어났을까 하는 문제를 포함해서.

연이 아, 그 문제도 중요한 생각거리네요. 생각할 게 참 많다.

엄지 그래도 재미있어. 이야기도 그렇지만 뜻을 따져보는 것도.

로테 이모 그래. 다들 잘 헤아려서 나한테도 알려주려무나.

뭉이쌤 어린 세대의 설화 해석이 새롭고 놀라울 때가 많아요. 이야기를 풀어내는 방식도 그렇고요. 보자…… 엄지가 아직 안 했지? 이야기 하나 해보지 않겠니?

엄지 넵, 엄지는 사양하지 않습니다.

엄지

제가 들려드릴 이야기는 캄보디아에서 전해온 설화예요. 캄보디아에서 한국으로 시집온 아주머니가 들려주신 이야기랍니다. 저는 전설하고 민담을 구별하기가 좀 어려운데, 이 이야기도 그래요. 전설 같기도 하고 민담 같기도 해요. 그냥 편하게 얘기할게요.

흰 코끼리 왕의 딸

✳

캄보디아 민담

먼 옛날, 어느 곳에 큰 가뭄이 찾아왔어요. 봄이 오고 여름이 지나 가을이 되도록 비가 한 방울도 내리지 않았답니다. 땅이 갈라지고 곡식들이 말라서 먹을 게 부족했어요. 당연히 물이 너무나도 귀해졌죠.

곡식이 말라버리니까 사람들이 산으로 먹을 걸 찾아다녀요. 나무나 풀뿌리 같은 거라도 캐서 먹으려고요. 닝뗍이라는 처녀도 산으로 먹을 걸 찾아 나섰어요. 닝뗍은 열아홉 살인데, 부모님이 돌아가시고 할머니랑 둘이서 가난하게 살았답니다. 자기가 움직여야 먹고살 수 있어요.

가까운 산은 사람들이 다 훑고 지나가서 먹을 게 없어요. 닝뗍은 혼자서 산속 깊은 곳으로 들어갔답니다. 한참 가다 보니 험한 정글인데 처음 가보는 곳이에요. 정글이면 풀과 나무가 많아야 하잖아요? 가뭄이 심하다 보니까 땅에 풀이 별로 없고 나무도 말라비틀어져서 보기 흉해요.

닝뗍이 가다 보니까 커다란 동굴이 눈에 들어왔어요. 그 안에 혹시 물이 있을까 싶어서 닝뗍은 동굴 속으로 들어갔어요. 하지만 물은 없었답니다. 실망하고 나오려는데 조그마한 웅덩이 같은 게 보였어요. 일정한 간격을 두고 땅이 둥그렇게 파여 있었죠. 보니까 그게 코끼리 발자국이에요. 코끼리가 아주 크잖아요? 하지만 그 발자국 크기는 정말 굉장했어요. 닝뗍이 코끼리를 여러 번 봤지만 이렇게 큰 발자국은 처음이에요. 보니까 깊이도 상당해요. 그런데 웅덩이 안에서 뭐가 반짝하는 거예요.

"저게 뭐지?"

닝뗍이 손을 넣어서 만져보니까 물이에요. 양은 아주 조금이에요. 바닥에 살짝 고여 있는 정도예요. 발자국 안에 있으니까 깨끗하지도 않겠죠. 하지만 닝뗍은 너무 목이 말랐어요. 두 손을 모아서 물을 떠가지고 호로록 호로록 빨아서 삼켰답니다. 간에 기별도 안 갈 만큼 적은 양이에요. 조금 찝찔한 느낌도 났어요. 그런데 그걸 먹고 나니까 신기하게 갈증이 싹 가셔요.

"이걸 떠서 집으로 가져야겠다!"

하지만 다시 살펴보니까 물이 사라지고 없어요. 다른 발자국에도 물은 없었죠. 한 곳에만 조금 고여 있었던 거예요. 닝뗍은 그냥 돌아올 수밖에 없었답니다.

그러고 나서 얼마 뒤, 하늘에서 비가 내렸어요. 사람들은 이제 살 수 있게 됐어요. 굶어 죽기 직전까지 갔던 닝뗍도 한숨을 돌렸답니다. 그런데 닝뗍 몸에 이상한 변화가 생겨났어요. 제대로 먹지도 못하는데 자꾸 배가 불러와요. 처음에는 무슨 병인 줄 알았죠. 그런데 몇 달이 지나니까 배가 그냥 부른 정도가 아니에요. 아주 불룩해요. 그리고 뱃속에서 뭔가 움직이는 게 느껴지는 거예요. 발로 차는 것 같기도 하고요. 닝뗍은 고민하다가 할머니에게 그 일을 말했어요. 할머니가 배를 만져보더니 깜짝 놀라죠.

"아기가 들어섰구나. 이게 어찌 된 일이야? 결혼도 안 한 처녀가 임신이라니! 만나는 남자가 있는 게냐?"

닝뗍이 들으니 마른하늘에 날벼락 같아요.

"할머니, 그럴 리가요. 남자하고는 손도 잡아본 적 없어요."

"그럼 어찌 된 일이야? 이상한 일 없었어? 잘 생각해 봐라."

닝뗍이 아무리 생각해도 임신할 만한 일이 없어요. 그때 몇 달 전에 있었던 일이 생각났어요.

"제가 동굴에 들어갔다가 목이 말라서 코끼리 발자국에 고인 물을 먹은 적이 있어요. 그것 때문일까요?"

"그 발자국이 어떻게 생겼는지 말해봐라."

닝뗍은 그때 있었던 일을 자세히 말했어요. 그랬더니 할머니가 놀라면서,

"오오, 부처님! 얘야, 네가 코끼리 왕의 오줌을 먹었나 보구나. 그래서 임신한 거야."

"코끼리 왕이요?"

"그래. 본 사람은 없지만 얘기는 널리 퍼져 있지. 수백 년을 살아온 하얀 코끼리란다. 부처님 같은 고귀한 존재야. 몸을 잘 돌보

도록 해라."

닝뗍이 그 말을 들으니까 놀랍기도 하고 무섭기도 하고 마음이 복잡해요. 그래도 할머니 말씀대로 몸을 깨끗이 잘 돌봤어요. 얼마 뒤 아기가 태어났는데 딸이에요. 아이는 아주 예쁘고 몸에서 향기가 났어요. 그리고 보통 아기들보다 훨씬 컸답니다. 닝뗍은 아이 이름을 닝깔이라고 지었어요.

닝깔은 건강하게 쑥쑥 자라났어요. 하지만 세상은 그 아이를 그냥 놔두지 않았어요. 닝뗍이 부모님 없이 할머니하고 살았잖아요? 친구들이 잘 어울려주지 않아서 외롭게 컸어요. 닝깔은 아버지 없이 처녀 몸에서 태어났으니 더해요. 다른 아이들이 아버지 없는 애라고 손가락질하면서 따돌리는 거예요. 닝깔이 크고 예쁘니까 더 그래요. 아이들뿐 아니라 어른들도 마찬가지였답니다.

닝깔은 모든 걸 꾹 참으면서 지냈어요. 힘든 내색을 하면 엄마랑 증조할머니가 슬퍼할 테니까요. 하지만 혼자 참는 데도 한계가 있었죠. 어느 날, 닝깔은 친구들의 괴롭힘을 참지 못하고 울면서 엄마에게 물었어요.

"어머니, 나는 왜 아버지가 없어요? 나는 어떻게 태어난 거예요? 아버지 있는 곳을 알려주세요. 내가 찾아가겠어요."

그 말을 들은 닝뗍은 이제 때가 됐다는 걸 알았죠.

"너의 아버지는 사람이 아니야. 흰 코끼리 왕이시란다."

그러면서 닝뗍은 닝깔을 낳을 때의 일을 이야기해 줬어요. 아버지가 코끼리라니, 생각도 못 했던 일이었죠. 그때 닝뗍의 할머니가 말했어요.

"부처님의 화신으로 알려진 귀한 분이야. 아버지를 찾아가면 길을 열어주실 게다."

마치 그 얘기를 전해주려고 그동안 버텼던 것처럼, 할머니는 말을 끝내고는 눈을 감았답니다. 닝깔이 묻는 날이 올 때까지 기다렸던 거예요. 증조할머니 장례를 마친 뒤 닝깔이 말했어요.

"어머니, 나는 아버지를 찾으러 떠나겠어요. 숲에 가서 아버지와 살래요. 마을은 싫어요."

닝깔은 코끼리 왕을 찾아서 혼자 집을 떠났어요. 어디로 가야 하는지는 돌아가신 증조할머니도 잘 몰랐죠. 닝깔은 예전에 어머니가 발자국에 고인 물을 먹었다는 숲을 먼저 찾아가기로 했어요. 거기 가면 아버지 흔적을 찾을지도 모르니까요.

고생 끝에 숲속의 동굴을 찾았지만 거기에 코끼리는 없었어요. 닝깔은 더 깊고 험한 정글로 발걸음을 옮겼죠. 위험한 짐승들이 많다고 해서 사람들이 안 들어가는 곳이었어요. 아니나 다를까, 짐승들이 닝깔 앞에 나타나서 으르렁댔어요. 제일 무서운 건 호랑이였죠. 호랑이가 달려들려고 하자 닝깔이 외쳤어요.

"나를 내버려 둬. 아버지를 찾아가는 길이야."

그러자 호랑이가 닝깔의 말을 알아들었는지 딱 멈춰 서요. 그러면서 '어흥 어흥' 소리를 내는데, 신기하게도 닝깔은 그걸 사람 말소리처럼 알아들을 수 있었어요.

"아버지? 네 아버지가 누군데?"

"내 아버지는 흰 코끼리 왕이야."

그러자 호랑이가 깜짝 놀라 뒤로 물러서면서,

"흰 코끼리 왕의 딸이라고? 이럴 수가!"

"아버지를 아는구나. 아버지 있는 곳을 알려줘."

"흰 코끼리 왕은 아무나 볼 수 없어. 나도 본 적은 없지. 코끼리들이 사는 곳을 알려주마."

호랑이가 알려준 곳은 거기서도 아주 먼 곳이었어요. 험한 정글을 여러 개 지나야 했죠. 여자아이 혼자 정글을 헤치고 나가는 건 아주 어려웠어요. 시시때때로 짐승들이 나타나 으르렁대는 거예요. 하지만 짐승들은 다 닝깔의 말을 알아들었어요. 닝깔이 흰 코끼리 왕의 딸이라는 말을 듣고는 다들 길을 비켜줬죠.

마침내 닝깔은 코끼리들이 모여 사는 곳에 다다랐어요. 닝깔이 다가가니까 코끼리들이 깜짝 놀라죠.

"여기는 웬일이냐? 사람이 올 데가 아니니 어서 돌아가!"

"흰 코끼리 왕이 나의 아버지야!"

닝깔이 이렇게 말하자 코끼리들이 놀라서 웅성거려요. 한 코끼리가 화를 내면서,

"저 녀석이 우리 대왕님을 모욕하고 있어!"

그때 늙은 코끼리가 말했어요.

"그래도 뭔가 이상하다. 우리 말을 알아듣는 것도 신기하고. 재를 대왕님께 데리고 가자."

그래서 닝깔은 코끼리들을 따라서 코끼리 왕에게 가게 됐어요.

웬 동굴 안으로 들어가니까 크고 넓은 곳이 나와요. 코끼리 왕은 거기 궁전같이 큰 집에 앉아 있었어요. 딱 봐도 다른 코끼리하고는 달라요. 사방으로 아우라가 뿜어져 나왔죠.

"너는 누구냐? 왜 내가 네 아버지라고 하는 거지?"

닝깔은 어머니가 해준 말을 쭉 들려줬어요. 코끼리 왕이 다 듣더니 닝깔을 가까이 오게 해서 눈을 뚫어지게 바라봤어요. 닝깔도 지지 않고 코끼리 왕의 눈을 똑바로 바라봤죠. 흰 코끼리 왕의 눈에는 내면을 투시하는 능력이 있었던가 봐요.

"내 딸이 맞구나. 잘 찾아왔다."

그러자 코끼리들이 무릎을 꿇고서 닝깔을 향해 절을 해요.

"여봐라, 내 딸이 지낼 곳을 만들도록 해라."

왕이 명령을 내리니까 코끼리들이 곧바로 나서서 부지런히 움직여요. 코끼리가 힘이 세잖아요? 거기 코끼리들은 재주도 좋아요. 코끼리들은 금세 닝깔을 위한 멋진 집을 완성했어요.

닝깔은 거기서 먹고 자면서 본격적으로 숲속살이를 시작했어요. 정글 속의 생활은 좋았어요. 괴롭히는 사람이 없으니 속상할 일이 없죠. 코끼리들은 순하고 친절했어요. 정글에 대해서 많은 것을 알려줬죠. 닝깔은 거기서 살면서 자연의 이치와 정글의 질서에 눈을 뜨게 됐어요. 요즘 말로 하면 생태계죠. 그 중심에 흰 코끼리 왕이 있었답니다.

그렇게 세월은 흘러서 닝깔은 처녀가 됐어요. 그동안 사람은 만나질 못했죠. 어머니가 그리웠지만 마을로 가고 싶은 생각은 없었

어요. 숲속이 자기 살 곳이라고 여겼죠. 흰 코끼리 왕은 닝깔이 뒷날 숲의 지도자가 될 거라면서 딸을 잘 챙겼답니다.

그러던 어느 날이었어요. 나라에 젊은 왕이 있는데 닝깔이 사는 곳 근처로 사냥을 나온 거예요. 사냥을 아주 좋아하는 사람이었거든요. 사슴을 쫓아서 열심히 달리던 왕은 다른 사람들과 떨어져서 혼자가 됐어요. 이상한 느낌에 주변을 돌아보니까 코끼리들이 자기를 보고 있어요. 왕이 놀라서 활을 들고서 위협하자 코끼리들이 화를 내면서 달려들었어요. 미처 활을 쏠 틈도 없었죠.

젊은 왕이 막 코끼리 발에 깔리기 직전에 누가 소리쳤어요.

"멈춰! 그를 해치지 마!"

여자 목소리였어요. 젊은 왕은 꿈인지 생시인지 모르는 상태로 그 소리를 들으면서 정신을 잃었답니다.

왕은 한참 만에 정신을 차렸어요. 눈을 떠보니까 아름다운 처녀가 곁에서 자기를 보살피고 있지 뭐예요. 왕은 그동안 수많은 여자를 봤지만 그렇게 멋지고 당당한 사람은 처음이었어요. 더군다나 그 여자가 자기를 구해준 거잖아요? 왕은 단번에 사랑에 빠져버렸답니다.

닝깔도 참 오랜만에 보는 사람이에요. 그런데 그 사람이 하필 잘생긴 젊은 남자였던 거예요. 사랑으로 가득 찬 남자의 눈빛과 부드러운 말은 닝깔의 내면 깊은 곳에 잠자고 있던 사랑의 열정을 일깨웠답니다. 닝깔도 왕을 사랑하게 됐어요.

"닝깔, 나와 함께 왕궁으로 가요. 내 아내가 되어주세요."

왕의 정성스런 청혼에 닝깔은 마음이 흔들렸어요. 깊은 고민에 빠졌죠. 닝깔은 아버지가 자기를 보내주지 않으리라는 걸 알았어요. 흰 코끼리 왕은 사람을 믿지 않았거든요. 자기가 따라간다는 말을 들으면 남자를 죽여버릴지도 몰라요.

하지만 사랑의 열정을 이길 수 있는 건 없었어요. 닝깔은 코끼리들의 눈을 피해서 젊은 왕과 함께 몰래 그곳을 떠났답니다. 오래 생활해 온 정든 숲을 벗어나서 사람 사는 곳으로 돌아온 거예요. 다른 곳도 아니고 복잡하고 화려한 왕궁으로요.

사람들은 왕비님이 될 사람이라면서 닝깔을 반갑게 맞이해서 챙겨줬어요. 하지만 닝깔은 마음이 편하지 않았답니다. 그녀의 눈에 사람들 속마음이 보였거든요. 샘내는 사람, 얕보는 사람, 욕하는 사람이 잔뜩이에요. 왕은 사랑에 진심이었지만 숲에서 봤을 때하고 다른 면도 있었어요. 그때는 더없이 순박하고 진실해 보였는데, 왕궁으로 오니까 좀 권위적이고 공격적이에요. 닝깔은 혼란스러웠답니다.

그러던 어느 날, 왕궁 밖에 큰 소란이 벌어졌어요. 커다란 코끼리가 나타나 건물들을 부수면서 왕궁으로 다가온 거예요. 닝깔의 아버지 흰 코끼리 왕이었습니다. 딸을 찾으려고 정글에서 거기까지 온 거예요. 말로만 듣던 코끼리 왕이 나타나자 사람들이 다들 깜짝 놀라죠. 무서워서 도망가는 사람도 있었고 엎드려서 절을 올리는 사람도 있었어요.

흰 코끼리 왕은 왕궁으로 다가오면서 쩌렁쩌렁 큰 소리를 냈어요. 다른 사람들 귀에는 짐승 소리로 들리는데 닝깔은 그 말을 알아들어요.

"내 딸아, 나와 함께 가자. 이곳은 안 좋은 곳이야."

그날은 닝깔이 젊은 왕과 결혼식을 올리는 날이었어요. 결혼식 준비가 한창일 때 아버지가 나타난 거죠. 아버지 말소리를 들은 닝깔이 밖으로 나가려고 하자 왕이 팔을 꽉 붙잡았어요.

"나가면 안 돼요!"

그때 흰 코끼리 왕이 왕궁에 도착했어요. 왕궁의 문은 코끼리 왕이 들어가기에는 너무 작았습니다. 흰 코끼리 왕은 앞발을 들고 코를 휘둘러서 왕궁의 벽을 쳤어요. 왕궁의 벽은 아주 단단했어요. 코끼리 왕은 여러 번 힘을 쓰고 나서야 바깥 벽을 무너뜨릴 수 있었답니다. 코끼리 왕은 있는 힘을 다 써서 궁궐 안쪽의 벽도 허물어뜨렸어요. 그러자 왕과 함께 있는 닝깔이 눈에 들어왔죠.

"내 딸아, 가자!"

그 말이 사람들에게는 무서운 위협 소리로 들려요.

"코끼리를 쏴라!"

왕이 명령을 내리자 수백 명의 군사들이 한꺼번에 코끼리 왕에게 화살을 날렸어요.

"안 돼요! 하지 마!"

닝깔이 큰 소리로 외쳤지만 소용없었어요. 이미 수많은 화살이 코끼리 왕의 몸에 꽂힌 뒤였죠. 코끼리 왕은 그대로 쿵 소리를 내면서 쓰러졌답니다. 닝깔은 쓰러진 아버지에게 다가가서 얼굴을 부둥켜안았어요.

“아버지, 잘못했어요. 용서하세요!”

닝깔의 눈에서 눈물이 줄줄 흘렀어요. 그 모습을 바라보던 코끼리 왕은 무슨 말을 하려다가 그만두고서 조용히 눈을 감았답니다. 부처님의 화신인 흰 코끼리 왕은 그렇게 세상을 떠났어요. 닝깔은 죽은 아버지를 안고서 울고 또 울었답니다. 영원히 그치지 않을 것처럼요.

그때 젊은 왕이 사람들에게 명령했어요.

“코끼리 왕의 장례를 잘 치러주고 그를 위해 큰 탑을 만들어라.”

왕의 명령대로 장례식이 치러졌고, 큰 탑도 세워졌어요. 모든 일이 진행되는 동안 닝깔은 단 한마디 말도 없었답니다. 탑이 만들어지자 닝깔은 홀로 그 안에 들어가서 기도를 시작했어요. 언제 끝날지 모르는 기나긴 기도였죠.

그러던 어느 날 밤, 닝깔은 아무도 모르게 탑을 나와서 조용히 사라졌답니다. 그 뒤로 그녀를 본 사람은 아무도 없었어요. 마을에서도, 그리고 숲속에서도요.

이야기에 대한 이야기

연이 수고했어, 엄지야. 이 이야기도 참 슬프다. 주인공이 딸이라서 더 마음이 가.

통이 닝깔도 영웅이라고 볼 수 있는 걸까?

이반 이곳에도 저곳에도 속하지 못한 비운의 영웅 아닐까?

엄지 맞아요. 뭔가 큰일을 해낼 것 같았는데, 결과가 안 좋아서 안타까웠어요.

통이 쌤! 닝깔은 인간 세상으로 돌아오지 말고 숲속에서 코끼리와 살았어야 하는 걸까요?

뭉이쌤 글쎄, 어렵구나. 사람으로 태어난 아이니까 마을에서 살아야 할 것 같기도 하고, 인간 세상 속에 사는 게 잘 안 맞는 것 같기도 하고, 쉽게 판단을 못 하겠어.

통이 오, 쌤도 이럴 때가 있으시네요.

뭉이쌤 당연하지! 어떻게 하면 마을에서의 삶과 숲속에서의 삶을 조화시킬 수 있을지 너희들이 한번 고민해 보려무나. 그게 이 이야기가 전해주는 과제일 수 있거든. 인간과 자연, 또는 문명과 야생의 공존 문제가 되겠지.

엄지 저는 자연 편을 들고 싶어요. 인간도 자연에 포함되니까요. 사람들이 자연을 거스르는 게 문제를 만들잖아요? 이 이야기에서도 코끼리에게 활을 쏜 건 잘못이라고 생각해요.

퉁이 젊은 왕 입장에선 왕궁이 무너지고 신부를 빼앗길 상황이다 보니까 그랬겠지.

연이 닝깔이 이곳에도 저곳에도 안 속한다고 했지만, 달리 생각하면 양쪽에 다 속하는 거잖아요? 동물들과 대화도 가능하고요. 더 적극적으로 무언가를 했어야 한다고 생각돼요.

엄지 동감! 한쪽을 버리고 한쪽을 택할 일이 아니었어.

이반 그러고 보니까 닝깔이 숲으로 들어갈 때도 좀 극단적이었던 것 같네. 그땐 마을을 버린 셈이니까.

뭉이쌤 그래. 스스로 아무 데도 속하지 못하는 존재라고 생각하면 실제로 그렇게 되고 말지. 양쪽에 다 속한 존재라고 생각하고 길을 찾는 게 필요해. 너희들이 스스로 답을 찾아가는 게 참 신기하구나. 닝깔보다 낫다고나 할까?

퉁이 오, 우리가 영웅인 건가요? 하하.

연이 근데 그 뒤에 닝깔이 어떻게 됐을지 궁금해요. 엄지야, 그 뒷이야기는 없었어?

엄지 응. 그 부분을 애매하게 얘기하셔서…… 조용히 사라졌다는 것도 사실은 내가 추가한 내용이야.

연이 그랬구나. 궁금하네.

뭉이쌤 그럼 그 부분은 각자 상상해서 뒷이야기를 만들어보자꾸나.

storytelling time
나도 이야기꾼

기본 스토리텔링

이번 스테이지에서 만난 이야기 중 가장 마음에 드는 것을 골라서 다음과 같은 단계로 스토리텔링 활동을 해보자.

step 1: 책에 쓰인 그대로 이야기를 소리 내어 읽는다.

step 2: 책에 쓰인 그대로 이야기를 소리 내어 읽되, 가상의 청자에게 말해 주듯이 읽는다.

step 3: 청자에게 이야기를 전달하되, 틈틈이 책을 참고한다.

step 4: 청자에게 이야기를 전달하되, 책을 참고하지 않는다.

step 5: 청자에게 이야기를 전달하되, 표현과 내용을 조금씩 자신의 방식대로 바꿔본다.

step 6: 완전히 내 것이 된 이야기를 구연 환경과 청자의 성향에 맞춰 내용과 표현을 자유자재로 조절하며 전달한다.

이야기별 재창작 스토리텔링

다음은 이번 스테이지에서 만난 이야기들에 대한 활동거리이다. 이 중 하나 이상을 골라 스토리텔링 활동을 해보자.

<아킬레우스는 왜>

① **장면을 시나 노래로 재구성하기:** 이야기에서 특히 인상적인 장면을 하나 골라 시나 노래, 랩으로 그 상황이나 느낌을 표현해 보자.

② **다른 인물의 관점에서 이야기하기:** 아킬레우스와 헥토르가 싸우는 과정을 헥토르의 입장에서 이야기해 보자.

<아기장수 우뚜리>

③ **인물의 유서 쓰기:** 우뚜리가 죽으면서 세상에 남겼을 만한 말을 생각해 보고, 그 내용을 담아 유서를 써보자.

④ **애도사(제문) 쓰기:** 아기장수 우뚜리를 대상으로 죽음을 애도하거나 추모하는 글을 써보자.

⑤ **이야기 다시 쓰기:** 지금으로부터 10년 뒤, 서울에 우뚜리 같은 인물이 태어났다고 가정하고 현대판 아기장수 설화를 써보자. 단, 이야기 속에 용마에 해당하는 존재를 등장시킨다.

<청개구리 용사 이야기>

⑥ **청개구리의 상징적 의미 생각해 보기:** 이야기 속 청개구리가 어떤 상징적 의미를 지니고 있을지 자유롭게 이야기해 보자. 단, 개인적 특성보다는 사회적 의미에 더 중점을 두어 생각한다.

⑦ **다른 인물의 관점에서 이야기하기:** 청개구리의 아내나 부모, 촌장 등 다른 인물을 하나 선택한 뒤 그의 입장에서 이야기를 풀어내 보자.

<흰 코끼리 왕의 딸>

⑧ **이야기의 흐름 바꾸기:** 이야기의 두 지점, 즉 아버지가 흰 코끼리 왕이라는 사실을 알았을 때와 젊은 왕이 왕궁으로 가서 결혼하자고 했을 때 중 하나를 골라서 닝깔이 다른 선택을 했다고 가정하고 이야기를 전개해 보자.

⑨ **뒷이야기 만들기:** 아버지인 흰 코끼리 왕이 죽은 뒤 닝깔의 삶은 어땠을지 상상해 보자. 닝깔이 혼자 기도하다가 조용히 사라졌다는 마지막 내용을 바꾸거나 삭제해도 좋다.

⑩ **주인공 성별 바꾸기:** 흰 코끼리 왕의 자식이 딸이 아닌 아들로 태어났다면 이야기가 어떻게 전개됐을지 상상해 보자.

이야기 연계 스토리텔링

1. 앞선 이야기 중에서 가장 특별하다고 생각하는 인물을 하나 고르고, 그 인물이 인상적이라고 느낀 이유를 말해보자. 주인공이 아닌 주변 인물을 선택해도 좋다.

2. 〈아킬레우스는 왜〉에서처럼 신들이 직접 인간사에 개입한다고 가정하고, 〈아기장수 우뚜리〉를 신과 인간이 어우러지는 내용으로 재구성해 보자. 단, 우뚜리 편을 드는 신 외에 왕이나 장군의 편을 드는 신도 설정한다.

3. 〈청개구리 용사 이야기〉의 청개구리 용사가 〈흰 코끼리 왕의 딸〉의 닝깔에게 청혼하는 내용의 이야기를 만들어보자. 단, 두 인물이 합심해 세상을 바꾸려 하는 내용을 포함한다.

4. 이 외에 이야기들을 흥미롭게 연계할 수 있는 여러 가지 방법을 찾아보고, 이를 토대로 다양한 스토리텔링 활동을 해보자.

3

stage 03

영웅, 세상을 뒤집다

천방지축 마우이

대초원의 남녀 용사

파르치팔과 성배의 성

향랑이 바꾼 세계

이번 이야기판은 내가 열도록 할게요. 재미있는 이야기니까 편한 말투로 갑니다. 들려줄 이야기는 멀리 태평양 폴리네시아 지역에서 전해온 신화예요. 디즈니 애니메이션 <모아나>를 본 사람 있을 거예요. 거기 마우이라는 재미있는 영웅이 나오잖아? 바로 그에 대한 이야기랍니다.

천방지축 마우이

*

폴리네시아 신화

옛날 아주 먼 옛날의 일이야. 그 시절에는 하늘과 땅이 서로 붙어 있었단다. 하늘 신 랑이와 땅의 여신 파파투아는 서로를 아주 사랑해서 잠시도 떨어지려 하지 않았어. 둘 사이에 틈은 거의 없었지. 작은 틈에 흐릿한 땅거미들만 가득했대.

랑이와 파파투아가 오랫동안 사랑을 나누다 보니 여러 자식들이 생겨났어. 그들도 다 신이지. 바람의 신 타위리, 숲의 신 타네, 전쟁의 신 투, 바다의 신 탕아로아 등등이야. 이들 말고도 더 있어. 그런데 랑이와 파파투아가 늘 가까이 붙어 있으니까 자식들이 움직이기가 영 힘들지 뭐냐. 그들은 한자리에 모여서 어찌하면 좋을지 상의했어. 전쟁의 신 투가 나서면서,

"그냥 하늘을 죽여서 없애버리자!"

그 말을 듣고 다들 고민할 때 숲의 신 타네가 나섰지.

"그러지 말고 어머니와 아버지 사이를 떨어뜨리자. 하늘을 밀어 올리는 거야."

그 말에 아버지를 특별히 좋아한 타위리를 제외하고 다들 찬성이야. 그들은 하늘을 밀어 올리기 시작했단다. 하지만 쉽지 않았어. 다른 형제들이 겨우 둘 사이를 조금 떼어놓았을 때 힘센 타네가 나섰지. 그는 온 힘을 다해서 하늘을 발로 차올렸어. 하늘은 위쪽으로 멀찌감치 날아갔지. 파파투아가 남편을 따라가려고 하자 타네가 드러누워서 못 움직이게 했대. 그래서 하늘과 땅 사이에 넓은 공간이 생겨났단다. 지금의 세상이 탄생한 거야.

랑이는 파파투아를 그리워해서 눈물을 흘렸는데, 그 눈물이 바로 비야. 땅에서 피어나는 안개는 파파투아의 그리움이고 이슬은 파파투아의 눈물이라지. 타네는 랑이와 파파투아가 멀리 수평선에서 서로 만날 수 있게 하고 하늘에 아름다운 별들을 달아주었단다. 랑이가 굴러떨어지지 않게 구름으로 받쳐주기도 한대.

타네는 하늘과 땅을 벌려놓은 뒤 자기를 닮은 모습으로 새로운 생명을 만들었단다. 그게 바로 인간이야. 최초의 인간은 여자였대. 타네는 그 여자와 결혼해서 많은 아들과 딸을 낳았어. 그래서 세상 이곳저곳으로 사람들이 퍼지게 됐단다. 사람들의 최초의 조상은 하늘과 땅, 그리고 숲인 셈이지.

타네의 후손 가운데 타랑아라는 여자가 있었어. 타랑아는 신과 결혼해서 아들 네 명과 딸 한 명을 낳았단다. 그 신은 바다의 신 탕아로아라고도 하고 지하 세계의 신이라고도 하는데, 지하의 신이 맞는 것 같아. 나중에 자식이 아버지를 찾으러 갈 때 바위를 열고서 땅속으로 가거든. 그 자식이 누구냐면 바로 마우이야.

마우이는 타랑아의 다섯째 아들로 태어났단다. 이미 여러 자식이 있었던 타랑아는 그 아이를 키우고 싶지 않았어. 그래서 갓 태어난 마우이를 멀리 바다에 집어 던졌단다. 하지만 신들은 아이를 그냥 버려두지 않았어. 파도가 아이를 실어서 바닷가로 보냈고 해초가 몸을 감싸줬지. 해파리가 침대 구실을 했대. 그때 사나운 새들이 아이를 잡아채려고 달려들었지 뭐냐. 하늘 신 랑이는 산신을 시켜서 마우이를 구해가지고 하늘로 올려보내게 했어. 그렇게 마우이는 위기를 넘기고 하늘에서 살게 됐단다.

랑이는 지혜로운 신이야. 그 밑에 다른 신들도 많지. 마우이는 신들에게 많은 걸 배웠단다. 강력한 힘과 지혜를 얻고 새로 변신하는 재주도 익혔지. 그와 비교할 만한 인간은 세상에 아무도 없었어. 웬만한 신들도 그를 이기지 못할 정도였단다.

근데 마우이가 모든 걸 가지지는 않았나 봐. 생김새는 좀 이상했다는구나. 몸집이 통통하고 두 눈 색깔이 서로 달랐대. 한쪽은 밝은 갈색이고 한쪽은 옥빛이었다지. 마우이는 몸에 문신을 새겨 넣어서 꾸미는 걸 좋아했어. 하여튼 가만히 있는 성격이 아니야. 늘상 움직이면서 뭔가 일을 벌여야 직성이 풀리지.

마우이가 웬만큼 자라고 나니까 하늘 생활이 영 심심하지 뭐냐. 같이 놀 친구도 없고 형제도 없으니 그럴 수밖에. 그러던 어느 날, 마우이는 신들에게 물었어.

"나는 신 아니고 인간 맞죠? 어머니와 아버지는 누군가요? 형제는 없어요?"

그러자 신들은 마우이에게 부모와 형제들에 대해서 말해줬어. 형제가 네 명이나 있다는 말에 마우이 눈이 반짝였지. 그때 그가 어떻게 했을지는 보나마나지 뭐. 그는 형제들을 만나려고 지상으로 향했단다. 마우이는 바람의 날개를 타고서 땅으로 내려왔어. 하늘에는 바람의 신 타위리가 아버지와 함께 살고 있었거든.

마우이는 형제들이 모여서 놀고 있는 곳으로 갔어.

"안녕! 나는 마우이야. 타랑아의 막내아들이지."

그러자 아이들이 말했어.

"뭐라고? 우리 어머니에게 너 같은 아들은 없어."

"어머니를 불러서 물어보면 알겠지."

형제들은 어머니를 불러왔어. 타랑아가 보니까 낯선 아이야.

"너는 누군데 내 자식이라고 하느냐? 당장 사라져!"

"바다에 던져버린 막내를 잊으셨나요? 제가 그 아이입니다."

그러면서 마우이는 신들에게 구원받아서 하늘에서 살다가 부모 형제를 만나러 온 사실을 하나하나 말했어. 타랑아가 그 말을 듣고 보니까 자기 아들이 분명하지. 사실 다 듣기도 전에 알았어. 부모와 자식 사이에는 끌리는 게 있는 법이니까.

"내 아들아, 죽으라고 버렸는데 이렇게 잘 자라다니 반갑고 기쁘구나. 오늘은 나하고 함께 자자꾸나."

그러면서 타랑아는 자기 코를 마우이 코에 대고 비볐어. 다른 형제들이 깜짝 놀라지. 어머니가 다른 자식에게는 그렇게 해준 적이 없었거든.

그때부터 무얼 하든 마우이가 주인공이야. 하늘에서 배운 재주가 많으니 그럴 수밖에. 애가 힘도 엄청나잖아? 형들은 물론이고 다른 아이들도 마우이를 감히 건드리지를 못해. 그것도 그렇지만 마우이하고 있으면 재미있는 일들이 많아. 애가 아주 영리하고 장난기가 많았거든.

한번은 이런 일도 있었단다. 아이들이 숨바꼭질을 하는데 히나라는 아이가 마우이를 나뭇잎 더미 아래에 숨겼어. 다들 못 찾으니까 히나가 웃으면서 나뭇잎 더미를 가리켰지. 그런데 나뭇잎을 다 들어내도 마우이가 안 보이는 거야. 히나가 제일 놀라지. 그런데 치워놓은 나뭇잎 속에서 마우이가 웃으면서 쏙 나오지 뭐냐. 귀신이 곡할 노릇이지. 아이들은 마우이의 능력이 그냥 보통이 넘는 정도가 아니라 신기한 수준이란 걸 깨달았단다. 전보다 더 무서워하지. 그렇든 말든 마우이는 싱글벙글이야.

마우이는 어머니의 오두막에서 함께 지냈어. 그런데 가만 보니까 어머니가 해 뜰 무렵에 어디론가 나가는 거야. 어디로 가는지 통 알 수가 없어. 돌아와서도 어딜 다녀왔는지 말을 안 하니까 더 궁금하지. 마우이가 궁금한 걸 못 참거든. 마우이는 어머니를 미행하기로 마음먹고 형제들에게 함께 가자고 했어. 그랬더니 다들 안 간다지 뭐냐.

"어머니가 어딜 가시는지 궁금하지 않단 말야? 비밀 장소에서 아버지를 만나는지도 모르는데!"

"관심 없어. 우리에겐 대지의 어머니 파파투아와 하늘의 아버지랑이로 충분해!"

안 간다니 할 수 없지 뭐. 혼자 가는 수밖에. 다음 날 아침, 마우이는 몰래 자리에서 일어나서 조용히 어머니의 뒤를 밟았단다. 어머니는 협곡으로 내려가더니 커다란 검은 바위가 두 개 서 있는 곳에 멈춰 섰어. 그러더니 노래를 부르기 시작했단다.

웅장한 바위들이여, 문을 여소서.

어둠 속에 깃든 사나운 영혼들이여,

영혼의 땅으로 가는 내 길을 막지 마소서.

입구를 활짝 열어주소서.

그러자 꼭 붙어 있던 바위가 쩍 갈라지지 뭐냐. 타랑아가 안으로 들어가자 바위는 다시 닫혔어. 마우이는 그 노래를 몇 번이고 되풀이해서 잘 기억해 뒀다가 시간이 좀 지난 뒤에 바위 앞에 섰어. 그리고 어머니가 했던 것 그대로 노래를 불렀단다. 그랬더니 바위가 쩍 갈라지는 거야.

마우이가 안으로 들어가니까 험악한 정령들이 앞을 가로막았어. 얼굴이 아주 흉측한 괴물이야. 혓바닥을 날름거리는데 그게 불꽃이지 뭐냐. 그들은 마우이를 잡으려고 집게발처럼 생긴 손가락을 마구 휘둘렀어. 마우이는 재빨리 비둘기로 변신해서 날아올랐지. 정령이 손을 뻗었지만 건진 건 꼬리 깃털 몇 개뿐이었어.

마우이는 안쪽으로 향하는 통로로 빠르게 날아갔어. 거기는 별

세계였지. 태양 빛이 전혀 들어올 수 없는 곳이야. 하지만 거기도 옅은 빛은 있었단다. 그게 땅에서 우러나는 빛이지. 마우이가 가만히 살펴보니까 거기가 지상보다 하늘하고 더 가까워. 하늘보다는 어둡지만 말이지.

타랑아는 어느 나무 아래에 웬 남자하고 앉아 있었어. 마우이 생각에 그게 아버지가 분명하지. 마우이는 부리에 산딸기를 물고 날아가서 아버지 이마에 툭 떨어뜨렸어. 그래도 아무런 반응을 보이지 않으니까 한 번 더 떨어뜨렸지. 아버지가 올려다보니까 웬 새가 한 짓이야. 아버지는 새를 향해 돌을 던졌단다. 거기 있던 다른 이들도 함께 돌을 던졌어. 하지만 비둘기는 요리조리 돌을 잘 피했지. 그때 타랑아가 말했어.

"잠깐! 우리 아들일지 몰라요. 마우이 맞지? 이리 내려오렴."

어머니가 자기를 알아보니까 기분이 좋지. 마우이는 본래 모습으로 변해서 어머니 옆에 섰어. 그때 아버지가 마우이에게 손을 내밀면서 말했단다.

"내가 늘그막에 낳은 아들이구나. 환영한다. 내가 너에게 해줄 일은 하나뿐이다. 위대한 신 타네님의 생명수를 뿌려주지. 그러면 너는 축복을 받아서 영원히 살 수 있을 것이다."

아버지는 마우이에게 생명수를 뿌려줬어. 그런데 주문을 깜빡했지 뭐냐. 그래서 축복이 효력을 내지 못하게 된 거야.

"맙소사! 네가 죽음의 여신 히네를 피하지 못하게 됐구나. 어느 때가 되든 히네에게는 절대로 갈 생각을 하지 말도록 해라."

그게 아들로 하여금 히네에 대한 호기심을 갖게 하는 말인 줄은 미처 몰랐지.

마우이는 그곳에서 전에 몰랐던 새로운 이야기들을 들었어. 그의 마음을 사로잡은 건 마법의 턱뼈 이야기였단다. 영혼의 세계에 사는 자기 할머니의 턱뼈에 엄청난 마법의 능력이 있다는 거야. 그 말을 듣고 가만히 있을 마우이가 아니지. 그는 만류를 뿌리치고 할머니를 찾아갔단다. 왜 만류했냐고? 그 할머니가 사람을 한 입에 삼키는 무서운 괴물이었거든.

할머니의 모습은 끔찍했어. 입이 얼마나 큰지 마우이를 꿀떡 삼키고 남을 정도야. 마우이가 숨어서 엿보고 있으려니까 사람 냄새를 맡고서 코를 킁킁대. 이쪽저쪽으로 냄새를 맡다가 남쪽을 향해 킁킁대더니 몸을 쭉 뻗으면서,

"이쪽이구나. 남풍을 타고 온 거냐? 넌 누구지?"

그러자 마우이가 썩 나서면서 말했어.

"할머니의 자랑스러운 손자 마우이입니다."

"말썽쟁이 마우이구나. 내가 손자를 잡아먹을 순 없지. 여기는 왜 왔느냐?"

"할머니의 마법 턱뼈를 받으러 왔어요."

"그건 줄 수 없다."

"그걸 얻을 때까지 가지 않을 거예요."

할머니는 마우이를 당해낼 수 없었어. 자기가 죽을 때까지라도 기다릴 태세였거든. 할머니는 제 손으로 턱뼈를 쑥 뽑더니 가져가

라고 했어.

그래서 마우이는 신비한 마법 턱뼈를 가지게 됐단다. 그걸로 무얼 했느냐고? 여러 가지 일을 했지. 그 중에 하나가 낚시질이야. 턱뼈로 커다란 낚싯바늘을 만들어서 바닷속에 있는 걸 낚은 거지. 뭘 낚았는지 들으면 깜짝 놀랄걸!

어느 날, 마우이는 형들을 따라서 바다로 낚시를 하러 갔어. 형들이 마우이를 따돌리고 자기들끼리만 카누를 타고서 나갔는데 마우이가 새로 변해서 따라간 거야. 마우이가 카누에 떡 내려서니까 형들은 깜짝 놀라면서도 그러려니 하지. 처음 있는 일이 아니니까 말야. 그때 마우이가 망토 속에서 커다란 낚싯바늘을 턱 꺼냈는데, 미끼가 뭐냐면 자기 피야. 손가락에서 피를 내서 낚싯바늘에 묻히는 거지. 낚시를 바다에 던진 마우이는 노래까지 흥얼거렸단다.

동북풍아 동남풍아, 내 낚싯줄에서 노래하라.

달콤한 노래로 낚싯줄을 인도하라.

어떤 것도 나의 낚시를 방해하지 못하리.

안 그러면 내가 모든 걸 망가뜨릴 테니까.

드디어 마우이의 낚싯바늘에 뭐가 걸렸어. 낚싯줄이 팽팽하게 당겨지면서 물이 크게 출렁이고 카누가 흔들렸단다. 금방이라도 배가 뒤집힐 지경이야. 형들은 놀라서 야단인데 마우이는 태연하지. 그는 힘껏 낚싯줄을 잡아당겼어.

"이게 내가 잡으려던 물고기야. 좀 도와보라구."

그러자 형들이 함께 줄을 당기는데 별 도움은 안 돼. 마우이 혼자 하는 거나 마찬가지지. 어떻든 그들은 함께 한참 동안 낚싯줄을 당겨서 엄청난 물고기를 끌어올렸단다. 그 물고기 이름이 뭐냐면 '테이카마우이'야. '마우이의 물고기'라는 뜻이지. 오늘날의 뉴질랜드 북섬이 바로 그 주인공이란다. 마우이가 바닷속에서 거대한 땅을 낚아 올린 거야.

"형님들, 내가 신들에게 바칠 제물을 구해 올 테니 이 물고기를 잘 지켜줘."

마우이는 이렇게 말하고 어디론가 사라졌어. 그러자 형들은 서로 물고기를 차지하려고 싸우기 시작했단다. 칼로 베고 자르고 야단이야. 물고기는 이리저리 몸을 비틀면서 난리지. 그래서 마우이가 낚아 올린 땅에 산과 절벽, 협곡이 생겨나게 됐대.

마우이가 와서 보더니만,

"에이, 이게 뭐야! 형들이 욕심을 안 냈으면 아름다운 평원이 됐

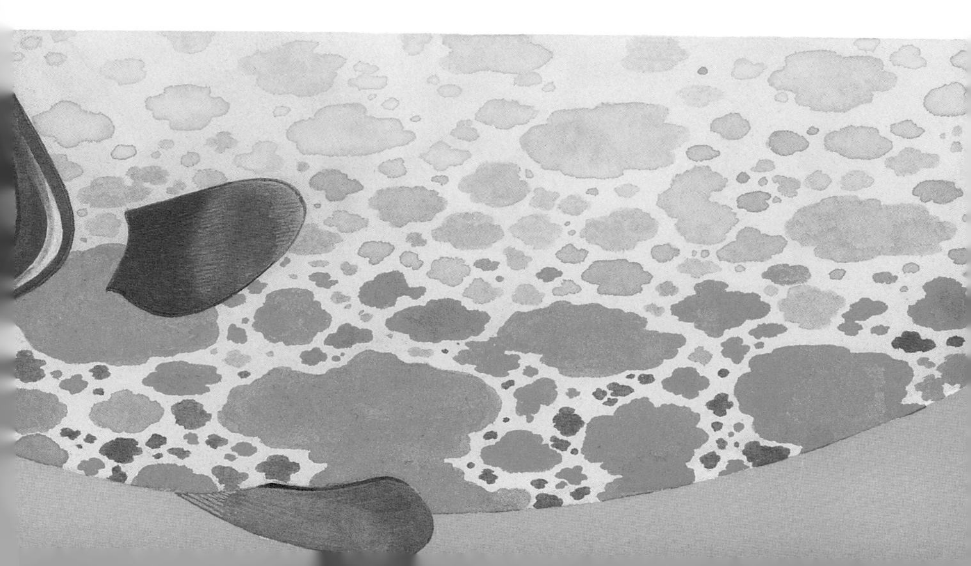

을 텐데!"

하지만 이미 벌어진 일이니 어쩔 수 없지 뭐.

마우이 덕분에 새 땅이 생겨나면서 사람들도 더 늘어났어. 그때 세상에는 불이 무척 귀했단다. 사람이 살아가는 데 불이 꼭 필요하잖아? 사람들은 불을 꺼뜨리지 않으려고 늘 노심초사했단다. 비라도 쏟아지면 불을 지키려고 야단법석이지. 그 모양을 보니까 마우이가 뭔가 심통이 나면서 장난을 치고 싶지 뭐냐. 그는 밤중에 여기저기 다니면서 지상에 있는 불을 다 꺼버렸단다.

불이 없어지니까 다들 야단이지. 마우이가 아무것도 모르는 척하면서,

"아니, 다들 왜 이렇게 야단이람?"

"누가 그랬는지 밤사이에 불이 다 꺼졌지 뭐요. 불 없이는 살 수 없어요."

"다시 구해 오면 그만이지! 지하 세계에 불의 신이 살잖아."

하지만 거기로 가려는 사람은 아무도 없었지. 직접 본 적은 없어도 불의 신 마후이카가 얼마나 무서운지는 다들 알고 있었거든. 결국 갈 사람은 마우이뿐이야. 마우이는 어머니에게 마후이카가 있는 곳을 물은 뒤 지하 깊은 곳을 향해서 혼자 길을 떠났단다.

지하 세계로 가는 입구는 마우이도 알잖아? 불의 신 마후이카의 집을 찾는 건 어렵지 않았어. 어머니가 알려준 대로 쭉 가다 보니까 한곳에서 연기가 피어오르고 있었지. 마후이카는 화덕 위에 사람의 뼈를 잔뜩 올려놓고서 요리를 하는 중이었단다. 그가 뼈 타는

냄새를 기분 좋게 맡고 있는데 마우이가 썩 다가가서 말했어.

"불쏘시개를 얻으러 왔어요. 어서 주세요."

그러니까 마후이카가 깜짝 놀라지. 사람이 제 발로 찾아오다니 웬일이야.

"불쏘시개 어서 주세요. 줄 때까지 안 갑니다."

마후이카가 보니까 만만한 녀석이 아니야. 그냥 빨리 보내는 게 낫겠어.

"옜다! 가져가라."

불덩이 하나를 툭 던져줬어. 그러자 마우이가 그걸 물에다 집어 던지는 거야. 피시시 불이 꺼지지.

"이게 뭐 하는 짓이냐?"

"내가 원하는 건 불덩이가 아니고 불을 만드는 방법이에요. 어서 알려줘요."

마후이카가 대답 없이 또 다른 불덩이를 던져주니까 다시 물에 집어 던지지.

"못 들었어요? 불 피우는 방법을 알려달라고요!"

"무례한 녀석! 너를 하늘로 던져버릴 테다."

불의 신은 마우이를 붙잡고서 하늘로 휙 던졌어. 커다란 나무 높이만큼 날아 올라갔지. 하지만 마우이가 새로 변신할 수 있잖아? 아무 상처도 안 입고서 사뿐히 내려서더니만,

"이젠 내 차례 맞죠?"

그러면서 불의 신을 붙잡아서 하늘로 던졌는데, 보이지 않을 정

도로 올라가지 뭐야. 땅으로 떨어지니까 다시 붙잡아서 던지고 또 던지고. 그러다간 불이고 뭐고 세상을 하직할 지경이야.

"아이고 그만해라. 알려주마."

불의 신 마후이카는 마우이를 앉혀놓고서 나무판 위에 나무조각을 빙빙 돌려서 불을 피우는 방법을 알려줬단다. 그걸 알았으니 이제 불을 꺼뜨려도 걱정이 없지. 마우이가 세상으로 돌아와서 불을 만드는 시범을 보이니까 다들 깜짝 놀라면서 좋아해. 마우이가 최고 영웅이 된 순간이야.

그런데 그 시절에는 낮이 아주 짧았대. 동녘에 해가 떠오르면 빠르게 쭉쭉 움직여서 금방 날이 저무는 거야. 해가 지면 밤이 길게 이어지니까 사람들 살기가 불편하지. 마우이는 그 일을 해결해야겠다고 마음먹었어. 태양을 혼내주기로 한 거지.

마우이가 한 일은 태양을 묶을 밧줄을 만드는 일이었단다. 형들하고 함께 그 일을 했어. 형들은 그게 말도 안 된다고 생각했지만 마우이가 하는 일이니까 군말 않고 열심히 밧줄을 만들었어. 마우이가 마법 턱뼈로 탁탁 다지니까 그게 마법의 밧줄이지. 얼마 안 가서 튼튼한 밧줄이 충분히 만들어졌단다.

"형님들, 해가 떠오르기 전에 일을 끝내야 해. 해가 움직이기 시작하면 곤란하거든."

마우이는 형들을 이끌고서 동쪽 끝으로 향했어. 그들은 마침내 태양이 잠자고 있는 곳에 다다랐지. 그들이 밧줄로 올가미를 쳐놨는데, 태양이 그걸 알 턱이 없잖아? 태양은 평소처럼 머리를 쑥 내밀고서 떠올랐단다. 올가미에 탁 걸려들 운명이지. 형제는 때를 놓치지 않고 달려들어서 태양을 꽁꽁 묶었어. 태양이 놀라서 밧줄을 끊으려 했지만 마법이 깃든 밧줄은 끄떡도 안 했단다. 그때 마우이가 태양에게 다가가더니 마법 턱뼈로 태양을 마구 때려대지 뭐냐. 태양이 꼼짝없이 구타당하는 신세가 된 거야.

"이거 뭐냐! 위대한 태양에게 무슨 짓이야!"

하지만 마우이는 아무 대답도 없이 매질을 계속했어. 이때 태양의 뜨거운 머리카락들이 많이 떨어져 나갔대. 태양은 아픔을 참지 못하고 울면서 사정하기 시작했어.

"그만요! 뭘 원하는지 알려주세요!"

그러자 마우이가 말했어.

"당신이 너무 빨리 움직이는 바람에 사람들 살기가 불편해. 천천히 움직인다고 맹세하면 그만하지."

"알겠어요. 맹세할게요. 당신 때문에 상처가 나서 빨리 움직일 수도 없어요."

그러자 마우이와 형제들은 태양을 묶은 밧줄을 풀어줬어. 그때부터 태양은 이전보다 천천히 움직이게 됐고 낮이 길어졌대. 태양의 열기도 이전보다 약해졌지. 사람들 살기가 훨씬 편해진 거야.

이렇게 태양까지 다스리고 나니까 사람들 사이에서 마우이가 완전 영웅이야. 애가 아주 으쓱해서 기고만장이지. 뭔가 사람들을 위해 더 대단한 일을 하고 싶어.

'그래. 사람들이 죽지 않고 영원히 살 수 있도록 하는 거야! 이

보다 더 위대한 일은 없을걸.'

하지만 그 일은 어머니 타랑아도 끝까지 말렸단다.

"그만둬라. 이 일은 안 돼. 죽음의 여신 히네는 네가 맞설 수 있는 상대가 아니야."

하지만 마우이는 의기양양했어. 무서울 게 없었지.

"내가 죽음의 신 히네를 죽이겠어요. 히네가 잠들었을 때 그 몸 속으로 들어가서 심장을 꺼내 오면 그만이에요. 내가 태양을 이긴 거 알죠? 할 수 있어요."

그러자 아버지도 나서서 아들을 말렸어.

"내가 생명수를 뿌리면서 주문을 빠뜨린 걸 잊지 않았겠지? 너는 불사의 존재가 아니야. 부디 히네를 건드리지 말거라."

하지만 마우이는 조금도 굽히지 않았어.

"아니요, 할 겁니다. 어디 가면 히네를 만날 수 있는지 알려주세요. 그녀는 어떻게 생겼죠?"

"지평선 위에 번쩍이는 번개가 히네의 눈이란다. 그녀의 입은 거대한 상어의 입과 같아. 그 이빨은 세상의 모든 걸 끊어버리지. 그 입 속으로 들어가면 돌아오지 못해."

"그게 다인가요? 제 마음에 두려움이란 없어요."

마우이는 히네를 찾아서 떠났어. 히네가 있는 곳은 지하 세계 깊은 곳이었지. 형제들은 그를 따라가길 거부했어. 마우이를 따라 간 건 그와 친하게 지내던 새들뿐이었단다. 공작비둘기와 종달새, 화이트헤드, 토우토와이, 흰눈썹뜸부기 같은 새들이 함께 길을 나셨대. 덕분에 마우이는 심심하지 않았단다.

오랜 여행 끝에 마우이는 히네가 사는 곳에 도착했어. 히네의 전체 모습을 볼 수는 없었지. 입이 크게 벌어져 있었고, 눈에서는 번개가 안 나오고 있었어. 마우이는 그녀가 잠든 상태라는 걸 알았지. 딱 좋은 기회지 뭐냐. 마우이는 입고 있던 망토를 벗었어. 멋진 문신을 한 통통한 몸이 드러났지.

"너희들 다 조용히 해야 돼. 절대로 웃지 마!"

그는 새들에게 이렇게 속삭인 뒤 마법 턱뼈를 손에 들고서 히네의 입 안으로 살그머니 기어 들어가기 시작했어. 긴장된 순간이었지. 마우이의 몸이 가슴 안쪽까지 들어가니까 두 다리가 입 밖에서 대롱거렸단다. 새들이 그 모습을 보니까 너무나 우습지 뭐냐. 다들 터져 나오는 웃음을 참느라고 얼굴을 찡그리고 야단이지. 그런데 흰눈썹뜸부기가 끝까지 참질 못하고 깔깔깔 웃어버린 거야.

"으읍!"

흰눈썹뜸부기가 서둘러 입을 막았지만 소용없었어. 그 웃음소리에 히네가 정신을 차린 거야. 잠에서 깨어난 히네는 벌렸던 입을 탁 다물었지. 그 날카로운 이빨에 마우이의 몸은 한순간에 두 동강이 나버렸어. 두 다리가 땅으로 굴러떨어졌지.

그 끔찍한 광경에 새들은 다 충격을 받았어. 마우이의 죽음을 세상에 알린 새들은 여러 날 동안 노래하기를 멈췄단다. 흰눈썹뜸부기는 그 이후로 웃지 않게 됐대.

마우이는 장난기가 많아서 사람들을 괴롭힌 적도 많았어. 하지

만 그가 해낸 일들에 비하면 아무것도 아니지. 마우이의 큰형은 동생을 위해 진심을 다해서 애도의 노래를 불렀단다.

아아, 형제여! 그대는 죽었구나.
우리가 신들을 위해 노래했으나
신은 그의 목숨을 거두어 갔네.
아아, 형제여! 그대는 죽었구나.
흰눈썹뜸부기는 왜 웃었던가.
히네가 깨어나자 번개가 번쩍이고
잔인한 턱이 꽉 닫혔네.
아아, 형제여! 그대는 죽었구나.
인간은 영원히 죽어야 한다네.

마우이는 이렇게 죽었지만 하늘에 올라가서 영원히 살고 있다고 해. 마법 턱뼈로 만든 낚싯바늘과 함께 말이지. 전갈자리의 꼬리가 갈고리 모양인 거 아는지 몰라? 그 꼬리가 바로 마우이의 낚싯바늘이란다.

이야기에 대한 이야기

연이

통이

이반

세라

뭉이쌤

약손할배

이반 잘 들었어요, 할아버지! 스케일이 아주 크네요.

통이 마우이 캐릭터 마음에 들어요. 애니메이션에서 본 것하고 자연스럽게 연결돼서 흥미로웠어요.

약손할배 그래그래. 잘 들었다니 다행이다.

통이 근데 마법의 낚싯바늘이 할머니 턱뼈로 만든 거라니! 좀 황당했어요. 그건 어떻게 봐야 하죠?

뭉이쌤 할머니니까 마우이의 조상이잖아? 근데 할머니 이미지가 자연과 연결돼. 크고 무서운 모습을 하고 있으니 말이지. 그렇게 보면 턱뼈는 조상인 자연에게서 얻은 거라고 볼 수 있겠지.

세라 불의 신에게서 불을 얻어 오는 것도 마찬가지겠지요? 불 피우는 방법을 배우는 게 인간이 자연과 맞서면서 그 힘을 자기 것으로 만드는 과정 같아요.

이반 마우이는 반신반인이라고 표현되지만 확실히 인간 느낌이 강한 것 같아요. 사는 곳도 그렇지만 인간을 위해 움직인다는 점에서요.

약손할배 그래. 인간의 편에서 보면 완전한 영웅이지. 종종 오버는 하지만.

연이 땅을 낚아 올린다는 건 상상도 못 했어요. 근데 그게 뉴질랜드 북섬이라니!

통이 태양을 묶고서 머리카락이 뜯어지도록 때리는 건 정말 웃겼어.

뭉이쌤 그것도 더위나 가뭄에 맞서 싸워온 인간 역사를 반영한 내용일 수 있어. 좀 희극적으로 표현되긴 했지만 말이지.

세라 그럼 길가메시하고도 연결되네요. 길가메시는 하늘에서 내려온 황소하고 싸우는데, 마우이는 직접 태양을 찾아가서 겨루니까 더 진취적이에요. 그게 대양의 상상력?

이반 태평양의 상상력? 그럴싸하다. 마우이가 하늘에서 자랐으니 하늘과 바다를 아우르는 상상력이네!

연이 하지만 마우이도 죽음은 이길 수 없었어. 죽음의 신 히네에게 그렇게 당할 줄은 몰랐는데…….

세라 워낙 죽음은 갑자기 다가와서 삶을 동강내는 거니까.

이반 그게 새가 웃음을 참지 못해서였다니 뭔가 슬프면서도 희극적이야. 죽음까지도 마우이답다고나 할까?

연이 근데 애니메이션에서 본 모아나가 안 나와서 조금 아쉬워. 남녀가 함께 움직이면 멋질 텐데!

뭉이쌤 모아나는 원전의 인물은 아니고 새로 만들어낸 캐릭터야. 영웅담에 아무래도 남자 주인공이 많은 건 사실이지. 남자들이 사회적 역할을 맡은 경우가 많아서일 거야.

연이 중앙아시아 유목민 이야기에는 씩씩하게 말을 타는 여성들이 나와요. 남자 영웅과 싸우기도 하고요. 제가 그 이야기를 한번 해볼게요.

세라 그래, 연이야. 파이팅!

연이

제가 들려드릴 이야기는 중앙아시아 대초원의 유목민들 사이에서 전해온 신화예요. 그 지역에 영웅 서사시가 많은데, 그 중에서도 일찍부터 전해진 거라고 해요. 알타이 지역에서 널리 전해온 이야기니까 '알타이 신화'로 할게요. 주인공은 알립마나쉬라는 남자인데, 에르케카라치와 쿠무젝아아루 같은 여자도 큰 역할을 해요. 이름이 좀 어려운데 뜻이 재미있고 멋져요. 알립마나쉬는 바람처럼 빠르다는 뜻이고, 쿠무젝아아루는 순결한 진주를 뜻한대요.

대초원의 남녀 용사

✷

알타이 신화

옛날, 하늘과 땅 사이 대초원과 황무지 언덕의 세상에 아름다운 에르멘체첸이 살았어요. 에르멘체첸은 '들풀 같은 처녀'라는 뜻이에요. 달과 별 아래서 들풀처럼 쭉쭉 자라난 에르멘체첸은 최고의 용사였답니다. 직접 잡은 야생마를 길들여서 타고 다녔어요. 남녀를 통틀어서 그녀보다 힘센 사람은 없었죠.

아니, 딱 한 사람 있었어요. 거기서 좀 떨어진 지역에서 살고 있던 바이바락이에요. 곰 같은 사내였죠. 어느 날, 그는 에르멘체첸이 사는 곳으로 찾아와서 그녀의 말을 떡 가로막고서 말에서 내리게 했어요. 그녀를 말에서 끌어내린 사람은 바이바락이 처음이었죠. 그는 한쪽 무릎을 땅에 꿇으며 에르멘체첸의 손을 잡고서 소리쳤어요.

"당신을 만나러 왔어요. 나와 영원히 함께합시다!"

에르멘체첸이 바이바락의 손을 잡고서 보니까 천생연분이에요. 딱 자기 짝인 거예요.

"좋아요! 영원히 함께해요!"

둘은 바이바락이 사는 곳으로 힘차게 말을 달렸어요. 에르멘체첸의 아버지가 화가 나서 쫓아갔지만 두 사람을 따라잡을 수는 없었죠. 에르멘체첸은 바이바락과 함께 얼음산 기슭의 황금색 계곡에서 새살림을 시작했답니다.

얼마 뒤, 둘 사이에서 아이가 태어났어요. 이름은 알립마나쉬예요. 바람처럼 빠르다는 뜻이죠. 알립마나쉬는 태어나자마자 두 발로 서서 올가미를 던져가지고 잿빛 감도는 야생 백마를 붙잡아서 올라탔대요. 활을 쏴서 다람쥐를 잡고 오소리를 잡더니 표범까지 잡았죠. 바이바락은 표범 가죽을 벗긴 뒤 잘 챙겨서 장인을 찾아갔어요.

"에르멘체첸의 아들이자 당신의 손자인 알립마나쉬가 이 표범을 잡았습니다. 당신의 따님이 정성껏 가죽을 손질했어요. 받으십시오."

하지만 장인은 아직도 화가 안 풀린 상태였어요.

"네가 내 딸을 가로채서 1년간 숨겼다. 너의 아들 알립마나쉬는 1년간 절대로 깨어나지 못할 잠에 빠질 것이다. 결정적인 순간에 말이야!"

외할아버지가 내리는 저주라니 참 고약해요. 하지만 아이는 아무 일 없이 쭉쭉 자라났어요. 어느덧 어엿한 청년이 됐죠. 그 부모가 최고의 용사잖아요? 둘 사이에서 태어난 알립마나쉬는 더 말할 것도 없어요. 알타이 전체에서 그를 이길 자는 없었죠. 그는 가장 빠르고 힘셌어요. 천 근이 넘는 그의 활을 들 수 있는 사람은 친구인 아크코벤뿐이었답니다. 하지만 아크코벤도 활시위를 당기진 못했어요.

하지만 넓은 세상엔 또 다른 강자가 있는 법이죠. 어느 날, 알립마나쉬는 아크카안에 대한 노래를 들었어요. 그가 일흔 개 종족을 정복하고 일흔일곱 명의 용사를 죽였다는 내용이었죠. 아크카안의 딸도 아버지 못지않은 전사예요. 불타는 듯한 밤색 말을 타고 다니는 그녀의 이름은 에르케카라치였답니다. 노래에는 그녀에 관한 내용도 빠지지 않았어요.

아크카안의 유목지에선 저절로 말에서 내리게 되지.

여전사 에르케카라치를 보기 위해서라네.

그 미모에 넋을 잃은 채 입을 벌리고 무릎을 꿇지.

예순 명의 용사가 거기에 갔으나 돌아온 자는 없다네.

가는 발자국은 있어도 오는 발자국은 없었지.

용사들의 뼈가 산을 이루고 피는 강물이 됐다네.

노래를 들은 알립마나쉬의 마음속에서 뜨거운 게 치밀어 올랐어요. 정복자 아크카안을 제압하고 에르케카라치를 데려오겠다는 생각뿐이었죠. 그는 아크카안의 유목지를 찾아가기 위해 사랑하는 백마를 끌어냈어요.

그때 알립마나쉬에겐 자기를 사랑하는 처녀가 있었답니다. 키르키즈 추장의 딸인 순결한 진주 쿠무젝아아루예요. 알립마나쉬도 그녀를 좋아했어요. 하지만 그의 심장은 먼 곳으로 향하고 있었답니다. 그가 쿠무젝아아루에게 말했어요.

"나는 아크카안과 싸우러 갑니다. 나를 기다리지 말아요. 모든 건 당신의 자유입니다."

"내가 원하는 건 당신이에요. 기다리겠어요."

알립마나쉬는 눈빛으로 인사를 건넨 뒤 사랑하는 백마에 올라타고서 바람처럼 달려갔어요. 한 번도 뒤를 돌아보지 않았죠.

아크카안이 있는 곳은 아주 멀었어요. 알립마나쉬는 많은 산과 언덕을 넘으며 여러 날을 쉼 없이 달렸어요. 물살이 사나운 넓은 강물이 앞을 가로막았죠. 보니까 거대한 배 하나가 뒤집혀 있었어요. 알립마나쉬가 한 손으로 배를 뒤집자 배 안에서 잠자고 있던 새하얀 노인이 눈을 뜨고서 말했어요.

"강을 건널 생각은 하지 말게나. 많은 용사가 이 강을 건넜지만 돌아온 이는 없었지. 자네에게 필요한 건 순결한 진주야."

하지만 알립마나쉬는 조금도 고민하지 않았어요.

"화살통에 든 화살이 곰팡이가 나고 칼집에 든 칼이 녹슬었어요. 아궁이만 지키는 용사는 힘도 영예도 가질 수 없지요. 일흔 개 종족을 정복하고 용사들을 죽인 아크카안을 벌하고 그 딸을 사로잡을 겁니다."

노인은 그를 막을 수 없다는 걸 깨달았어요. 백마를 데리고 강을 건넌 알립마나쉬는 노인에게 화살을 하나 주면서 그걸 보면 자기가 죽었는지 살았는지 알 거라고 했어요. 그는 천둥 같은 소리를 내면서 아크카안의 영지로 달려갔답니다. 그 뒷모습을 보면서 노인은 눈물을 흘렸어요.

언덕을 넘고 계곡을 지나고 호수를 가로지르며 한참을 달리자 멀리 하늘로 피어오르는 거대한 불꽃이 보였어요. 연기가 하늘을 까맣게 뒤덮고 있었죠. 그때 백마가 딱 멈춰 서더니 꼼짝하지 않는 거예요. 절대적인 위험을 감지한 거죠. 분노한 알립마나쉬는 고삐를 거칠게 당기면서 백마에게 채찍을 휘둘렀어요. 살이 벗겨져서 뼈가 드러날 정도로요. 백마는 주인의 뜻을 거스를 수 없었죠. 다시 질주하는 백마의 두 눈에 눈물이 고였어요.

백마를 타고 달려오는 용사를 제일 먼저 발견한 건 여전사 에르케카라치였어요. 그녀는 얼음산에 담금질한 칼을 들고 불꽃 같은 밤색 말에 오른 뒤 질풍처럼 달렸어요. 마주 달려오는 사람을 본 알립마나쉬는 깜짝 놀랐답니다. 그런 여전사는 한 번도 본 적이 없었죠.

두 사람은 약속한 듯이 말에서 내렸어요. 칼 두 개가 쨍 소리를 내면서 부딪쳤어요. 무서운 싸움이 시작됐죠. 에르케카라치는 대단했답니다. 알립마나쉬의 태산 같은 공격에도 절대 땅을 짚지 않았어요. 두 사람이 디디는 발에 온 땅이 뭉개지고, 둘이 내지르는 고함에 암벽이 허물어졌어요.

하지만 여전사 에르케카라치는 끝까지 알립마나쉬를 막을 수는 없었어요. 시간이 지나자 더는 버티지 못하고 왼손을 땅에 짚으며 무릎을 꿇었죠. 그러자 알립마나쉬가 에르케카라치의 오른손을 꽉 잡고는 그녀의 황금색 눈을 바라보면서 말했어요.

"나와 함께 모닥불을 지피지 않겠소?"

그런 남자는 처음이었죠. 에르케카라치는 자기도 모르게 고개를 끄덕이며 말했어요.

"영원히 함께!"

바로 그 순간, 알립마나쉬의 손에 힘이 쫙 풀리면서 두 눈이 닫혔어요. 외할아버지가 내린 저주가 몸에 내린 거예요. 그는 말안장을 베개 삼아서 길게 누운 채 깊은 잠에 빠져들었답니다.

알립마나쉬가 손을 놓고 잠들자 심한 모욕감이 에르케카라치를 뒤흔들었어요. 집으로 돌아온 에르케카라치는 분을 못 이겨서 황금 술잔을 모닥불에 집어 던졌어요. 가죽옷을 갈가리 찢어서 내던지며 두 주먹을 부르쥐고 짐승처럼 소리쳤답니다.

그날부터 아크카안의 유목지에는 새로운 봉우리 두 개가 생겨났어요. 봉우리에서 세찬 바람이 휘몰아쳐서 아름드리 고목들이 뽑혀나갔죠. 강물은 아래로 흐르지 못하고 거슬러 올라갔어요. 목동들은 겁에 질려서 아크카안에게 그 사실을 알렸죠. 아크카안은 허튼소리라면서 칼을 뽑아서 목동들의 머리를 내리치려 했어요. 그러자 머리가 일곱 개 달린 괴물 델베르겐이 자기가 알아보겠다고 나섰답니다.

델베르겐이 봉우리 근처에 다다르자 그가 타고 있던 푸른 황소가 거품을 물고서 멈추더니 뒤돌아 달아나기 시작했어요. 그때 봉

우리 사이에서 몰아친 돌풍이 황소와 델베르겐을 한꺼번에 날려서 멀리 언덕으로 내동댕이쳤답니다. 괴물은 눈알 열네 개가 다 빠질 뻔했어요. 괴물이 겨우 정신을 차려보니까 황소는 숨이 끊어져서 꼼짝을 못 해요.

델베르겐은 언덕 꼭대기로 기어 올라가서 아래를 살폈어요. 보니까 푸른 계곡에 한 젊은이가 안장을 베고서 잠들어 있었죠. 알립마나쉬예요. 그가 봉우리였답니다. 또 한 개는 말안장이고요. 그가 숨을 내쉬면 폭풍이 몰아치고 숨을 들이쉬면 바람과 강물이 끌려갔어요. 그의 호흡을 따라서 온 세상이 춤추고 있었답니다. 델베르겐은 공포에 질려서 아크카안에게 달려갔어요.

"사람처럼 생긴 무시무시한 괴물이 계곡에서 잠자고 있습니다."

아크카안은 수많은 전사들을 이끌고 그를 공격하러 나섰어요. 언덕에서 내려다보니 한 젊은이가 넓은 가슴을 훤히 드러낸 채 잠자고 있었죠. 그런데 숨소리가 안 들리고 죽은 사람처럼 고요했어요. 아크카안의 신호에 맞춰 수많은 청동 화살이 그의 몸을 향해 날아갔습니다. 하지만 화살들이 그의 몸에 닿자 힘없이 튕겨나가거나 뚝뚝 부러졌어요. 용사들이 다가가서 창을 던졌지만 마찬가지였죠. 창들은 유리 조각처럼 부서졌어요. 용사들이 더 가까이 가서 칼로 몸을 찔렀지만 작은 상처 하나도 나지 않았답니다. 그를 해칠 수 있는 방법은 없었어요.

아크카안은 알립마나쉬가 잠든 곳 옆에 깊은 구덩이를 파게 했어요. 수많은 전사들이 여러 날 동안 작업한 끝에 바닥이 안 보일 정도로 깊은 구덩이가 만들어졌죠. 아크카안은 굵은 쇠사슬로 잠든 알립마나쉬를 단단히 묶게 했어요. 손을 아홉 번 묶고 몸을 아흔아홉 번 묶었죠. 그들은 꼼짝달싹 못 하게 묶인 알립마나쉬를 구덩이로 밀어넣었어요. 쿠쿠쿵! 엄청난 소리와 함께 알립마나쉬는 아득한 구덩이로 떨어졌답니다.

알립마나쉬는 구덩이 속에서도 잠에서 깨지 않았어요. 아무것도 모르고 계속 잠을 잤죠. 시간이 흘러서 1년이 되자 그는 비로소 눈을 떴습니다. 그는 놀라서 일어나려고 했지만 조금도 움직일 수 없었죠. 온몸이 꽁꽁 묶였으니까요. 보니까 사방은 깎아지른 흙벽이에요. 그가 할 수 있는 건 아무것도 없었죠. 한참을 그렇게 누워 있자니 눈에서 눈물이 흘러내렸어요. 태어나서 처음 흘리는 눈물이에요.

깊은 구덩이에 홀로 누운 채로 낮이 가고 밤이 갔어요. 알립마나쉬는 태어나서 처음으로 노래를 불렀답니다. 아버지와 어머니, 여동생과 쿠무젝아아루에 대한 복받치는 그리움을 담은 노래였어요. 채찍을 맞으면서 자기를 태워 온 백마에 대한 마음도 빠뜨리지 않았어요. 그 노래를 듣기 위해 짐승들과 새들이 모여들었답니다. 기러기 한 마리는 구덩이 아래로 내려와서 그의 가슴에 앉은 채로 노래를 들었어요.

알립마나쉬가 부른 비탄의 노래는 바람 따라 흘러흘러서 그의 부모형제와 친구들이 사는 곳까지 전해졌어요. 알립마나쉬의 노래는 한편으로 그들을 울리고 한편으로 웃게 했어요. 그들은 알립마나쉬가 땅속에 갇혀 있다는 말에 울고, 그가 아직 죽지 않고 살아 있다는 말에 웃었어요. 하지만 어떻게 해야 그를 구할지 알 수 없었죠. 그때 순결한 진주 쿠무젝아아루가 말했어요.

"알립마나쉬에게는 진정한 친구가 있잖아요. 용사 아크코벤에게 알려야 해요. 그라면 할 수 있을지 몰라요."

소식을 들은 아크코벤이 달려왔어요. 그는 곧바로 자기 친구를 향해 달려가려고 했습니다. 알립마나쉬의 어머니 에르멘체첸은 아들에게 전해줄 둥근 빵을 만들었어요. 아크코벤은 그 빵을 품속에 넣은 뒤 적갈색 말에 올라타고서 친구가 있는 곳을 향해 내달렸습니다.

쉼 없이 얼마나 달렸을까, 아크코벤은 물살이 사나운 큰 강에 다다랐어요. 그는 친구가 그랬던 것처럼 잠자는 하얀 노인을 깨워서 배를 타고 강물을 건넜습니다. 말은 한마디도 하지 않았죠. 다시 한참을 내달린 그는 알립마나쉬가 누워 있는 구덩이 앞에 다다랐어요. 그는 구덩이 아래를 내려다보며 크게 소리쳤어요.

"알립마나쉬! 너의 친구 아크코벤이 여기 왔다."

친구의 목소리를 들은 알립마나쉬가 기쁨에 넘쳐서 소리쳤어요.

"아아, 아크코벤! 나를 구하러 왔구나."

그러자 아크코벤이 말했어요.

"네가 부른 노래를 처음부터 끝까지 다 들었지. 어머니와 아버지에 대한 사랑과 쿠무젝아아루에 대한 마음이 더없이 절절하더군. 너의 백마에 대한 마음도 빼놓지 않았어. 그런데 아무리 들어

봐도 내 이름은 없더군. 그러고도 내 친구라고 할 수 있겠나? 받은 대로 돌려주는 거니까 원망하지는 마."

그러면서 아크코벤은 근처에 있는 산을 통째로 떼어다가 구덩이 위에 집어 던졌어요. 구덩이는 완전히 막혀버렸죠. 아크코벤은 구덩이를 덮은 산 위에 올라앉아서 에르멘체첸이 아들을 위해 만든 빵을 남김없이 먹어 치웠어요. 그 빵을 먹으니까 힘이 열 배는 강해지는 것 같았죠.

아크코벤은 아크카안에게 관심도 없었어요. 그는 그대로 말을 달려 바이바락의 유목지로 향했답니다. 물살 사나운 강물에 다다라서 배에 올라탄 아크코벤은 대성통곡을 했어요.

"최고의 용사 알립마나쉬가 땅속에 묻혀서 영원히 잠들다니! 오오, 나의 친구여!"

노인은 가방에서 알립마나쉬가 주었던 화살촉을 꺼냈어요. 화살촉에는 녹이 가득했죠. 하지만 끄트머리는 여전히 날카로웠어요. 알립마나쉬는 아직 완전히 죽지 않았던 거예요. 아크코벤은 그게 알립마나쉬의 화살촉이란 걸 눈치챘죠. 그는 화살촉을 빼앗아서 물속으로 집어 던졌어요.

"강물에 빠진 화살촉은 다시 빛날 수 없는 법이지. 알립마나쉬는 절대 살아서 돌아올 수 없소!"

그 말을 남기고서 아크코벤은 적갈색 말을 달려서 바이바락의 유목지로 왔어요. 그가 홀로 돌아온 걸 보니까 뭔가 불길해요. 알립마나쉬의 가족과 연인과 친구들이 아크코벤을 둘러쌌어요. 아크코벤은 눈물을 뚝뚝 흘리면서 한참 동안 통곡했답니다.

"아아, 나의 친구 알립마나쉬는 아크카안의 땅에서 온몸이 쇠사슬에 묶인 채로 깊은 땅속에 던져져 영원히 잠들었습니다. 내가 할 수 있는 것은 그의 마지막 유언을 듣는 일뿐이었죠. 그는 나에게 너무나 큰 짐을 맡겼어요. 나에게 순결한 진주 쿠무젝아아루를 맡아달라는 것이 그의 마지막 말이었답니다."

그 말에 바이바락과 에르멘체첸이 하늘을 바라보며 울부짖었어요. 쿠무젝아아루는 아무런 말도 없이 눈물만 흘렸죠. 공기가 쇳덩이처럼 무거워져서 다들 손가락 하나 움직이지 못할 정도였답니다.

그때 알립마나쉬는 깊은 땅바닥에 누운 채로 숨이 잦아들고 있었어요. 빛 한 점 없는 어둠이 그의 가슴을 짓눌렀죠. 그는 깜깜한 어둠 속에서 싸우고 또 싸웠어요. 날이 가고 달이 갔지만 그는 여전히 마지막 숨을 거두지 않았답니다. 그때였어요. 그의 귀에 익숙한 소리가 들려왔어요.

"히히힝!"

그건 자기를 태우고 온 백마의 소리였어요. 알립마나쉬가 놀라서 눈을 뜬 순간, 구덩이를 덮고 있던 산이 날아가면서 하늘이 보였습니다. 사랑하는 백마가 자기를 내려다보고 있었죠. 죽은 듯 쓰러진 채 버려져 있던 백마가 겨울 풀을 뜯어 먹고 기적처럼 되살아나서 뒷발로 산을 걷어차 버렸던 거예요.

"히히힝!"

그건 주인더러 어서 일어나라는 말이었어요. 알립마나쉬의 눈에 뜨거운 눈물이 흘렀죠. 가슴을 누르고 있던 쇳덩이가 확 걷히는 것 같았어요. 그는 두 팔과 온몸에 가득 힘을 줬어요. 그러자 팔을 묶은 아홉 개 쇠사슬과 몸을 묶은 아흔아홉 개 쇠사슬이 뚝뚝 끊어졌답니다.

하지만 그는 구덩이 밖으로 나올 수 없었어요. 하늘을 나는 재주는 없으니까요. 그러나 그에게는 백마가 있어요. 백마는 숲으로 달려가서 하늘까지 닿는 키 큰 나무를 앞발로 내리쳐서 쓰러뜨렸어요. 백마는 그 나무를 구덩이까지 끌고 와서 아래로 밀어넣었죠. 알립마나쉬는 그 나무를 붙잡고서 단숨에 구덩이에서 빠져나왔어요. 그는 뜨거운 눈물을 흘리며 말을 끌어안았습니다.

"나는 네 입이 찢어질 정도로 고삐를 당기고 뼈가 드러나도록 채찍질을 했다. 그런데 너는 나를 구했구나. 나의 영원한 친구여!"

알립마나쉬의 뜨거운 눈물이 백마의 몸에 떨어지자 백마의 몸에 있던 상처가 씻은 듯이 나았어요. 다시 한 몸이 된 용사와 백마는 전보다 열 배 백 배 강해졌습니다. 그때 알립마나쉬는 집으로 향하지 않았어요. 아직 이루지 못한 일이 있었죠. 그는 아크카안의 본거지를 향해 힘차게 내달렸어요.

알립마나쉬가 살아서 달려온다는 소식은 곧 아크카안에게 전해졌어요. 그는 직접 용사를 막으러 나섰죠. 적갈색 말에 올라탄 여전사 에르케카라치가 아버지와 함께했어요. 추종자들이 그녀를 뒤따르며 노래했지요.

우리의 에르케카라치! 그대의 손이 떨리지 않기를.

우리의 에르케카라치! 그대의 활이 흔들리지 않기를.

시위를 떠난 화살이 목표물에 정확히 들이박히길.

얼음에 담금질한 그대의 칼이 적의 심장을 꿰뚫길.

알립마나쉬는 적진을 향해 거침없이 달려들었어요. 그는 무적이었죠. 수많은 적들이 낙엽처럼 흩날렸어요. 그는 곧바로 길을 뚫어서 아크카안에게 향했습니다. 얼룩무늬 백마에 올라탄 아크카안은 거대한 칼을 들고서 그를 기다렸어요. 마침내 불굴의 두 용사가 맞부딪치는 순간이에요. 칼이 부딪칠 때마다 번개가 뿜어져 나오고 천둥 같은 소리가 하늘을 갈랐답니다. 산들이 놀라서 한숨을 쉬고 강물들이 두려움에 몸을 뒤척였지요.

두 사람은 말에서 뛰어내려 서로 멱살을 붙잡았습니다. 그들이 움직일 때마다 땅이 마구 흔들렸지요. 그 힘겨루기가 얼마나 지났을까. 늙은 용사는 젊은 용사를 당할 수 없었어요. 알립마나쉬는 아크카안을 패대기친 다음 칼을 들어서 천 년 묵은 큰 나무를 쩍 갈랐어요. 그는 아크카안을 나무 사이에 집어넣고서 다시 하나로 합쳤답니다. 아크카안은 그렇게 자연으로 돌아갔어요.

알립마나쉬는 아크카안의 추종자들을 향해 소리쳤어요.

"아크카안에 의해 노예가 된 자들이여, 너희들은 이제 자유다. 본래 살던 곳으로 돌아가라."

그 말에 수많은 사람들이 환호하면서 흩어졌어요. 그때 날카로운 목소리가 울려퍼졌죠.

"다들 멈춰라!"

그건 에르케카라치였어요. 분노한 두 눈썹이 귀 위에까지 솟구쳐 있었죠. 두 눈에서 푸른 번개가 번뜩였어요.

"이 원수! 내 칼을 받아라!"

에르케카라치는 미친 듯이 칼을 휘두르며 알립마나쉬에게 달려들었어요. 하지만 알립마나쉬는 침착했어요. 미동도 없이 여인의 눈을 바라보다가 조용히 입을 열었죠.

"하늘과 땅 앞에서 '영원히 함께'라고 외친 그대의 맹세는 어디 갔나요? 내가 잠든 채 쇠사슬에 묶여 있을 때 그대는 무얼 했나요?"

에르케카라치는 아무 말도 할 수 없었어요. 온몸에 힘이 쭉 빠지면서 들고 있던 칼을 떨어뜨렸죠. 한 명의 전사로서 스스로 맹세를 어긴 수치심을 참을 수 없었던 거예요. 그녀는 말을 돌려서 어디론가로 떠나갔답니다. 추종자들이 눈물을 흘리며 그 뒤를 따랐죠. 아크카안의 지배 아래 있던 일흔 개의 종족은 완전한 자유를 찾게 됐어요.

아크카안을 정복하고 일흔 종족을 해방시킨 알립마나쉬는 비로소 말을 몰고 고향으로 향했어요. 그의 백마는 새보다도 빨리 달렸죠. 물살 사나운 큰 강이 가까워져 오자 백마는 무엇을 아는 듯이 멈춰 섰어요. 용사 알립마나쉬는 대머리 꼽추 타스타라카이로 변신해서 뱃사공 노인에게로 다가갔습니다. 백마도 평범한 말로 변신시켰죠. 하지만 눈치 빠른 노인은 그 정체를 눈치챘어요.

"어이, 타스타라카이! 용사 알립마나쉬에 대해서 들은 얘기 없는가?"

"용사에 대한 노래가 많지만 알립마나쉬에 대한 건 못 들었는걸."

"그렇군. 하지만 앞으로는 다를 거야. 사람들이 너나없이 그에 대한 노래를 부를 거거든."

그러면서 노인은 알립마나쉬의 화살촉을 꺼내 들었어요. 화살촉은 햇빛 아래 눈부시게 빛났답니다.

"이게 용사가 선물한 화살촉이지. 아크코벤 놈이 강물에 던지는 바람에 찾느라고 얼마나 고생했나 몰라. 녹이 가득 슬었더니 오늘 찬란하게 빛나기 시작했다네. 용사가 올 때가 됐다는 얘기지."

말없이 듣기만 하던 알립마나쉬는 강을 건넌 뒤 백마와 함께 본모습으로 돌아왔어요. 뱃사공 노인이 그를 향해서 말했습니다.

"용사여, 서두르시오. 아크코벤이 순결한 진주를 아내로 맞으려 하고 있어요."

그 순간 알립마나쉬의 눈자위가 일그러졌어요. 그는 백마에 올라타 나는 듯이 달렸답니다. 바이바락의 유목지가 가까워오자 그는 다시 타스타라카이로 변신했어요. 말과 함께요.

유목지에는 수많은 사람들이 모여 있었어요. 아크코벤과 쿠무젝아아루가 결혼하는 날이었거든요. 무쇠솥에서 고기가 끓고 있고 남녀가 손을 잡고서 둥글게 돌면서 춤을 췄어요. 한쪽에선 전사들이 땀을 뻘뻘 흘리며 씨름을 하고, 한쪽에서는 말에 올라탄

사람들이 묘기를 겨루고 있었죠. 그때 알립마나쉬의 귀에 여자들이 부르는 노랫소리가 들려왔어요.

이 세상에 알립마나쉬만큼 빨리 말달릴 용사는 없었지.

맨손을 맞잡고서 그를 누른 용사는 아무도 없었다네.

아아, 우리의 용사 알립마나쉬는 어디에 있는가.

그의 순결한 진주가 하염없이 눈물을 흘리고 있다네.

타스타라카이로 변장한 알립마나쉬는 모른 척 사람들 사이에 끼어들었어요. 음식에는 손도 대지 않았죠. 그가 찾는 건 한 사람, 쿠무젝아아루였어요. 그녀는 한쪽에 조용히 앉아 있었죠. 길게 땋아 내린 그녀의 검은 머리카락은 염소 여섯 마리를 묶을 수 있을 정도로 길었어요. 그녀는 헤어질 때보다도 열 배는 더 아름다웠답니다. 하지만 두 눈에는 슬픔이 가득 담겨 있었어요.

타스타라카이는 쿠무젝아아루를 바라보며 노래를 불렀어요.

검은 머릿결을 가진 순결한 진주여.

그대가 사랑하는 용사를 어디에 버려두고

누구를 위해 머리를 올리려 하는가.

그러자 쿠무젝아아루가 젖은 눈으로 타스타라카이를 바라보며 노래했어요.

머리를 올리는 것이 어찌 나의 뜻이리까.

사랑하는 용사가 남긴 마지막 말을 따를 뿐.

그때 아크코벤이 노래를 듣고 뛰어와서 알립마나쉬에게 마구 욕을 퍼부었어요.

"더러운 타스타라카이 놈아! 네 목을 잘라서 발밑에 던지고 두 다리를 잘라서 목에 처박기 전에 썩 꺼져!"

하지만 타스타라카이는 아랑곳하지 않고 다시 노래를 불렀어요.

여섯 개 줄무늬를 가진 침대는 누구의 것인가.

곰 같은 아크코벤이 거기 누워 잠자겠구나.

지금 알립마나쉬가 살아서 돌아온다 해도

그의 자리는 없다네. 차 한 잔 마실 수 없다네.

아크코벤은 분노로 얼굴이 완전히 일그러졌죠. 하지만 쿠무젝 아아루가 손을 저어 그를 막으면서 타스타라카이에게 다가가 답가를 불렀어요.

여섯 개의 줄무늬가 있는 저 침대는

오로지 알립마나쉬를 위해서 준비된 것.

나의 용사를 대신할 사람은 아무도 없다네.

노래를 부르는 쿠무젝아아루의 두 볼이 봄날의 풀처럼 빛나고 황금빛 샘물처럼 반짝였어요. 땋아 내린 머리카락은 진주처럼 반짝이며 땅바닥을 차락차락 매만졌지요.

만약 알립마나쉬가 살아 있다면,
백마를 타고 돌아온다면, 그대는 어찌할 건가요?

그러자 쿠무젝아아루는 하늘을 바라보며 또렷하게 대답했어요.

그의 백마는 금빛으로 빗겨주고,
알립마나쉬, 나의 사랑은 두 팔로 끌어안고 입맞추지요!

그 순간 타스타라카이는 몸을 일으키며 쿠무젝아아루에게 손을 내밀었어요. 쿠무젝아아루는 그 손을 잡는 대신 두 팔을 벌려서 타스타라카이를 꼭 껴안았지요. 뜻하지 않은 행동에 사람들은 다들 깜짝 놀랐어요. 아크코벤은 거의 기절할 뻔했죠.

다음 순간, 사람들은 조금 전보다 열 배쯤 더 놀랐답니다. 아니, 백 배쯤요. 쿠무젝아아루가 뜨겁게 껴안고 있는 사람은 타스타라카이가 아니라 알립마나쉬였거든요.

"알립마나쉬가 돌아왔다!"

사람들이 환호하며 외치는 순간, 아크코벤은 얼굴이 잿빛으로 변하더니 황새로 변해서 날아올랐어요. 알립마나쉬는 재빨리 화살을 날렸지요. 화살은 황새 이마에 명중했어요. 하지만 아크코벤은 죽지 않았답니다. 알립마나쉬는 배반자를 죽이는 대신 그의 이마에 영원히 지워지지 않을 흉터를 남겼던 거예요.

성대한 결혼식이 펼쳐졌어요. 바이바락과 에르멘체첸이 행복의 눈물을 흘린 건 말할 것도 없지요. 그 지역 모든 사람들이 진심으로 둘의 결혼을 축하했답니다.

알립마나쉬의 용맹과 너그러움은 알타이 전 지역에 널리 널리 퍼졌어요. 쿠무젝아아루의 순결함과 지혜도요. 수많은 사람들이 자발적으로 찾아와서 바이바락 종족에 합류했어요. 이제는 알립마나쉬 종족이지요. 그들은 누구보다 크고 행복한 집단이 되어서 드넓은 초원을 마음껏 누볐답니다. 대초원의 평화는 오래오래 이어졌어요. 알립마나쉬와 쿠무젝아아루를 찬양하는 노래와 함께요.

이야기에 대한 이야기

연이 퉁이 이반 세라 뭉이쌤

퉁이 이거 처음 듣는 이야기야. 새롭다!

뭉이쌤 나도 많이 놀랐어. 연이가 이 이야기를 할 줄이야.

이반 쌤, 이거 유명한 이야기인가요?

뭉이쌤 중앙아시아 쪽에서 널리 전승돼 온 이야기지. 유명한 마나스 서사시하고 같은 계열의 이야기란다.

세라 알립마나쉬는 평화주의자 맞지요? 에르케카라치와 아크코벤을 놔준 걸 보면요.

뭉이쌤 그렇죠. 그게 아크카안과의 가장 큰 차이일 거예요.

연이 저는 왠지 에르케카라치에게 마음이 갔어요. 악당의 딸이지만 알립마나쉬 못지않은 영웅 같아요.

뭉이쌤 사람들이 에르케카라치에 대한 노래를 부르잖아? 그게 영웅의 증거일 수 있지.

연이 그렇군요. 쓸쓸하게 떠난 건 아쉽지만 어디선가 당당하게 멋진 삶을 살았으면 좋겠어요.

세라 연이에 대한 새로운 발견인걸!

퉁이 그러게요. 당연히 쿠무제아아루 쪽일 거라고 생각했는데. 하하.

연이 쿠무제아아루가 별로라고는 안 했음!

퉁이 오오, 그럼 둘 다? 그것도 좋지!

이반 사실 나는 아크코벤이 알립마나쉬를 찾아갈 때 그를 멋지게 구해낼 줄 알았거든. 근데 갑작스러운 배반이라니 좀 놀랐어.

세라 평소에 친구에 대한 열등감이 있었던 것 아닐까? 활을 들 수는 있어도 당기지는 못했다잖아.

연이 쿠무젝아아루가 알립마나쉬를 좋아하는 데 대한 질투일 수도 있어요.

퉁이 그렇구나. 나는 알립마나쉬가 노래에서 자기 얘기를 안 해서 빈정이 상한 걸로 생각했는데 그건 핑계였군. 가만 보니 나쁜 놈이네. 그렇게 친구의 여자를 빼앗으려 하다니!

이반 아크코벤에 비하면 알립마나쉬의 백마는 참 대단해!

퉁이 맞아. 백마가 알립마나쉬를 구해낼 거라고는 상상도 못 했어.

세라 유목민에게는 말이 그만큼 소중하다는 거겠지? 말과 한 몸이 돼서 초원을 달리는 거, 멋지다!

연이 그런데 새하얀 뱃사공 노인도 신기하지 않아요? 쌤, 그 할아버지는 신 비슷한 존재였을까요?

뭉이쌤 그럴 수 있지. 아니면 현자일 수도 있고. 나이가 많으니 경험이 많고 사람을 알아보는 지혜도 지녔던 것 아닐까?

연이 그러네요. 숨은 현자로 기억해 둘게요.

뭉이쌤 그래. 하나로 딱 단정하지는 말고. 자, 이제 다음 이야기로 넘어갈까? 연이가 했으니 퉁이도 하나 해야 할 것 같은데?

퉁이 넵, 알겠습니다.

통이

제가 들려드릴 이야기는 중세 기사담이에요. 전설로 전해오다 서사시로 옮겨진 이야기인데, 아서왕과 원탁의 기사 시리즈에 포함되는 이야기입니다. 아서왕의 여러 기사 가운데 파르치팔이 맘에 들더라고요. 원래 이름은 '페르스발'이었다는데, 독일에서 파르치팔 이야기로 정착됐다고 해요. 서유럽 전역에서 널리 전해온 이야기니까 서유럽 전설로 볼 수 있겠죠.

파르치팔과 성배의 성

✳

서유럽 전설

옛날에 가흐무레트라는 용감한 왕자가 있었어요. 그는 장남이 아니라서 왕국을 물려받지 못했죠. 그는 여행 끝에 스페인 톨레도에서 어느 여왕이 주최한 기사 경연대회에 참석했어요. 거기서 당당히 우승한 그는 여왕과 결혼해서 나라를 갖게 됐죠. 여왕의 이름은 헤르첼라이데였습니다.

가흐무레트는 왕국에 오래 머물지 않았어요. 워낙 방랑과 모험을 즐기는 기사였거든요. 그는 낯설고 먼 곳으로 길을 떠났습니다. 하지만 다시 돌아올 순 없었어요. 아랍으로 가서 어떤 전사와 결투하다가 목숨을 잃었거든요. 그 소식을 들은 헤르첼라이데는 슬픔에 빠졌죠.

시련은 거듭됐어요. 이웃 나라가 침략해 와서 왕국을 빼앗아 버린 거예요. 헤르첼라이데는 겨우 목숨을 건져서 깊은 숲속으로 들어갔습니다. 거기 작은 집을 지어놓고 아들과 함께 살았어요. 아들 이름은 파르치팔이었습니다. 아버지가 모험 중에 죽고 나서 태어난 아이였어요.

헤르첼라이데는 기사와 결투, 전쟁 같은 것에 신물이 났어요. 아들을 그 세계에서 아예 떼어놓으려고 했죠. 아들은 자기 신분도 모르고 기사에 대해 전혀 모르는 채 순박한 시골 아이로 자라났습니다. 애가 나무로 활을 만들어서 새를 잡았는데, 새가 맞아서 떨어지면 후회가 밀려왔어요. 나무에서 새들이 울면 자기를 꾸짖는 말처럼 느껴졌죠.

"어머니, 마음이 왜 이렇게 울적할까요?"

"그건 네 마음에 신이 계시기 때문이야. 하느님은 우리를 구하려고 인간의 모습으로 이 땅에 오셨지. 파르치팔, 그분은 빛이고 진리란다. 힘들 때 그분을 부르면 널 도와주실 거야."

"네, 어머니!"

이렇게 대답은 했지만 그게 무슨 뜻인지는 잘 몰라요.

파르치팔은 쭉쭉 자라났어요. 그는 힘이 아주 셌습니다. 파르치팔처럼 사냥할 수 있는 사람은 없었죠. 말을 타지도 않고 그냥 뛰어가서 사슴이나 멧돼지를 붙잡을 정도예요. 그가 사냥감을 메고 돌아오는 모습은 마치 짐승 머리가 가득 달린 거인이 움직이는 것 같았습니다.

그러던 어느 날, 파르치팔은 사냥을 하려고 숲을 누비다가 말을 타고 오솔길을 걷는 세 명의 기사를 만났습니다. 기사의 몸을 뒤덮은 갑옷이 반짝반짝 빛났죠. 그런 멋진 모습은 본 적이 없어요. 파르치팔은 그들을 하느님이라고 생각하고 그 앞에 무릎을 꿇었습니다.

"오오, 하느님! 저를 돌봐주십시오."

그러니까 기사들이 웃으며 말했습니다.

"우린 하느님이 아니야. 그분께 봉사하는 기사들이지."

"기사라고요? 어떻게 하면 기사가 될 수 있죠?

"기사는 아서왕께서 임명하신단다. 관심 있거든 찾아가 봐."

그러면서 기사들은 말을 몰아서 떠나갔습니다.

파르치팔은 흥분을 참지 못하고 어머니에게 달려갔어요. 아서왕을 찾아가 기사가 되겠다고 우겼죠. 아들의 고집을 꺾을 수 없었던 어머니는 한 가지 방법을 생각해 냈습니다. 허름한 자루로 우스꽝스런 옷을 만들어서 아들에게 입히고 머리엔 광대 모자를 씌웠어요. 누가 봐도 얼간이 같은 모양이었죠. 사람들이 그런 모습을 보고 놀려대면 아들이 돌아올 거라고 생각한 거예요.

파르치팔은 길을 떠나서 기사가 되겠다는 생각에 몰두해 있었습니다. 옷차림은 상관없었죠. 어머니는 아들을 떠나보내면서 주의 사항을 말해줬습니다.

"내 말을 잘 새겨두거라. 첫째, 강을 건널 때는 시커멓게 보이는 곳을 피하거라. 밝은 곳으로 재빨리 건너도록 해. 둘째, 사람을 늘 공손히 대하고 인사를 잘하도록 해라. 셋째, 나이가 많은 분들을 공경하고 충고를 귀담아들어야 한다. 넷째, 고귀한 처녀를 만나면 의젓하게 행동하도록 해라. 명예로운 키스는 행운을 가져다주는 법이지."

파르치팔은 어머니와 이별의 입맞춤을 한 뒤 씩씩하게 길을 떠났습니다. 뒤도 돌아보지 않고서요. 그는 어머니 생각과 달리 여러 날이 돼도 돌아오지 않았어요. 슬픔을 참지 못한 헤르첼라이데는 심장이 터져서 죽고 말았습니다.

파르치팔은 어머니가 죽은 줄도 모르고 앞으로 계속 나아갔어요. 가다 보니까 병아리도 건널 만한 얕은 개울이 나타났죠. 하지만 저녁때라서 물 색깔이 검었어요. 파르치팔은 어머니 말을 생각하고 물을 건너지 않았습니다. 다음 날 아침에 물빛이 투명해 보이자 비로소 힘차게 개울을 건넜죠.

"난 언제나 어머니 말씀대로 할 거야."

다시 한참을 가던 파르치팔은 어느 초원에서 멋진 천막을 발견했어요. 안을 들여다보니까 손가락에 금반지를 낀 귀부인이 잠들어 있었죠. 파르치팔은 고귀한 처녀와의 키스가 행운을 가져다준다는 어머니 말을 떠올리고서 그녀에게 다가가 입을 맞췄습니다. 여자는 깜짝 놀라서 깨어났죠.

"이게 무슨 짓이죠?"

"네, 어머니가 이렇게 하라고 가르쳐주셨어요."

여자가 보니까 순진해서 아무것도 모르는 사람이지 뭐예요. 하지만 여자로선 아주 당황스러운 일이었죠. 더군다나 그녀는 처녀가 아니라 귀족의 아내였거든요. 파르치팔은 자기가 한 행동이 그녀에게 큰 고통을 가져다주리라는 것을 미처 알지 못했습니다. 남편에게 핍박을 받게 되리라는 사실을요.

파르치팔은 모든 것이 잘됐다고 생각하면서 계속 나아갔어요. 만나는 모든 사람들을 공손히 대하면서 인사를 했습니다. 어머니가 그렇게 하라고 했다고 덧붙였어요. 그러던 어느 날, 그는 절망에 가득 차서 울고 있는 처녀를 만났습니다. 그녀의 품에는 죽은 기사가 안겨 있었죠. 파르치팔은 그녀에게 다가가서 인사하고 말했어요.

"나는 기사가 되려고 아서왕을 찾아가는 파르치팔이에요. 이게 어찌 된 일인가요? 그 사람은 누구죠?"

"파르치팔? 나의 이모 헤르첼라이데의 아들? 나는 지구네야. 너의 사촌이지. 내 말 좀 들어봐. 오릴루스 공작이 내 약혼자를 죽였어. 그 사람은 네 어머니에게서 왕국을 빼앗은 사람이란다."

"아아! 내가 어머니와 사촌을 위해 복수하겠어. 그 공작에게 가려면 어떻게 해야 하지?"

지구네가 보니까 파르치팔이 뜨내기 얼간이인데 그대로 보내면 오릴루스에게 죽을 게 분명해요. 그는 일부러 공작이 사는 곳과 다른 방향을 알려줬습니다. 파르치팔은 사촌과 이별하고서 그 방향으로 달려갔죠. 하지만 오릴루스 공작을 만날 수는 없었습니다. 그 대신 그는 아서왕의 왕국으로 들어서게 됐어요.

사람들은 어릿광대 차림을 한 파르치팔을 보면서 비웃고 조롱했어요. 하지만 그는 모든 사람에게 공손히 인사했습니다. 어머니가 가르쳐준 대로 말이죠. 붉은 옷을 입은 기사를 만나자 그에게도 인사를 빠뜨리지 않았습니다. 기사는 순박한 얼간이를 이용해야겠다고 생각했어요.

"여보게, 아서왕을 찾아간다고? 아서왕과 원탁의 기사들에게 내 말을 전해주게나. 이테르는 상속권을 포기할 생각이 전혀 없다고 말야. 이 술잔은 내가 원탁에서 가져온 것이지. 나에게서 이 잔을 찾아가기 전에는 아서왕이 편안히 목을 축일 수 없을 거야."

파르치팔은 그 말을 잘 새겨듣고서 아서왕의 궁성으로 들어갔어요. 성 안에는 아이들도 많고 기사들도 많았죠. 아이들은 파르치팔을 놀리면서 따라다녔어요. 걸음을 옮기기 힘들 정도예요. 하지만 파르치팔은 온통 기사들에게만 관심이 가요.

"이곳엔 아서왕이 아주 많군요. 나를 기사로 임명할 사람은 누군가요?"

이렇게 말하니까 다들 웃음을 터뜨리죠. 기사들은 재밋거리 삼아서 이 얼간이를 아서왕에게 데려갔습니다. 하지만 파르치팔의 입에서 이테르라는 말이 나오는 순간, 사람들 얼굴에서는 웃음기가 싹 사라졌어요.

"이테르라고? 붉은 기사를 만났단 말이냐?"

기사들은 긴장했어요. 붉은 기사는 아서왕의 사촌인데, 모두가 두려워하는 무서운 존재였거든요. 기사들 중에 그를 상대할 수 있는 사람은 아무도 없었습니다. 그러자 파르치팔이 말했어요.

"내가 가서 그를 상대하겠어요. 그의 붉은 갑옷을 빼앗으면 나도 기사가 될 수 있는 거지요?"

그러자 기사들이 웃음을 터뜨리면서 말해요.

"네가 붉은 기사를 상대한다고? 만약 그를 죽이면 기사가 되고도 남지!"

아서왕은 그를 이테르에게 보낼 마음이 없었어요. 순진한 젊은이를 희생시키고 싶지 않았죠. 하지만 파르치팔은 고집을 꺾지 않았습니다.

옥신각신 시끄럽다 보니 그게 궁성의 구경거리가 됐어요. 여자들도 그를 구경하러 나섰죠. 그 중엔 쿠네바레라는 아가씨도 있었어요. 그녀는 그 사내를 봐도 절대 웃지 않겠다고 맹세했죠. 하지만 바보 같은 옷차림을 한 용사를 보자마자 웃음보가 터졌습니다. 그러자 높은 관리 카이에가 버럭 화를 내면서 그녀에게 손찌검을 하는 거예요. 자기 때문에 숙녀가 치욕을 당하는 걸 본 파르치팔은 카이에에게 복수를 하겠다고 다짐했습니다.

아서왕의 궁성을 나선 파르치팔은 붉은 기사 이테르에게 향했습니다. 이테르를 만난 파르치팔이 말했어요.

"아서왕의 기사들에게 당신의 말을 전했어요. 누구도 당신과 싸울 생각이 없더군요. 그래서 내가 당신과 대결하러 왔어요. 나도 기사가 되고 싶거든요. 그 말과 갑옷을 내놓으세요."

그러자 붉은 기사는 가소롭게 여기면서 창끝으로 파르치팔을 밀쳐서 바닥에 쓰러뜨렸습니다. 파르치팔은 벌떡 일어나서 붉은 기사를 향해 힘껏 창을 던졌죠. 창은 투구 틈새를 뚫고서 기사의 머리에 박혔고, 이테르는 그 자리에서 즉사했어요.

붉은 기사가 죽자 파르치팔이 더 놀랐어요. 첫 결투가 그렇게 끝날 줄은 몰랐죠. 그는 이테르의 갑옷을 벗겨서 자기 옷 위에 입

고 투구를 썼습니다. 그리고 이테르의 말에 올라탔죠. 뭐든 해낼 만한 자신감이 샘솟았어요. 벌써 기사가 된 것 같았습니다.

저녁에 그는 어느 멋진 성에 도착했어요. 덕망 있는 노기사 구르네만츠의 성이었죠. 파르치팔은 공손히 인사를 올렸습니다.

"어머니께서 나이 드신 분을 공경하고 조언을 구하라고 하셨습니다."

노기사가 그 행동거지를 보니까 기사의 예법을 모르는 철부지예요. 갑옷 속에 있는 어릿광대 옷도 전혀 어울리지 않았죠. 구르네만츠는 그를 제대로 가르치기로 했습니다. 그는 파르치팔을 성에 머물게 하면서 기사의 예절과 품위 있는 언행을 가르치고 무기를 다루는 기술을 알려줬어요. 교육을 받으면서 파르치팔은 드디어 기사의 풍모를 갖추게 됐죠. 노기사는 이렇게 말했어요.

"기사가 되려면 부끄러움을 알고 명예를 지켜야 하네. 너무 인색해도 안 되고 사치스러워도 안 되지. 곤경에 처한 사람을 도와주고 여자를 공경하며 사랑하게. 싸울 때는 용감하되 항복한 자는 너그럽게 용서해야 해. 질문에는 신중하게 답하고, 예의에 어긋나는 말을 피하게. 쓸데없는 질문은 삼가도록 하고."

파르치팔은 노기사의 가르침을 가슴에 새기고 그곳을 떠났어요. 책임감으로 마음이 무거웠죠. 더는 어머니 말대로 하는 어릿광대여선 안 되니까요.

그가 숲을 지난 뒤 강물을 따라서 가다 보니까 첨탑이 잔뜩 솟은 도시가 보였습니다. 콘드비라무르 여왕이 다스리는 벨라파이레라는 곳이었어요. 그 도시는 위기에 빠져 있었습니다. 클라미데 왕의 군대가 도시를 포위하고 거센 공격을 하고 있었거든요.

파르치팔이 성에 들어가 보니 사람들이 굶주림과 피로에 지쳐 있었어요. 파르치팔은 그들을 돕고 싶었습니다. 여왕 콘드비라무르를 만난 뒤 결심은 확고해졌죠. 여왕이 젊고 아름다웠거든요. 하지만 파르치팔은 많은 말을 하지 않았어요. 여왕의 질문에만 신중하게 대답했죠. 파르치팔이 붉은 기사를 물리쳤다는 말을 들은 여왕은 눈물을 흘리면서 간청했습니다.

"클라미데 왕의 대기사 킹룬의 손아귀에서 우리를 구해주세요. 그는 나의 수많은 기사를 죽였답니다."

"여왕이시여, 제가 기필코 당신과 이 나라를 구하겠습니다."

다음 날 아침, 파르치팔은 말을 타고 달려나가 킹룬과 맞섰습니다. 그로선 최초의 칼싸움이었죠. 킹룬의 높은 명성은 파르치팔의 혈기 앞에 점차 빛을 잃기 시작했습니다. 결국 그는 완전히 제압당해서 칼을 던지고는 살려달라고 애원했습니다.

"좋소! 그 대신 모든 공격을 멈추시오. 그리고 아서왕의 궁성으로 가서 쿠네바레 아가씨에게 전해주시오. 내가 그녀를 위해 카이에에게 복수할 거라고 말이오."

킹룬은 기사의 명예를 걸고 맹세한 뒤 아서왕의 궁성을 향해 떠났습니다. 벨라파이레는 적의 손아귀에서 벗어나게 됐지요. 마침 식량을 실은 배가 도착해서 주민들은 굶주린 배를 채울 수 있었습니다. 사람들은 환호했고 곧 결혼식이 거행됐습니다. 파르치팔과 콘드비라무르의 결혼이었죠. 이 여왕은 처녀였거든요.

얼마 뒤, 클라미데 왕이 직접 도시를 공격하러 왔습니다. 그는 킹룬보다도 강력한 용사였어요. 하지만 아내를 지키려는 파르치팔을 당할 수는 없었습니다. 파르치팔이 왕을 쓰러뜨리고 투구를 벗기자 그 또한 은총을 베풀어달라고 애원했죠. 파르치팔은 그를 살려주고서 말했습니다.

"지금 즉시 아서왕의 궁성으로 가서 쿠네바레 아가씨에게 복수가 멀지 않았다고 전해주시오."

죽다 살아난 클라미데는 즉시 아서왕의 궁성으로 가서 그 말을 전했습니다. 그게 킹룬에 이어서 두 번째잖아요? 궁성에 있는 사람들이 얼마나 놀랐는지 몰라요. 바보 같은 젊은이가 대단한 용사들을 거듭 제압했다니 입이 딱 벌어지죠.

파르치팔의 승리로 벨라파이레는 활력을 되찾았습니다. 파르치팔은 아름다운 아내와 행복한 시간을 보냈죠. 하지만 그 시간은 길지 않았어요. 아버지의 피를 이어받아서일까요? 그는 새롭고 넓은 세상으로 나가고 싶은 욕망을 참을 수 없었습니다. 결국 얼마 뒤, 콘드비라무르는 사랑하는 남편이 떠나는 뒷모습을 바라봐야 했어요. 그녀 뱃속에 생명이 자라고 있는 건 둘 다 몰랐답니다.

파르치팔은 무작정 나아갔습니다. 고삐를 잡지 않고 말이 가는 대로 놔뒀죠. 말은 황야를 가로지르고 늪지를 헤치며 나아가서 낯선 호수에 도착했어요. 서쪽 하늘로 해가 기울 무렵이었죠.

호숫가에는 나룻배가 한 척 있고 사람들이 물고기와 물새를 잡고 있었어요. 파르치팔의 눈길은 모피를 걸치고 공작 깃털 모자를 쓴 어부에게 딱 멈췄습니다. 그는 이상할 정도로 얼굴이 창백했죠. 파르치팔이 그에게 물었어요.

"이 근처에 하룻밤 묵을 만한 데가 있을까요?"

그러자 그 사람은 바위 절벽 위에 솟아 있는 성을 가리키며 그곳으로 가보라고 했습니다. 목소리가 아주 슬펐어요. 파르치팔은 그의 말대로 바위 위에 있는 성으로 향했습니다. 그가 도착하자 도개교가 저절로 내려왔어요. 그는 말을 탄 채로 깊은 골짜기 너머에 있는 성으로 들어갈 수 있었죠.

성 안에는 많은 기사들과 시종들이 있었습니다. 그들은 손님을 깍듯이 대접했어요. 몸을 씻고 비단옷으로 갈아입은 파르치팔은 만찬장으로 안내됐죠. 그곳은 아주 웅장하고 화려했어요. 수백 개 샹들리에에서 휘황한 빛이 쏟아졌습니다.

성주 자리에 앉은 사람을 본 파르치팔은 흠칫 놀랐습니다. 호숫가에서 봤던 어부였거든요. 그는 밖에서 봤을 때보다 더 쇠약해 보이고 수심이 가득했습니다. 그는 파르치팔에게 손짓을 해서 자기와 같은 식탁에 앉게 했어요. 100개의 식탁에 총 400명의 기사가 자리했습니다.

그때 한 시종이 피가 뚝뚝 떨어지는 창을 들고 들어왔어요. 사람들이 슬퍼하는 소리가 울려퍼졌습니다. 기이한 광경이었죠. 그 시종이 나가자 반대편에서 열두 명의 처녀가 황금 촛대와 촛불을 들고 들어왔어요. 이어서 여섯 명의 처녀가 최고급 식기들을 가지고 와서 식탁 위에 올려놓았죠. 말은 없었어요. 파르치팔은 엄숙한 침묵을 깨지 않으려고 한마디도 하지 않았습니다.

마지막으로 나타난 사람은 여섯 명의 시녀들에 둘러싸인 아름다운 여인이었어요. 성주의 여동생인 레판제였습니다. 세상에서 가장 아름다운 처녀였죠. 그녀는 반짝이는 그릇을 비단 쿠션 위에 받쳐 들고 있었습니다. 그 그릇은 성배였어요. 십자가에 못 박힌 예수의 피를 받았던 바로 그 잔이었죠. 순결한 손을 가진 사람만 만질 수 있는 성스러운 물건이에요. 그녀는 성주 앞에 성배를 내려놓고서 물러섰습니다.

그때 놀라운 기적이 일어났어요. 식탁에 앉은 사람들이 먹고 싶은 음식을 말하면 성배가 알아서 그것을 내놓았죠. 잔을 내밀면 마실 것이 저절로 채워졌어요. 그 모습을 보면서 파르치팔은 입이 딱 벌어졌습니다. 하지만 굳이 묻지는 않았어요. 스승인 구르네만츠가 알려준 기사의 덕목을 지키기 위해서였죠.

기적의 식사가 끝나갈 무렵, 성주가 손짓을 하니까 시종이 칼을 한 자루 가져왔습니다. 최고의 명장이 만든 제일가는 보검이었죠. 성주가 말했어요.

"이 칼을 선물로 받으시오. 내가 병에 걸리기 전에 수많은 싸움에서 나를 지켜준 보물이라오."

파르치팔은 고개를 숙여서 소중한 무기를 받아 들었어요. 하지만 여전히 질문은 하지 않았습니다. 조용히 성주와 사람들을 바라보기만 했죠. 그때 성주가 식사를 물리라는 손짓을 했어요. 만찬은 끝났고 성배도 물려졌습니다.

파르치팔은 시종의 안내를 받아 화려한 침실에 누웠습니다. 그는 마음 편히 잠을 이룰 수 없었어요. 여러 생각이 오갔죠. 그가 뒤숭숭한 꿈에서 깨어났을 때는 한낮이었습니다. 주변에는 아무도 없었죠. 자기가 벗어놓은 갑옷과 성주가 준 선물만 덩그러니 놓여 있었어요. 그는 갑옷을 입고 칼을 찬 뒤 계단 아래 매여 있는 말을 타고서 성문 밖으로 나와 도개교를 건넜습니다.

그가 다리에서 벗어나자마자 도개교가 번쩍 올라갔어요. 그리고 누군가가 외치는 소리가 들려왔습니다.

"얼간이 같으니라고! 성주님을 위해 한마디 말도 안 하다니! 당신의 명예는 다 사라졌소."

파르치팔이 무슨 말인지 물어보려 했지만 그는 이미 사라지고 없었어요. 파르치팔은 성을 바라보다가 발길을 돌렸습니다. 발걸음은 아주 무거웠어요. 뭔가가 잘못됐다는 걸 느낀 거예요.

말이 움직이는 대로 한참을 가고 또 가던 파르치팔은 보리수나무 아래에서 울고 있는 여인을 만났어요. 이종사촌인 지구네였습니다. 그녀는 약혼자를 잃은 슬픔에서 아직도 벗어나지 못한 상태였죠. 미라가 된 애인의 시체를 품에 안고 있었어요.

"파르치팔, 넋을 놓고서 어디를 방황하는 거니?"

"지구네, 한 가지 물어볼게. 성배의 성에 대해서 아는 게 있니?"

"성배의 성? 그곳을 찾는 거야? 그 성은 완벽한 곳이지. 하지만 거기 들어가는 건 거의 불가능한 일이야. 일부러 그곳을 찾는 사람은 결코 들어가지 못하지. 그 성은 아무 의도나 욕심이 없는 순수한 사람에게만 문을 열어주거든. 거기 들어가면 모든 축복과 행복을 받게 되지. 그 성의 이름은 문잘베셰야. '구원의 산'이라는 뜻이지. 그곳은 성배의 왕 암포르타스가 다스리고 계셔. 하지만 그는 하느님이 내리신 병 때문에 걷지도 못하고, 서 있지도 누워 있지도 못해. 늘 안락의자에 기대 있지. 그의 고통은 누군가가 거기 도착해야만 치유될 수 있어."

그러자 파르치팔이 말했어요.

"그곳에 갔었어. 성배가 펼치는 놀라운 기적을 봤지."

그 말에 지구네는 안고 있던 시체를 거의 내던질 정도로 깜짝 놀랐어요.

"성에 들어가서 성배를 봤다고? 그럼 암포르타스도? 아아, 그분의 칼을 차고 있구나! 그를 구원한 거야? 그분이 병에서 나은 거냐고? 거기서 네가 뭐라고 질문했는지 말해줘."

"나는 아무것도 묻지 않았어. 그게 기사의 규율을 지키는 거라고 들어서……."

그러자 지구네는 두 손으로 얼굴을 감싸면서 소리쳤어요.

"아아아, 이럴 수가! 그 기적을 보고 그 불행을 보면서 아무것도 묻질 않다니! 이렇게 못날 수가! 이렇게 못될 수가! 보기 싫어. 어서 내 앞에서 사라져."

"부탁이야. 내가 지금 해야 할 일을 알려줘."

"이미 늦었어. 기사로서의 네 명예는 이미 사라져버렸다고. 너에게 할 말은 하나도 없어."

그러면서 지구네는 입을 딱 닫아버렸어요. 파르치팔은 그대로 그곳을 떠날 수밖에 없었죠. 후회와 자책이 그의 가슴속을 꽉 채웠습니다. 스스로 판단하고 행동하지 못한 자신이 한심했어요.

'나는 여전히 어릿광대였구나. 기사 시늉을 했을 뿐이야.'

그는 침울한 상태로 정처없이 떠돌기 시작했어요. 성배의 성으로 가는 길은 사라졌고, 아서왕의 궁성으로 갈 수도 없었죠. 스스로 기사의 명예를 저버렸으니까요. 그 상태로 아내에게 갈 수도 없었어요. 어디서 어떻게 다시 시작해야 할지 알 수가 없었습니다.

그때 파르치팔의 눈에 한 쌍의 이상한 남녀가 보였어요. 갑옷을 잘 차려입고서 좋은 말을 타고 가는 남자를 한 여자가 비쩍 마른 말에 쪼그려 앉은 채 따르고 있었죠. 넝마로 대충 가린 여자의 몸은 상처투성이였어요.

파르치팔은 여자에게 다가가서 공손히 인사를 했어요. 그러자 여자가 고개를 들어서 그를 알아보고 소리쳤어요.

"어릿광대 파르치팔! 아아, 내가 당신 때문에 얼마나 비참해졌는지…… 그 저주 받을 입맞춤 때문에 말이야!"

그 여자는 파르치팔이 천막에서 입맞춤을 했던 여자였어요. 그녀는 그 일 때문에 남편에게 수많은 치욕을 겪고 있었죠. 파르치팔은 죄 없는 여인의 명예를 되찾아 주고 자기 잘못을 보상하기로 마음먹었습니다.

파르치팔이 남편을 꾸짖자 그는 파르치팔을 해치려고 달려들었

어요. 둘 사이에는 결투가 벌어졌고 격전이 이어졌습니다. 더 강한 쪽은 파르치팔이었죠. 상처를 입고 쓰러진 남자는 파르치팔의 발을 붙잡고서 살려달라고 애걸했습니다.

"기사의 이름을 걸고 맹세하시오. 아내에게 용서를 빌고 아내의 명예를 되찾아 주시오."

"네네, 맹세하겠습니다."

그러자 파르치팔은 여자에게 공손히 인사한 뒤 그곳을 떠났습니다. 그렇게 자기가 저질렀던 잘못을 조금이나마 갚았죠. 이때 파르치팔이 무릎 꿇린 남자의 이름은 오릴루스였어요. 오릴루스 공작요. 어머니의 나라를 빼앗고 사촌의 약혼자를 해쳤던 사람이죠. 만약 정체를 알았다면 파르치팔은 그를 죽였을까요? 그건 저도 모르겠어요.

다시 파르치팔이 방황하며 떠돌고 있을 때 그를 찾고 있는 사람들이 있었어요. 아서왕이 신하들을 이끌고 그를 찾아 나선 거예요. 왕으로선 그런 용맹하고 명성 높은 기사를 놓칠 수 없었죠. 자기 원탁에 앉히고 싶었어요. 당사자가 자책과 회의에 빠져 있는 건 전혀 몰랐죠.

어느 날, 파르치팔이 잠에서 깨어나 보니 사방이 눈 천지였습니다. 그때 매 한 마리가 날아올라서 기러기를 낚아챘어요. 기러기 몸에서 나온 핏방울 세 개가 파르치팔 앞에 펼쳐진 하얀 눈 위에 떨어졌죠. 눈 위에 떨어진 핏방울은 사랑하는 아내 콘드비라무르의 모습으로 변했습니다. 파르치팔은 아내 생각에 잠겨서 주변의 모든 걸 잊어버렸죠. 어떤 기사가 다가와서 말을 거는 것도 몰랐어요. 그가 화가 나서 공격하자 비로소 알아차리고 그를 확 밀쳤죠. 공격하던 사람은 말에서 뚝 떨어졌습니다. 파르치팔은 다시 아내 생각에 빠져들었어요.

그때 또 다른 사람 하나가 다가와서 거칠게 덤벼들었습니다. 파르치팔은 무심한 동작으로 그를 후려쳤죠. 그러자 그는 그대로 땅바닥에 떨어져서 팔과 다리가 부러졌습니다. 타고 있던 말은 쓰러져 죽었고요. 파르치팔은 그 사람이 카이에라는 걸 전혀 몰랐어요. 쿠네바레 아가씨가 당했던 수모를 그렇게 갚았다는 것을 말이죠.

파르치팔은 여전히 아내 생각에 빠져 있었어요. 그때 누군가 다가와서 외투로 핏방울을 덮었습니다. 파르치팔은 비로소 환영에서 벗어나 정신을 차렸죠. 그는 기사들의 천막으로 안내됐고 아서왕은 그를 환영했습니다. 그곳에는 원탁을 상징하는 둥그런 천이 놓여 있었어요. 왕은 파르치팔에게 한 자리를 마련해 줬습니다.

하지만 식사는 제대로 진행되지 못했어요. 짐승 같은 끔찍한 얼굴을 가진 자그마한 여인이 비쩍 마른 노새를 타고 들이닥친 거예요. 성배를 모시는 저주의 사신 쿤드리였습니다. 그녀는 찢어지는 목소리로 호통을 쳤어요.

"아서왕과 기사들이여, 그대들에게 저주가 있으리라. 원탁의 기사의 명성은 거기 참여한 무자격자로 인해 깨뜨려졌다."

그러더니 쿤드리는 파르치팔을 지목하면서 소리쳤어요.

"너에게 저주가 있으리라. 왜 너는 호숫가에서 어부의 슬픔을 못 본 척했는가? 왜 피 묻은 창과 성배를 보고도 입을 닫았는가? 왜 암포르타스에게 아무것도, 아무것도 묻지 않았는가? 왜 그의 고통을 그대로 놔두었느냐 말이다."

쿤드리는 양손을 비비면서 울다가 증오가 가득 찬 눈으로 파르치팔을 노려본 뒤 사라졌어요. 파르치팔은 절망했습니다. 옆에 있는 사람들의 위로가 조금도 힘이 되지 않았죠.

"나는 무거운 죄를 짊어졌습니다. 이제 속죄의 길로 나아가겠습니다. 불행에 빠진 암포르타스를 구할 때까지 절대로 쉬지 않을 것입니다."

그러면서 그는 곧바로 그곳을 떠났습니다. 그의 뒷모습을 말없이 바라보던 원탁의 기사들도 하나둘씩 흩어졌지요.

홀로 길을 떠난 파르치팔은 성배의 성을 찾아서 사방을 헤매 다녔습니다. 하지만 넓은 세상 어디에도 성은 없었어요. 가는 길에 많은 결투가 있었지요. 그는 늘 기사답게 싸웠고 매번 승리했습니다. 하지만 자기가 찾는 길은 도무지 보이지 않았습니다. 외로움과 좌절감이 그를 지배했어요.

그러던 어느 추운 3월의 아침, 파르치팔은 숲속을 헤매다가 이상한 행렬을 만났습니다. 수염이 하얀 노기사가 처자식과 함께 참회복을 입은 채 맨발로 걷고 있었죠. 그 뒤에 시종들과 기사들이 따르고 있었는데, 다들 참회복 차림이었고 무기는 없었습니다. 파르치팔은 늘 그랬듯이 한쪽으로 비켜서서 깍듯이 예를 갖췄지요. 그러자 노인이 말했습니다.

"기사 양반, 오늘 같은 날 무장을 하고서 말을 타는 건 옳지 않아요. 오늘은 인간의 모습으로 오신 하느님이 죄 많은 인류 대신 십자가에 못 박히신 날 아니오?"

파르치팔은 마음속에서 억하심정 같은 게 올라왔어요.

"오늘이 그날인 게 나하고 무슨 상관인가요? 나는 늘 하느님을 존중하고 따랐어요. 하지만 그분은 내게 치욕과 절망감을 안겼습니다."

"죄짓는 말은 멈추세요. 그리고 우리를 따라오세요. 그러면 현자 트레브리첸트를 만날 수 있어요. 그분은 당신에게 올바른 길을 가르쳐줄 겁니다."

파르치팔은 노인의 말을 따르고 싶지 않았어요. 그냥 말이 가는 대로 움직이려고 했죠. 그런데 말이 그를 트레브리첸트의 집으로 데려갔지 뭐예요. 현자는 젊은이를 따뜻하게 맞이했어요. 현자의 눈을 보는 순간 파르치팔은 성스러움을 느낄 수 있었습니다. 자기도 모르게 고개를 숙였죠.

자기 앞에 있는 젊은이가 성배의 성을 찾고 있다는 말을 들은 현자가 말했습니다.

"믿음이 깊고 평화로운 사람만이 그곳을 찾을 수 있다오. 오만함이나 혼란이 있으면 길은 나타나지 않지."

"제 마음은 혼란으로 가득합니다. 제가 스스로 길을 잃은 것이었군요."

파르치팔에게 이것저것 묻던 현자는 어린 시절 얘기를 듣고서 놀라서 소리쳤어요.

"파르치팔이구나! 내 사랑하는 여동생의 아들!"

그 현자가 외삼촌일 줄은 전혀 몰랐죠. 현자는 조카를 꼭 안아주고서 말했습니다.

"하느님이 너를 여기로 인도했구나. 사람은 자기도 모르는 사이에 죄를 짓곤 하지. 너는 붉은 기사를 죽이고서 그를 묻어주지 않은 죄를 저질렀어. 그리고 네 어머니가 어찌 된지 아느냐? 네가 떠난 뒤 상실감을 못 이기고 세상을 떠나셨단다."

"아아, 어머니가……."

집을 떠나온 뒤 오랫동안 잊고 있던 어머니였죠. 어머니가 그렇게 돌아가신 걸 전혀 모르고 있었어요. 오로지 멋진 기사가 되고 성배를 찾아서 축복을 받겠다는 마음으로 꽉 차 있었죠. 그는 솟구쳐 오르는 슬픔에 뜨거운 눈물을 흘렸습니다.

"지금의 슬픈 뉘우침이 너를 죄로부터 구원할 것이다. 신께서 너를 버리지 않았다는 증거야. 네가 맑고 굳은 마음으로 행하면 그분은 늘 너와 함께하실 게다."

파르치팔은 외삼촌의 가르침 속에 스스로를 성찰하고 회개하면서 다시 한번 거듭났어요. 이제 비로소 참다운 자신을 찾은 느낌이었죠. 그는 혼란과 절망감에서 벗어나 새로운 마음으로 다시 길을 나섰습니다. 성배로 가는 길이 활짝 열릴 것 같았죠.

파르치팔은 아서왕의 궁성으로 향했습니다. 당당한 기사가 되어 암포르타스를 찾아가려고 했죠. 그런데 도중에 길을 가로막는

자가 있었습니다. 파르치팔은 어느 이교도 전사와 일전을 벌이게 됐어요. 그는 아주 강했습니다. 한참을 겨뤘지만 승부가 나지 않았죠. 둘은 동시에 탈진해서 무기를 내려놨습니다.

"나는 파르치팔이라네. 가흐무레트의 아들이지."

"뭐라고? 내 아버지도 가흐무레트야. 나는 그의 아들 파이레피스지."

알고 보니 그는 파르치팔의 아버지가 이교도 나라에 갔을 때 만났던 여자가 낳은 아들이었어요. 그도 아버지를 보지는 못했죠. 아버지는 이들 형제가 다 뱃속에 있을 때 세상을 뜬 거예요.

"형제여, 나와 함께 아서왕에게로 가세. 그는 용사를 존중하는 사람이야."

그래서 둘은 함께 아서왕의 궁성으로 가게 됐어요. 아서왕과 원탁의 기사들은 두 사람을 환대하고 연회를 베풀어줬습니다. 두 사람은 명예로운 원탁의 기사가 될 수 있었죠.

그때 끔찍한 얼굴을 한 작은 여자가 비쩍 마른 노새를 타고 달려왔습니다. 성배의 사자 쿤드리였죠. 하지만 전과 달리 그녀의 얼굴은 밝게 빛나고 있었습니다.

"가흐무레트 왕의 아들이여, 시련은 끝났습니다. 성배에 그대의 이름이 반짝였어요. 그대를 성배의 왕으로 임명한다는 신탁입니다. 문잘베셰로 가서 암포르타스를 구원하고 성배의 수호자가 되시오. 고귀한 파르치팔이시여! 이 모두가 그대의 끝없는 노력 덕분에 이루어진 일입니다."

파르치팔은 감격에 젖어서 성배의 사자에게 답했습니다.

“죄 많은 사람에게 이런 명예가 내리는군요. 노력을 지켜봐 주고 알아봐 주신 신이시여, 감사합니다! 쿤드리여, 당신께 경배합니다.”

파르치팔은 쿤드리를 따라 문잘베셰로 향했어요. 그의 형제인 파이레피스도 함께했지요. 그 또한 성배의 성에 들어갈 자격을 가진 자였거든요. 그들이 성에 도착하자 성배의 기사들이 환호하면서 맞이했습니다.

성 안에는 병든 암포르타스가 고통스럽게 의자에 기대어 있었습니다. 그의 고통은 극에 달한 상태였지요. 파르치팔은 그에게로 다가가서 무릎을 꿇고 물었습니다.

“말씀해 주세요. 얼마나 고통스러우신가요? 누가 당신을 이런 고통에 빠뜨렸나요?”

그 말은 한 줄기 빛처럼 병자의 얼굴을 매만졌습니다. 병자는 젊은이를 향해서 손을 내밀었어요. 파르치팔은 그 손을 꼭 잡았습니다. 다음 순간, 두 사람은 동시에 자리에서 일어나 함께 밖으로 걸어 나갔습니다. 암포르타스의 모든 병과 고통은 저 멀리로 사라졌지요. 오래 예비됐던 기적의 시간이 마침내 실현된 것입니다.

그때 쿤드리의 노새는 발라파이레로 달려가고 있었습니다. 쿤드리는 콘드비라무르를 이끌고 구원의 산 문잘베셰로 향했죠. 여왕의 쌍둥이 아들 로엔그린과 카르다이스를 함께 데리고서요. 맞은편 쪽에서는 파르치팔이 아내를 향해 달려오고 있었습니다. 밤새도록 달린 파르치팔은 평원에 쳐져 있는 천막을 발견했지요. 천막을 열고 들어간 그는 잠들어 있는 여인을 발견했고 그녀에게 입을 맞췄습니다.

"어머니께서 이렇게 하라고 하셨지!"

잠에서 깨어난 콘드비라무르가 뜨겁게 남편을 껴안았어요. 그때 두 아들이 깨어났고 아버지는 처음 보는 자식들을 따뜻하게 안아줬습니다. 그의 아버지 가흐무레트가 하지 못했던 일을 아들이 해낸 거예요. 그들이 서로를 껴안은 그 장소는 전날 파르치팔이 하얀 눈에 떨어진 핏방울 때문에 환영에 빠져들었던 바로 그곳이었답니다.

그들은 다 함께 문잘베셰에 입성했습니다. 비탄과 통곡이 넘치던 곳은 이제 기쁨과 웃음이 가득했습니다. 또 하나의 큰 경사가 있었죠. 파르치팔의 형제 파이레피스가 성주의 여동생 레판제와 결혼하게 된 거예요. 파이레피스는 이교도였지만 이들 부부가 모시는 하느님은 원래 같은 존재였습니다. 문제 될 것은 없었죠.

성배의 수호자가 된 파르치팔은 콘드비라무르와 함께 문잘베셰에서 신을 모시면서 기적을 베풀었습니다. 미래의 성배 수호자가 될 로엔그린이 그들과 함께했죠. 카르다이스는 발라파이레의 왕이 되어 그곳을 돌보게 됐습니다. 파이레피스는 새로운 왕국의 시조가 되어 또 하나의 새 세상을 열었다고 해요. 신의 빛은 그렇게 세상에 감돌아서 널리 퍼져갔습니다.

이야기에 대한 이야기

연이 퉁이 이반 세라 뭉이쌤 약손할배

연이 오빠, 새롭다. 뭔가 게임 스토리를 보는 것 같기도 하고 경건해지기도 하고.

퉁이 그래? 나는 내가 가진 종교와 상관없이 이 이야기가 마음에 와닿았어. 인간의 진심과 믿음, 그리고 정성과 노력에 대한 이야기라고 여겨졌거든.

세라 그래. 그게 바로 영웅의 길이겠지!

이반 파르치팔이 처음부터 완전한 영웅이 아니라는 게 인상적이에요. 영웅의 성장담 같은 느낌.

뭉이쌤 그래. 어머니의 아들에서, 스승의 제자로, 그리고 나 자신으로. 또는 미성숙하고 혼란스러운 존재에서 성숙하고 평화로운 포용의 존재로.

퉁이 아주 간명하고 멋진 요약이네요. 역시 쌤!

세라 이야기를 들으면서 누군가에게 상태를 묻는다는 게, 따뜻하게 말을 건네준다는 게 참 중요하다는 생각을 했어요.

약손할배 맞아. 마음에만 두는 걸로는 부족하죠. 말로 옮길 때 비로소 큰 힘이 되지.

연이 여기 계신 모든 분들, 진심으로 사랑하고 존경합니다.

퉁이 아, 그 말을 이 기사님이 먼저 해야 하는데 선수를 뺏겼네. 기꺼이 양보하겠습니다요.

연이 흠, 남자만 기사나 영웅이 되라는 법은 없잖아? 중요한 건 인간이라구.

뭉이쌤 그래. 그게 이 이야기에 담겨 있는 철학이기도 하지.

이반 유럽의 기사담에는 뭔가 허세 같은 게 느껴졌었거든요. 그래서 거부감이 좀 있었는데, 파르치팔이 그런 편견을 깨준 것 같아요. 한 명의 인간적인 영웅과 만난 느낌입니다.

뭉이쌤 흠, 이제 또 다른 영웅을 만나러 갈까? 내가 이야기를 하나 해보도록 할게.

세라 어떤 이야기 하실지 궁금해요. 예상 못 한 것이 나올 것으로 예상해 봅니다.

뭉이쌤 그 예상에서는 벗어날 방법이 없군요. 하하.

그동안 민담과 전설, 신화 이야기를 주로 했잖아? 이번에 소설로 쓰인 이야기를 하나 들려줄게. 소설도 한 편의 특별한 이야기라고 볼 수 있지. 예전부터 소설을 이야기로 구연하는 전통이 있었단다. 책을 읽는 것과는 또 다른 재미가 있어. 오늘날 한국이 드라마 왕국이잖아? 그건 소설의 전통하고도 관련이 있어. 한국에선 예전부터 소설이 인기가 많았지. 여성이 주인공인 영웅소설도 꽤 많아. <박씨전>이나 <홍계월전> 같은 작품 들어봤을 거야. 이제 내가 들려줄 이야기의 주인공은 향랑이야. 전형적인 영웅은 아니지만 대단한 여인이지. 소설의 원제목은 '삼한습유(三韓拾遺)'야. 삼국의 남은 이야기를 거두어 모았다는 뜻이지. 조만간 많이 유명해지게 될 작품이야. 특별한 판타지 장편소설이거든.

향랑이 바꾼 세계

✦

한국 소설

천 년도 훨씬 전 먼 옛날, 한반도가 고구려와 백제, 신라 세 나라로 갈라져 있던 시절의 일이야. 그때 신라 땅에 일선군이라는 곳이 있었어. 거기 어느 가난한 집에서 딸을 낳았는데, 이상하게 방에 향기가 자욱했단다. 부모는 딸의 이름을 향랑(香娘)이라고 지었어. 향기로운 여자라는 뜻이지.

향랑은 어려서부터 아주 총명해서 사람들을 놀라게 했어. 용모도 무척 빼어났지. 나이가 드니까 더없이 아름다운 처녀가 됐단다. 집이 가난한 걸 빼면 최고의 색싯감이야. 그때 고을에 있는 두 집에서 동시에 향랑 집으로 청혼을 해왔는데 조건이 대조적이야. 한쪽은 집이 무척 가난하지만 똑똑하고 행실 바른 사람이고, 한쪽은 됨됨이는 그저 그런데 집이 부자야. 향랑의 부모는 고민에 빠졌지. 향랑의 아버지가 말했어.

"결혼을 더 미룰 수는 없어요. 그런데 어느 쪽을 골라야 할지 어렵군요. 됨됨이가 중요하지만 딸이 평생 가난하게 사는 것도 곤란한 일이니 어쩌면 좋겠소?"

"내가 살아봐서 잘 알아요. 세상에 가난보다 큰 악은 없지요. 성인군자도 가난 때문에 버림받은 사람이 한둘이 아니에요. 가난한 집에 딸을 보내서 고생시킬 마음은 없어요."

아버지는 고개를 끄덕였어. 하지만 본인 의견도 중요하잖아?

"네 뜻은 어떠냐? 인물이 똑똑한 것과 집안이 부유한 것 가운데 어느 쪽이야?"

그러자 향랑이 딱 잘라서 말했어.

"부유함보다 총명함이 낫습니다. 사람이 잘사는 것은 재산에 달려 있지 않아요. 부부의 행복은 마음먹기에 달려 있죠. 됨됨이가 부족하면 관계가 어그러지기 마련입니다."

그러자 어머니가 마음이 상해서 화를 내지 뭐냐.

"나라고 어찌 너에게 어진 남편을 짝지어 주고 싶지 않겠니? 하지만 춥고 배고프면 아내를 지킬 수 없는 법이야. 내가 진자리 마른자리 가려가면서 힘들게 키웠더니, 너는 내 뜻을 어기고 스스로 망하는 길로 가려고 하는구나. 나하고 인연을 끊으려면 그렇게 해!"

그러면서 눈물을 줄줄 흘리는 거야. 그 모습을 보니까 자기 고집을 내세울 수가 없지.

"제 생각을 그대로 말씀드린 게 어머니를 화나게 했군요. 저를 위해 하시는 말씀이란 걸 왜 모르겠어요? 마음 푸세요. 어머니 뜻대로 할게요."

그러자 어머니는 기분이 나아져서 웃음을 보였단다. 아버지는 딸의 마음을 알면서도 뭐라고 말을 못 하지. 결국 향랑은 부잣집 아들하고 결혼하게 됐어.

결혼식은 성대하게 치러졌어. 신랑 집에서 보란 듯이 준비를 잘한 덕분에 먹고 마실 게 넘쳐났지. 근데 신랑이 알려진 것보다도 더 한심한 친구였지 뭐냐. 내키는 대로 술을 받아 마시다가 잔뜩 취해서 첫날밤도 제대로 못 치르더니, 다음 날 아침에는 술이 덜 깬 채로 몸종의 손을 잡고서 희희덕거리는 거야. 몸종이 놀라서 도망가고 야단났지. 그 모습을 보니까 향랑은 한숨만 나와.

첫날부터 그렇게 어긋났는데 잘 풀릴 리 없지. 사람이 수준이 맞아야 말이 통하는 법이잖아? 향랑이 마음을 주려고 해도 가지가 않는 거야. 그 눈치를 남편이 모를 리 없지. 남편은 열등감에 젖어서 향랑을 함부로 대하기 시작했단다. 툭하면 언어 폭력이야. 향랑이 꾹 참으면서 할 도리를 다 하니까, 잘난 척 그만하라면서 더 야단이지. 시어머니도 한통속이 돼서 며느리를 계속 괴롭혔단다. 트집거리가 없으니까 툭하면 혼수를 들먹여.

"이런 걸 혼수라고 가져오고서 잘난 척이야? 가난한 집 딸년이 주제도 모르고!"

남편과 시어머니의 괴롭힘은 점점 심해져만 갔지. 남편은 술에 취하면 상을 뒤엎고 난리를 쳤어. 여차하면 주먹질까지 할 태세야. 향랑 생각에 그렇게 사느니 차라리 죽는 게 나을 것 같아. 하지만 자기를 낳아주고 키워준 부모님이 계신데 그럴 수는 없지. 향랑이 할 수 있는 건 남편의 잠자리 요구를 거절하는 것뿐이었어. 남편하고 시어머니는 아주 못 잡아먹어서 안달이지.

"너, 숨겨둔 남자가 있는 거 맞지? 얘가 재산을 빼내려고 우리 집에 기어들어 온 거야. 아이고!"

시어머니가 입에 거품을 물고서 이렇게 막 다그쳐. 향랑은 무어라고 말대꾸를 못 하지. 며느리가 조금이라도 입을 열면 숨이 넘어갈 것처럼 가슴을 움켜쥐고서 뒤로 넘어가거든. 그러던 어느 날, 시어머니가 아들을 불러서 말했어.

"저년은 우리 식구가 아니야! 당장 내쫓아 버려라."

그 말을 들으니까 향랑은 차라리 잘됐다 싶어. 거기서 지내는 게 지옥 같았거든. 결국 향랑은 맨몸으로 쫓겨나서 친정으로 돌아왔단다. 사람들이 다들 혀를 끌끌 차면서 손가락질을 하지. 향랑은 자기 때문에 부모님 체면이 깎인 게 속상할 따름이야. 하지만 부모도 뭐라고 말을 못 하지.

"그냥 네 뜻대로 했으면 이런 일이 없었을 것을……."

그게 화병이 된 걸까? 향랑이 돌아온 지 1년도 안 돼서 아버지가 병들어 죽고 얼마 뒤에 어머니도 세상을 떠났지 뭐냐. 소박 맞고 쫓겨난 처지에 부모형제도 없는 고아라니 처량한 신세지. 그래도 할 도리는 다 하는 게 향랑의 방식이야. 향랑은 3년 동안 상복을 입고 부모 제사를 정성껏 모셨단다.

향랑이 잠깐 결혼해서 살았다지만 사실상 처녀나 다름없잖아? 나이도 아직 한창이고 미모도 변함이 없지. 그러다 보니 향랑을 마음에 두는 남자들이 많았어. 부모가 없으니까 쉽게 차지할 수 있을 거라고 생각했지. 향랑이 삼년상을 마치자 여기저기서 노골적으로 손을 내밀기 시작했단다. 향랑은 눈곱만큼도 마음이 없는데 말이지.

그때 근처 마을에 조씨 성을 가진 부자가 있었어. 그 집 아들이 어떻게든 향랑을 자기 것으로 만들려고 마음을 먹은 거야. 그때 향랑은 외가 친척집에 머물고 있었는데, 조씨는 향랑의 친척 어른들을 공략했어. 뇌물로 해서 안 되니까 괜한 꼬투리를 잡아서 협박을 해. 소송을 걸어서 집안을 망가뜨리겠다는 거야. 힘이 있는 집안이니까 마음만 먹으면 그러고도 남지. 친척 어른은 견디다 못해 향랑을 불러서 말했어.

"나는 남이 잘못되는 걸 좋아하는 사람이 아니야. 그런데 이대로 있다간 송사에 휘말려서 감옥에 갈 형편이구나. 잘 생각해 주면 좋겠다."

그동안 자기를 보살펴 준 어른이 이렇게 말하니까 아주 곤란하지. 자기 때문에 남에게 피해를 끼치는 건 향랑으로서는 못 할 일이야. 향랑은 한참 만에 입을 열었어.

"알겠습니다. 그 사람한테 갈게요. 제 뜻을 전해주세요."

그러니까 친척 어른은 살았구나 싶어서 가슴을 쓸어내리지. 그는 얼른 조씨 댁에 소식을 알렸어. 조씨는 뛸 듯이 좋아하면서 사흘 뒤에 향랑을 맞이하러 오겠다고 회신을 보내왔어. 마음 변하기 전에 얼른 데려가려는 거지.

하지만 향랑의 마음이 변하는 일은 없었단다. 결혼하려는 마음?

아니, 다른 마음이야. 향랑은 결혼을 승낙한다고 말할 때 스스로 세상을 떠나겠다는 결심을 한 상태였단다. 자기 뜻과 상관없이 이리저리 휘둘리면서 원치 않는 삶을 사느니 차라리 다 버리고 떠나기로 한 거야. 부모 삼년상까지 마쳤으니 거리낄 건 없었지.

때는 산에 들에 꽃이 피어나는 봄이었단다. 향랑은 깊은 밤에 홀로 일어나서 옷감에 시를 한 수 적었어. 제목은 '산유화(山有花)'야.

> 산에는 꽃이 있는데, 나에겐 집이 없네.
>
> 산에는 꽃이 있고 꽃은 아직 한창인데,
>
> 아직 봄이 저물지 않았는데,
>
> 나에겐 집이 없네. 차마 머물 곳 없네.

이렇게 시작되는 긴 시야. 슬프고 원통한 심정을 구구절절 담았지. 그건 약자를 함부로 억압하는 못된 세상에 대한 강력한 항변이기도 했단다.

향랑은 동이 터올 무렵에 시를 적은 옷감을 간직하고서 몰래 집을 빠져나갔어. 그녀가 찾아간 곳은 오태지라는 연못이었지. 물이 깊고 차가운 연못이야. 여름에도 사람들이 못 들어갈 정도지. 향랑이 연못가를 서성이는데 마침 어린 소녀 둘이 다가왔어. 향랑은 소녀들을 가까이 불러서 말했지.

"얘들아, 너희들에게 부탁 하나 할게. 여기 내가 쓴 산유화 노래가 있단다. 이걸 마을에 전해주렴. 그리고 향랑이 멀리 떠났다고 말해줘."

향랑은 소녀들이 옷감을 펼쳐서 시를 보고 있을 때 연못으로 훌쩍 뛰어들었어. 순식간의 일이었지. 소녀들이 깜짝 놀라서 마을에 알리니까 야단이 났지 뭐냐. 친척 어른이 사람들을 데리고 달려왔지만 물이 깊고 차가워서 들어갈 수 없었어. 곡을 하면서 넋을 달랠 뿐이었단다.

향랑이 죽었다는 소식은 조씨 집에도 전해졌어. 그런데 이 집에서 그 말을 믿지 않는 거야. 그 사이에 마음이 바뀌어서 거짓말하는 거라고 생각해. 조씨는 결혼식 도구를 다 갖춰가지고 향랑을 맞으러 찾아왔어. 초상난 집에 잔치 준비를 하고 온 거야. 향랑이 죽은 걸 확인하고서 수레를 되돌리던 남자는 갑자기 피를 토하면서 쓰러졌단다. 천벌을 받은 거지.

그날 밤, 고을 원님은 잠을 자다가 이상한 꿈을 꿨어. 머리를 풀어 헤친 우락부락한 사내가 찾아와서 눈을 부라리면서 호통을 치는 거야.

"나는 오태지의 신이다. 천제의 명령이야. 어서 연못에서 향랑의 시신을 수습해서 고이 장례를 치르거라. 제대로 하지 않으면 천벌이 내릴 것이야."

그러니까 그게 연못의 용왕이지. 원님이 잠에서 깼는데 꿈이 너무 생생해. 날이 밝자 원님은 급히 무리를 이끌고서 연못으로 향했단다. 사람들을 시켜 연못의 물을 퍼내는 데 꼬박 사흘이 걸렸

대. 물을 다 퍼내고서 보니까 웬 거북이가 향랑의 시신을 짊어지고 앉아 있지 뭐냐. 시신은 살아 있는 것처럼 온전했어. 신들이 보살펴 준 덕분이지. 원님은 시신을 수습해서 정성껏 제사를 지내주었단다.

원님의 보고를 받은 나라에서는 향랑에게 '의열녀'라는 호칭을 붙이고 사당을 지어줬어. 의롭고 굳센 여자라는 뜻이야. 많은 사람들이 사당에 찾아와서 향랑의 명복을 빌어줬지. 그 가운데는 예전에 향랑에게 청혼했었던 가난한 집 남자도 있었어. 그 남자 이름이 효렴이야. 향랑이 시집간 뒤에 다른 여자랑 결혼했는데, 아내가 일찍 죽는 바람에 혼자 살고 있었지. 효렴은 자기와 인연이 닿을 수도 있었던 사람이 그렇게 죽은 일이 너무 슬프고 허무했어. 그는 정성껏 추도문을 지어서 향랑의 넋을 위로했단다.

그날 밤에 효렴이 잠을 자려고 하는데 갑자기 누가 방으로 찾아왔지 뭐냐. 웬 아름다운 여자가 시녀들을 데리고 나타난 거야. 근데 차림새가 인간 세상 모습이 아니야. 딱 봐도 하늘나라 선녀지.

"저는 향랑입니다. 드릴 말씀이 있어서 왔어요. 저하고 얘기하는 거 괜찮죠?"

효렴은 정신을 가다듬고서 고개를 끄덕였어. 그러자 향랑이 말했지.

"고맙습니다. 제가 생전에 스스로 선택한 삶을 살지 못해서 한이 컸어요. 당신이 사당에 찾아와서 추도하는 말을 들으면서 서로 같은 마음인 걸 알았답니다. 다시 인간 세상으로 돌아가서 그대와 결혼해서 살고 싶어요. 내가 원했던 삶을요. 그대 마음은 어떠한가요?"

효렴이 잠시 생각하다가 입을 열었어.

"그럴 수 있다면 좋겠지만…… 그게 가능한가요? 그대는 이미 죽었는데 어떻게 산 사람과 결혼해서 살 수 있지요?"

"방법은 내가 찾겠어요. 중요한 건 당신의 의지입니다. 분명하게 뜻을 밝혀주세요."

"낭자와 짝을 이루어서 사는 것이 제가 바라는 일입니다!"

그러자 향랑은 미소를 지어 보이고서 시녀들과 함께 떠나갔단다. 떠난 자리에 향기가 가득했지. 효렴은 정신이 어질어질해서 그게 꿈이었는지 생시였는지 분간이 안 돼. 현실이라기엔 믿기지 않고, 꿈이라기엔 너무나 생생했거든.

그건 그냥 꿈이 아니었어. 향랑이 실제로 효렴을 찾아갔던 거야. 향랑은 그때 천계에 들어가 있었어. 달리 말하면 신들의 세계지. 천계는 아무나 들어갈 수 있는 곳이 아니야. 세상에서 바르고 진실되게 산 사람만 들어갈 수 있지. 그곳은 인간계와 달리 걱정 없이 편안하게 지낼 수 있는 곳이야. 거기 들어가면 세상사를 잊기 마련이지. 하지만 향랑은 달랐단다. 거기 편안히 머물려고 하지 않았어. 그녀가 원한 건 인간 세상에서 새로운 삶을 사는 일이었지.

효렴을 만나고 온 향랑은 곧바로 후토부인을 찾아갔어. 후토부인은 천계의 큰 여신이야.

"향랑이 부인께 청이 있습니다. 인간 세상에 다시 태어나 제가 원했던 사람과 결혼해서 살 수 있게 해주세요. 그 사람의 뜻도 확인했습니다."

"그게 무슨 말이야? 그 험한 세상에 다시 가겠다는 게냐? 게다가 네 육신이 이미 땅에 묻히고 없는데 몸은 어찌하려고? 다시 아기로 태어나겠다는 거야?"

"방법은 신들께서 아실 것입니다. 제가 천계에 올 때 천제께서 저를 위로하면서 소원을 들어준다고 하셨어요. 이것이 저의 소원입니다."

후토부인이 참 난감하지. 죽은 사람이 다시 태어나서 본모습으로 돌아가는 일은 한 번도 없었거든. 후토부인은 저승 시왕들과 원로들을 청해서 그 일에 대해서 물었어. 염라왕이 나서면서,

"간단한 방법이 있어요. 남자를 이곳으로 불러서 데릴사위로 삼는 겁니다."

그러자 향랑이 말했어.

"아니요! 그 사람을 죽게 만들어서 결혼하고 싶지는 않아요. 제가 그리로 갈 겁니다."

관음보살이 고개를 갸웃하면서 말했지.

"허튼 육신을 벗고서 진짜 몸으로 돌아왔는데 왜 다시 수고로움을 무릅쓰려 하나요?"

"제가 여기 있으면 세상은 지금 상태로 남는 거잖아요? 가서 바꾸고 싶어요!"

말을 듣고 보니까 이게 간단한 일이 아니야. 이 여인이 인간 세상의 틀을 바꾸려 하는 거지 뭐냐. 타자의 삶이 아니라 자기의 삶을 사는 곳으로 말이지.

후토부인은 이리저리 물어보고 고민해도 결론이 나지 않아서 결국 그 안건을 천제에게로 가지고 갔어. 다른 말로 옥황상제야. 천계의 가장 큰 신이지. 천제는 자기가 한 약속도 있고 해서 향랑의 소원을 들어주고 싶었어. 하지만 그건 독단으로 결정할 수 있는 문제가 아니었단다.

천제는 여러 성인과 신선들과 스님들을 불러모아서 그 일의 옳고 그름을 말하게 했어. 격렬한 토론이 시작됐지. 자애심 많은 묵자는 향랑 편을 들었어. 모든 일에는 융통성이 있어야 한다고 했지. 그러자 태상노군이 나서서 세계 질서에 예외를 두는 건 옳지 않다며 강력하게 반대했어. 그런 식으로 찬반이 딱 엇갈리니까 쉽게 결판이 안 나. 그때 금율여래가 나서서 한 말이 걸작이야.

"내가 윤회를 주관하지만 향랑을 환생시켜서 한 남자를 아내 지옥과 자식 족쇄에 빠뜨리는 일은 차마 못 하겠소."

그 말에 향랑이 직접 나서서 반박했단다.

"그게 무슨 말씀인가요? 석가모니 부처님은 오백 겁의 윤회를 거듭하면서 아쇼다라님과 부부의 인연을 이루었습니다. 그게 잘못된 일이었나요? 왜 저에게는 미진한 정을 풀 기회를 주지 않으려 하세요? 지옥이 될지 극락이 될지는 당사자의 몫입니다."

그러자 금율여래가 말문이 막히지. 하여튼 향랑이 만만한 상대가 아니야.

논의는 계속 이어졌지만 통 결론이 나지 않았어. 그때 장자가 의견을 냈단다. 우리가 아는 그 장자 맞아. 노자, 장자 할 때의 그 장자. 도교의 성인이지.

"내 생각에 이 일은 공자에게 물어서 결정하는 게 좋겠습니다. 사람의 도를 가리고 따지는 데 모범이 되는 이가 공자 아니겠습니까?"

그러자 천제는 장자의 의견을 받아들여서 공자에게 그 일을 묻기로 했어. 공자에게 다녀오는 역할은 공자의 제자인 자공이 맡았지. 공자가 전해온 답은 간단 명료했단다.

"이는 도리에 맞는 일이다. 음탕한 일로 볼 수 없다."

그 답을 전해 들은 천제는 얼굴이 환해졌어. 그와 달리 장자는 안색이 안 좋게 변했단다. 그건 자기가 기대했던 답이 아니었거든. 장자가 나서서 공자를 흠잡으면서 힐난했지만 소용없는 일이었지. 공자 얘기를 꺼낸 건 자기였으니 말이야.

천제의 명이 떨어졌고 일은 착착 진행됐어. 향랑을 임신해서 낳는 역할은 일선군 고을의 십녀모라는 여자에게 맡겨졌단다. 십녀모는 딸을 열 명 낳았다고 해서 붙여진 이름이야. 그때 나이가 예순이 넘었는데 갑자기 임신하니까 웬 영문인가 싶지. 아기는 무려 36개월 만에 태어났대. 옆구리로 태어났다니 신기한 일이지. 그보다 더 놀라운 건 태어난 아이야.

"고생하셨어요. 나는 향랑입니다."

갓 태어난 아이가 이렇게 말하지 뭐냐. 울음을 울지도 않고 걸어서 문 밖으로 나가더니 한 집을 가리키면서,

"저기가 효렴의 집 맞지요?"

다들 깜짝 놀라면서도 그 아이가 향랑의 환생이라는 걸 알지. 아이의 등에 '천제가 태를 빌려서 향랑을 돌려보낸다.' 이렇게 글까지 쓰여 있었단다. 그러니 의심할 여지가 없지.

그 소식은 효렴에게도 전해졌어. 효렴은 향랑이 이런 식으로 되돌아오리라고는 미처 생각하지 못했지. 달려가서 아이를 보니까 아이가 보고서 한번 씩 웃더니 말없이 문을 닫고 들어가. 효렴이 그 모습을 보고는,

"괴이한 일이구나. 이제부터 어떻게 10여 년을 기다려서 가정을 이룬단 말인가."

향랑이 처녀 되기를 기다리자면 다 늙게 생겼으니 울적할 만도 하지. 하지만 그건 괜한 걱정이었단다. 향랑이 하루가 다르게 쭉쭉 자라났거든. 그냥 잘 자라는 정도가 아니야. 딱 7일 만에 어른이 됐으니 그야말로 초고속 성장이지. 몸만 자란 게 아니라 행실도 완전히 성인이야. 향랑을 낳은 십녀모는 향랑을 제 자식으로 생각하지 않고 신령님이 찾아온 것으로 여겼단다.

하루는 향랑이 새벽에 일어나더니 몸단장을 곱게 하고서 뜰에 병풍을 폈어. 다들 무슨 일인가 싶지. 그때 공중에 자줏빛 기운이 서리더니 신선과 선녀 수십 명이 내려왔단다. 그들이 이리저리 몸을 매만져 주니까 향랑이 아주 아름다운 모습으로 바꼈지. 죽기

전 한창 때의 모습 그대로야. 신선과 선녀들은 그런 향랑을 데리고서 하늘로 올라갔단다. 그게 다 후토부인이 시킨 일이야. 자기가 신부의 혼주 역할을 하려고 향랑을 불러올린 거지.

그때 신라의 최고 대신 겸 대장군은 김유신이었어. 신라와 고구려, 백제는 물론이고 중국에까지 이름이 알려진 큰 인물이었지. 김유신이 관청에 앉아 있는데 이상하게 생긴 장수가 찾아와서 앞에 떡 서지 뭐냐. 따로 절도 안 올리고서 말이지. 보니까 용모는 비상한데 키는 1미터도 안 돼. 금으로 된 투구와 갑옷을 입어서 온몸이 반짝이지.

"보아하니 이 세상 사람이 아니군요. 어떻게 오셨습니까?"

"천제의 명으로 향랑의 결혼식 건을 맡기러 왔습니다. 하늘의 뜻을 받들어서 최고의 혼례를 준비해 주십시오. 천 칸짜리 큰 집이 필요합니다."

김유신도 향랑 이야기는 들어서 알고 있었지. 워낙 기이한 일이라 모르는 게 더 이상해. 그나저나 천제가 특별히 부탁하는 일인데 모른 척할 수 없잖아? 김유신은 왕을 찾아가서 그 일을 아뢰고 혼례청을 짓는 일을 상의했어. 왕은 고개를 끄덕이고서 김흠운에게 건물 공사를 맡겼단다. 김흠운은 2만 명을 동원해서 신속하게 공사를 진행했어.

날이 잡히고 혼례 준비가 요란하게 진행되니 온 나라의 화젯거리지. 수많은 백성들이 구경하려고 구름처럼 모여들고 야단이야. 사람들을 먹이기 위해 군량미 수만 석을 풀어야 할 정도였대. 왕도 혼례식에 참여하고 싶었지만 격식에 안 맞는다는 말에 포기하고 김유신을 시켜서 신랑을 호위하도록 했어. 그가 신랑의 혼주 역할을 하는 셈이지.

혼례 날이 며칠 앞으로 다가오자 천계도 분주해졌어. 천계에서는 이번 혼례가 하늘과 지상을 잇는 특별한 행사이니 신령들과 성인들이 다 참여해도 좋다고 결정했단다. 그러자 여자 선인들이 신이 났지. 후토부인이 이끄는 선녀 무리 말고도 월궁항아와 상군부인, 맹강녀, 우미인, 측천무후까지 수많은 여인네들이 다 모여들었어. 수천수만 명이 화려하게 꾸미고 나서니 전에 없던 볼거리지. 이런 큰 행사에서는 자리가 중요하잖아? 누구 자리는 어디가 맞다느니, 누구는 참석할 자격이 없다느니 한바탕 난리가 벌어졌지. 이게 다 향랑의 선택이 일으킨 나비 효과야.

하지만 뜻하지 않은 나비 효과는 엉뚱한 데서 불거졌어. 향랑과 효렴의 혼례는 커다란 벽에 부딪혔단다. 일을 깨뜨리려는 강력한 방해자가 나타난 거야. 방해 정도가 아니야. 향랑을 납치해서 잔치판을 박살 내려고 했지. 그 방해자가 누구냐면 마계 세력이야. 천계의 맞은편에 있는 어둠의 존재들이지. 우두머리는 구천십지구마왕이야. 간단히 말해서 마왕! 그가 향랑과 효렴의 결혼 소식을 듣고는 화를 내면서 반기를 든 거란다.

"내가 12만 2400년을 살도록 이런 말도 안 되는 결혼은 처음이다. 천계 놈들, 이런 이치에 안 맞는 짓을 하다니! 선을 넘어도 크게 넘었어. 그냥 넘어갈 수 없다."

마왕은 본래 천제하고 라이벌 관계야. 같은 해에 태어나서 날이면 날마다 싸웠지. 마왕 수하에 공공이라는 자가 있었거든. 공공은 천제하고 싸우던 와중에 하늘을 받치는 기둥을 들이받아서 우지끈 부러뜨렸단다. 그 바람에 하늘이 한쪽으로 기울어서 지상에 홍수가 나고 야단이 났지. 그런 일이 있었는데도 천제는 마왕에게 마땅한 조치를 취하지 못했어. 그냥 모른 척 놔두면서 자기 영역을 지킬 따름이야. 마계의 세력이 천계에서 쉽게 손댈 수 없을 정도로 막강했거든.

사실상 마계의 핵심 전력은 마왕보다 그 아내야. 나찰의 딸 구반다인데 '구자 마모'로 불렸지. 한꺼번에 아홉 아들을 낳는 바람에 얻게 된 호칭이야. 그 아들들도 아주 흉포하지만 마모가 정말로 대단해. 마왕이 꼼짝 못하고 하자는 대로 따를 정도였단다. 이들이 다가 아니야. 그들에게는 무수한 추종자들이 있었단다. 그 우두머리들은 조마귀야. 마귀를 돕는 존재라는 뜻이지. 그들이 거느린 부하까지 합치면 그 무리가 수십만을 넘어서 수백만이 될 정도야.

이 거대한 마계의 세력이 향랑의 결혼식을 막기 위해서 나선 거야. 그때 마모가 마왕에게 말했어.

"당신이 나서서 적을 공격하면 내가 기회를 엿보다가 득달같이 달려들어서 향랑을 죽여버리겠어요."

아내가 나서니까 마왕은 믿음직하지. 마왕은 아홉 아들과 함께 대군을 이끌고서 향랑이 머물고 있는 후토부인의 영역으로 진격했어. 그 기세가 하늘을 깨뜨릴 듯해. 갑자기 적의 대군이 쳐들어오니까 후토부인도 당황하지. 급히 토백과 천인장군에게 천군을 이끌고서 막게 했지만 여의치 않았단다. 형세가 아주 위태로운 거야.

마모는 천군이 혼란에 빠진 틈을 타서 향랑을 노리고 달려들었어. 군사들이 소리치고 난리지.

"빨리 향랑을 내주십시오. 형세가 위급합니다."

그러자 향랑이 나서서 후토부인에게 말했어.

"저의 액운은 끝이 없군요. 혼례 자리가 전쟁터로 바뀔 줄은 몰랐어요. 제가 목숨을 던져서 적들이 물러나도록 하겠습니다."

후토부인으로서는 그렇게 둘 수가 없지.

"마모가 흉포하다지만 나를 어쩌지는 못한다. 이리로 가까이 오너라."

후토부인이 향랑을 직접 감싸서 보호하니까 마모도 쉽게 넘보질 못해. 차가운 바람을 일으켜서 향랑을 채 가려고 하니까 후토부인이 향랑을 붙잡아서 끌어안았지. 향랑이 둘 사이에서 공처럼 왔다 갔다 해.

그렇게 마군의 공격이 계속되고 있을 때 갑자기 한 줄기 번갯불 같은 게 마군 진영을 깨뜨리면서 포위돼 있던 토백과 천인장군을 구해냈어. 기세 좋던 마군이 당황해서 흩어졌지. 천제가 명성옥녀에게 마군이 공격을 시작했다는 보고를 듣고서 구원병을 보낸 거야. 장수는 나타태자야. 천계에서 제일가는 신출귀몰한 장수지. 그가 나서니까 마군이 함부로 공격을 못 해.

향랑을 잡으려던 계획이 뜻대로 되지 않자 마군은 인간계에 있는 효렴을 공격 목표로 삼았어. 마왕의 맏아들 마독이 마군을 이끌고 김유신이 있는 곳으로 진격했단다. 마계의 군사들이 밀어닥치니 당황스럽지. 특히 효렴으로선 기가 막힐 노릇이야. 결혼 한 번 하려다가 일이 이렇게 될 줄이야.

하지만 그곳에는 김유신이 있었어. 김유신은 강력한 방어진을 쳐서 효렴을 보호하는 데 집중했단다. 마군이 이리저리 찔러대도 쉽사리 반응을 안 해. 진영 안에서 횃불을 잔뜩 피우고 요란한 소리를 내서 마군을 놀래키기도 했단다. 명장다운 전략이었지. 그러던 중 후토부인이 보낸 토백의 부대가 합세한 덕분에 신라군은 한숨을 돌렸어. 효렴을 잡으려던 마군의 계획도 어그러졌지.

천군과 마군의 대결은 쉽게 결판나지 않았어. 공방이 계속됐지. 하지만 천군보다 마군의 기세가 더 높았단다. 천군의 약점을 노려서 공격하는 입장이니까 더 유리하지. 천군 장수 이천왕이 교묘한 계략으로 마왕을 속여서 머리를 베는 데 성공했지만 헛수고였어. 머리를 몸에 갖다 붙이니까 턱 살아난 거야. 괜히 적군의 화를 돋군 결과만 됐지. 마모와 자식들이 불같이 화를 내면서 몰아닥치는 바람에 천군은 마군에게 포위당하는 신세가 됐단다.

형세가 안 좋아진 천군은 초패왕 항우를 전쟁에 참여시키기로 했어. 항우의 연인이었던 우미인을 이용했지. 우미인의 편지를 받은 항우는 최정예 대군을 이끌고 득달같이 달려왔단다. 항우의 부대는 마군의 포위망을 깨뜨리고 천군을 구해내는 데 성공했어. 마왕과 조마귀들이 힘을 합쳐 맞섰지만 적수가 되지 않았지. 전세는 역전돼서 마군은 천군에게 쫓기는 신세가 됐단다.

하지만 마군에는 마모가 있었어. 마모는 기세 좋게 덤벼드는 수십만 군사들을 향해 여섯 폭 붉은 비단치마를 펼쳐서 휙 집어 던졌지 뭐냐. 치마는 군대를 다 뒤덮을 정도로 넓었지. 군대가 치마에 덮이니까 상황은 돌변했어. 군사들이 싸울 생각을 않고 치마 밑에 어린애처럼 웅크리는 거야. 여자 치마폭에 싸여서 정신을 잃고 헤매는 형국이지. 정신줄을 놓지 않은 사람은 항우를 비롯한 몇 명밖에 없었단다. 항우는 사랑하는 여인이었던 우미인을 스스로 떠나보낸 사람이라서 치마폭을 이겨낼 수 있었지.

하지만 항우는 마모의 치마폭을 걷어내고 군사들을 구해내는 일은 할 수 없었어. 천군 진영에 있는 그 누구도 그 일을 해낼 수 없었지. 항우가 천계의 신들에게 물어보니까 그 일을 할 만한 이는 석가여래 부처님뿐이라지 뭐냐. 그대로 있으면 군사들이 몰살할 지경이니 가만있을 수 없지. 항우는 직접 길을 떠나서 석가여래를 찾아갔단다.

석가여래를 만난 항우가 예를 올리고 말했어.

"마모의 치마폭 한 자락에 무간지옥이 되었습니다. 부처님의 자비가 아니면 빠져나올 수 없으니 부디 전장으로 가셔서 군사들을 살려주십시오."

석가여래가 답하기 전에 옆에 있던 수보리가 나서서 말했어.

"그런 일이라면 관음보살이 제격입니다. 관음보살은 버드나무 가지에 물 한 방울을 뿌려서 수많은 중생을 구하기도 했어요."

그러자 관음보살이 말했어.

"싫습니다. 그 남자들은 치마폭 밑에서 벌거벗고서 꿈틀대고 있을 겁니다. 그 모양을 보고 싶지 않아요."

보살이 딱 잘라서 거절하니까 항우가 난감하지. 그때 석가여래가 나서서 말했어.

"이 몸이 인간 세상에 내려가지 않은 지가 어느덧 1500년이야. 보살이 가지 않는다면 내가 직접 가보는 수밖에."

그러자 항우가 한시름을 놓지. 석가여래가 안 움직인다고 하면 그곳을 뒤집어놔야 되나 어쩌나 고민하던 참이었거든. 석가여래가 나서니까 오백 아라한과 팔만 제자가 함께 따라나섰어. 석가여래 일행이 천천히 움직이는데 가는 곳마다 금빛 찬란한 세상이 되니 신기한 일이지.

석가여래가 무리를 이끌고 온다는 소식이 전해지자 마군에 비상이 걸렸어. 석가여래는 마군의 공격이 통하지 않는 상대였거든. 마법을 초월한 존재니까 그럴 수밖에. 마왕이 머리를 싸매고 고민하니까 다시 마모가 나섰어.

"석가여래를 막을 만한 상대를 알고 있어요. 내가 찾아갈게요."

마모가 찾아간 게 누구냐면 찰마공주야. 찰마공주는 아수라의 조카딸인데 마도(魔道)의 궁극을 이뤄낸 존재였단다. 유교와 불교, 도교를 다 자기 발바닥 아래로 여겨. 실제로 석가여래와 태상노군도 찰마공주 앞에서 자기가 낫다고 장담하지 못할 정도였단다. 따르는 무리도 많아서 세력이 엄청나.

마모는 찰마공주가 자기와 같은 마귀 집단이니까 도와줄 거라고 기대했지. 하지만 찰마공주의 반응은 전혀 달랐단다.

"세상이 나를 마도로 부른다고 해서 내가 너희와 같은 무리인 줄 안 거냐? 어림없는 소리! 마도는 세상의 허튼 무리들이 내가 이룬 성취를 질투해서 붙인 이름일 뿐이야. 나는 천계니 마계니 인간계니 이런 다툼에 관심도 없고 끼어들 생각도 없다."

그때 찰마공주를 모시는 만다니가 마모에게 소리쳤어.

"썩 물러가라. 안 그러면 내가 가서 너희들 소굴을 엎어버릴 것이야."

마모가 도움을 얻기는커녕 타박만 당하고 돌아서려니까 한심하지. 차마 빈손으로 돌아갈 수 없어 설산으로 공작새를 찾아갔단다. 그게 엄청나게 큰 새야. 한번은 그 새가 먹이를 찾다가 석가여래를 꿀떡 삼킨 적도 있었대. 석가여래는 공작새 아랫쪽으로 해서 빠져나왔지. 그때부터 공작새는 자기가 석가여래를 낳았다면서 어미 행세를 했다지 뭐냐.

마모가 설산으로 공작새를 찾아가서 사정을 말하고 도와달라니까 곧바로 허락이 떨어졌어. 그 새가 세상에 한번 이름을 떨쳐보고 싶었던 거지. 마모를 따라서 마왕 진영으로 오더니만,

"내 못난 자식놈이 어미를 받들지 않고 멋대로 살더니 대왕을 성가시게 하는군요. 내가 여래를 깨우쳐서 대왕의 근심을 없애겠습니다."

이러는 거야. 마왕이 머리를 조아리며 고마워하니까 공작새가

의기양양하지.

얼마 뒤에 항우가 석가여래와 함께 전쟁터에 이르렀어. 그런데 갑자기 적진에서 푸른 깃에 붉은 부리, 금빛 날개를 가진 커다란 공작새가 뛰쳐나오지 뭐야. 희한한 괴물이지. 공작이 천군 진영을 바라보면서,

"여봐라, 여래야! 마왕 부부는 내 형제와 같다. 어서 와서 절하고서 이분들을 부모처럼 모셔라!"

그러자 석가여래가 말했어.

"아이고, 왜 이러십니까? 거기는 당신 계실 곳이 아니에요. 잠깐만 기다리세요. 내가 할 일을 마치면 함께 설산으로 돌아갑시다."

공작새가 뭐라고 계속 소리쳤지만 석가여래는 못 들은 척하면서 마모의 붉은 치마가 있는 곳을 향해서 천천히 불경을 외기 시작했단다. 그러자 붉은 치마가 봄볕에 눈이 녹듯이 사락사락 녹기 시작하는 거야. 그 치마가 마모에게는 귀한 보물이거든. 마모는 비단치마가 상할까 봐 얼른 거둬들였지. 그때 치마가 걷히며 드러난 풍경은 차마 눈뜨고 보기 힘들 정도였단다. 군사들이 알몸으로 꿈틀대는데 지렁이 같지 뭐냐. 정신이 돌아온 군사들이 제 모습을 보고 놀라서 숨기 바쁘지.

어떻든 석가여래 덕분에 항우는 군대를 정돈할 수 있었어. 이제 무서울 건 없었지. 그가 석가여래에게 감사 인사를 올리니까 여래가 이렇게 말을 해.

"비록 저들이 악한 도를 따르는 무리라지만 없앨 수는 없습니

다. 빛이 있으면 그늘이 있고 삶이 있으면 죽음이 있듯이 천계가 있으면 마계도 있는 법이지요. 무리하게 없애려 하지 말고 적당히 화해해서 원래 있던 자리로 물러가게 하세요."

"가르침대로 하겠습니다."

항우 생각에 아직은 화해할 때가 아니야. 마군의 기세를 꺾어서 스스로 굽히게 만들어야지. 항우는 군대를 이끌고 천계의 장수들과 함께 총공세를 펼쳤단다. 회심의 치마폭 공격이 실패로 돌아가서 기세가 꺾인 마군은 천군의 공격을 감당하기 어려웠지. 쫓기면서 방어에 급급하던 마군은 결국 항우에게 사신을 보내서 휴전을 청했단다. 항우는 아량을 베푸는 척 이를 받아들였어.

항우와 마왕이 사나이 대 사나이로 마주 선 순간이야. 마왕이 항우를 바라보면서,

"내가 세상을 뒤덮을 기개를 가진 영웅과 만났습니다그려."

항우가 껄껄 웃으면서,

"몸이 묻힐 땅 하나를 못 가진 사람입니다. 나에 비하면 그대는 행운아예요. 괜한 장난으로 세상을 어지럽히지 마시구려."

"명심하겠습니다. 하지만 언제나 숨어 있을 수만은 없어요. 세상이 뒤바뀌거나 우주 질서가 무너질 때가 되면 나설 겁니다. 우리가 할 몫이 있으니 말이오."

"그건 알아서 할 일이니 상관치 않겠습니다."

그렇게 둘은 서로 합의를 하고서 전쟁을 마감했단다. 항우가 천군의 대장군 격이니까 천계에서도 그러려니 하지. 사실 그들도 빨

리 싸움을 마무리하고 싶어 하던 참이야. 뜻밖의 전쟁으로 중단된 좋은 행사를 어서 계속해야지. 그 행사는 물론 향랑과 효렴의 결혼이야. 전쟁이 마무리되면서 인간계와 천계의 관심사는 다시 향랑과 효렴의 결혼으로 쏠렸단다.

김유신은 아주 바빠졌어. 빨리 모든 걸 준비해야 하니까 할 일이 많지. 하지만 일은 순탄치 않았단다. 어지러운 틈새를 이용해서 백제와 고구려가 움직인 거야. 그때 신라의 중심에 향랑이 있었던 셈이잖아? 마군이 노리던 향랑을 이번에는 백제가 노리고 공격해 왔지 뭐냐. 고구려도 신라 쪽으로 군대를 옮기면서 압박에 나섰어. 그야말로 바람 잘 날이 없지.

이제 김유신의 지략이 필요할 때야. 김유신은 고구려의 재상 창조리에게 글을 써 보내서 설득에 나섰어. 다 문드러져 썩어가는 백제와 손을 잡는 건 스스로 함정에 빠지는 바보 같은 일이라면서 군대를 물리는 게 현명한 일이라고 했지. 창조리는 그 글을 받고서 신라에 지혜로운 사람이 있다는 걸 깨달았어. 그는 신라군과 싸우는 대신 물러나는 쪽을 선택했단다.

그랬더니 백제 장군 윤충은 차라리 잘됐다 싶은 거야. 혼자서 공을 독점할 수 있게 됐다고 생각한 거지. 하지만 일은 그의 뜻대로 되지 않았어. 김유신은 거문고의 명인 백결선생을 불러서 달밤에 백제 진영을 향해 구슬픈 음악을 연주하게 했단다. 그 소리를 들은 백제 군사들이 다들 눈물을 주르르 흘리면서 기세가 꺾여버렸지. 윤충은 무리해서 공격을 감행했지만 실패로 돌아갔어. 그러자 김유신을 도와야 되나 싶어서 상황을 엿보고 있던 항우의 군대와 토백의 군대가 안심하고 물러났지.

백제와의 전쟁이 정리되자 김유신은 두 사람의 혼례를 서두르기로 했어. 날짜를 가려보니까 바로 다음 날이 길일이야. 김유신은 그날을 혼인날로 정했단다. 그러자 지상에서부터 천계까지 온 천지가 정신없이 분주해졌지.

혼인날이 되자 다들 새벽부터 바삐 움직였어. 후토부인이 혼례청에서 신부를 데리고서 신랑을 기다렸지. 그때 김유신이 신랑을 호위해서 그곳으로 오는데, 행렬의 화려함이 고관대작은 저리 가라야. 천계의 신부를 맞이하는 셈이니 그 정도는 돼야 격이 맞지. 드디어 신랑이 말에서 내려서 초례청에서 신부와 마주 섰어. 신랑은 미남 군자, 신부는 천상 미녀. 이런 결혼은 역사상 처음이야. 마치 하늘과 땅이 짝을 이루는 것 같지. 옛날 환웅과 웅녀의 결혼이 이랬으려나?

그때 후토부인이 한 가지 특별한 제안을 했단다.

"오늘은 하늘과 땅이 만나는 날이고 신선과 인간이 함께 즐기는 날입니다. 이쪽과 저쪽의 음식을 바꿔서 세상 사람들은 천상의 음식을 먹고 천상의 신선들은 지상의 음식을 먹으면 어떨까요?"

다들 대찬성이지. 그렇게 바꾸어서 먹으니까 양쪽 모두 최고 별미야. 그게 음식만 교환할 일이 아니잖아? 그들은 천상의 음악과 지상의 음악, 천상의 춤과 지상의 춤을 서로 뒤바꾸면서 어울려 즐겼단다. 축제는 그렇게 하루 종일 이어졌어.

이제 헤어질 시간이야. 천계의 존재들이 향랑을 남겨두고 돌아갈 시간이지. 여러 이별이 애틋했지만 신부와 신랑의 혼주 구실을 한 후토부인과 김유신의 이별은 각별했단다. 후토부인 마음에 김유신이 쏙 들었던 거야. 하지만 멀리 뒷날을 기약할 수밖에. 후토부인은 마지막으로 향랑과 효렴에게 덕담을 남겼어.

"이제 액이 다했으니 좋은 일만 있으리라 믿는다. 이게 어떤 결혼인지 잘 알지? 훗날 다시 만날 때 아무 부끄러움이 없도록 잘 살아야 해."

그 말을 남기고서 후토부인은 신랑 신부를 비롯한 모든 사람들의 환송을 받으면서 신선들과 함께 하늘나라로 돌아갔단다. 향랑은 슬프지만 울지 않았어. 하늘을 향해서 조용히 절을 올렸지.

모였던 사람들도 다들 흩어졌어. 기대한 걸 다 이뤘으니 여한이 없지. 고요한 밤이 찾아오니까 그게 신랑 신부의 첫날밤이야. 수많은 우여곡절 끝에 돌고 돌아서 성사된 첫날밤이니 아주 특별하지. 그게 단순히 한 남자와 한 여자의 인연 이상이라는 건 길게 말할 필요도 없을 거야. 한 가지 비밀을 말해주자면, 두 사람은 그날 밤 서로에게 애정을 표현하는 데 아무 거침이 없었단다.

즐거움을 마음껏 누린 뒤 향랑이 말했어.

"우리 함께 시를 지어서 오늘 밤의 일을 남기기로 해요. 내가 먼저 시작할게요."

생사가 어지러운 세상, 오래도 떨어져 있었어요.

나의 임과 친해지기가 이렇게도 어려웠네요.

향랑이 이렇게 읊자 효렴이 받았어.

달밤에 누각에서 옥피리를 다시 불었고
긴 강물 외진 나루에서 정인을 만났어요.

또 향랑이 읊었지.

이 세상에서 비로소 천상의 일을 깨달으니
오늘 밤 이 일이 아무래도 꿈인 듯해요.

효렴이 또 받았어.

그대의 마음과 내 마음이 다르지 않으니
인생 백 년을 오늘 밤처럼 마음껏 즐겨요!

둘은 함께 쓴 시를 상자 속에 고이 간직했단다.

그 뒤에도 많은 일이 있었는데, 간단히 이야기할게. 나라에서는 효렴에게 아찬이라는 큰 벼슬을 내렸단다. 그만한 능력이 있으니까 맞게 대우한 거지. 사실 그건 향랑이 함께 인정을 받은 거나 마찬가지야. 향랑의 보이지 않는 활약이 아주 대단했단다.

그래서 향랑이 결국 무엇을 이루어냈는지 아니? 바로 삼국통일이야. 효렴을 당나라에 사신으로 보내서 신라와 연합을 이루는 데 큰 역할을 했지. 나당연합군을 도와서 백제와 고구려를 차례로 무너뜨리는 데도 향랑과 효렴의 역할은 매우 컸어. 향랑은 어려운 고비 때마다 남다른 지략으로 멋지게 문제를 풀어냈단다. 뒷날 신라를 삼키려는 당나라의 야욕을 물리치고 신라가 한반도 땅을 확보할 수 있도록 하는 데도 두 사람의 공은 빼놓을 수 없었어.

향랑은 효렴과 함께 통일된 나라에서 오래오래 행복하게 살다가 때가 되자 죽어서 하늘로 돌아갔단다. 향랑이 세상을 떠난 지 몇 달 뒤에 병석에 누워 있는 남편을 찾아와서 그를 하늘나라로 이끌고 갔대.

한 가지만 더 얘기하면, 향랑이 죽어서 장례를 지낼 때 관이 너무 가볍더라는 거야. 그래서 열어보니까 시신은 없고 옷가지와 장신구만 있더래. 사람들은 향랑이 신선 세계로 돌아간 걸 알았지. 관 옆에는 짧은 시가 한 수 놓여 있었다는구나. 내가 한번 읊어보는 것으로 이야기를 마칠게.

인연 따라서 태어나고
인연 따라서 스러진다.
슬픈 일, 그리고 기쁜 일
그래, 그런 거지! 하하하.

이야기에 대한 이야기

연이

퉁이

이반

세라

뭉이쌤

약손할배

퉁이 쌤, 깜짝 놀랐어요. 우리나라에 이런 소설이 있었어요? '삼한습유'라고 하셨죠?

뭉이쌤 그래. 김소행이라는 작가가 쓴 작품이야. 향랑 이야기는 원래 조선시대에 유명했거든. 그걸 삼국시대를 배경으로 해서 새롭게 창작한 작품이지.

이반 독특한 판타지예요. 세 번 놀랐네요. 천계가 나올 때 놀라고, 마계가 나설 때 놀라고, 석가여래가 나올 때 또 놀랐어요.

세라 나는 김유신, 김흠운 이런 사람들이 나오는 게 놀라웠어. 항우의 활약도 그렇고. 생각할수록 신기하네.

뭉이쌤 사실은 제갈량과 조자룡, 오자서 같은 인물도 등장하는데 너무 복잡해서 줄였어. 기회 되면 원문을 꼭 읽어봐. 한문소설인데 번역본이 출판돼 있거든. 좀 어렵긴 하지만 재미있을 거야.

세라 쌤께서 다른 여성 영웅들을 놔두고 향랑을 선택한 이유가 궁금해요. 박씨 부인과 홍계월, 그리고 자청비도 있는데…….

뭉이쌤 사실 좀 고민이 있었어요. 홍계월이나 자청비도 내가 꽤 좋아하거든요. 하지만 뭔가 색다른 걸 소개하고 싶었어요. 향랑이라는 한 인간의 결심에 의해서 세상이 온통 요동친다는 게 인상적이었고요. 전형적인 영웅은 아니지만 누구보다 크게 세상을 뒤흔든 셈이잖아요?

세라 그건 그래요. 자기가 원하는 삶을 살아보겠다는 결의가 마음을 끌었어요.

이반 저는 이야기를 들으면서 뭔가 〈반지의 제왕〉도 생각났어요. 근데 그 작품하고 비교하면 여기서는 선과 악이 딱 갈라지지 않는 것 같아요. 마왕이나 마모가 그렇게 밉지 않더라고요. 항우하고 마왕이 사나이 대 사나이로 만나는 게 멋지기도 했어요.

뭉이쌤 잘 봤네. 선과 악을 칼로 베듯이 딱 가르지 않는 것이 동양적 세계관의 특징이지. 음양론이라고 들어봤을 거야. 음과 양이 서로 짝이 돼서 어울린다고 보는 관점이지. 이 이야기 속의 천계와 마계는 빛과 그림자 같은 짝이라고 생각하면 돼.

연이 저에겐 좀 어려워요. 하지만 조금은 알 것 같아요.

뭉이쌤 그래. 기회가 되면 서양의 판타지하고 한국의 판타지를 한번 비교해 보려무나. 이 이야기에서 가장 인상적이었던 캐릭터를 한 명 든다면?

연이 저는 당연히 향랑이요.

통이 저는 찰마공주요. 뭔가 세계관의 끝판왕 같은 느낌이에요!

이반 나는 공작새도 아주 웃겼어. 뭔가 허당 같은 캐릭터.

세라 약손할배님 선택이 궁금해지네요.

약손할배 나는 마모가 인상적이었어. 우리 마나님이 떠올랐다고 하면 좀 이상하려나?

뭉이쌤 하하. 이야기에서 마왕보다 마모가 일을 주도하지요. 멋진 캐릭터예요.

퉁이 듣다 보니까 〈삼한습유〉가 유머도 담긴 작품 같아요. 꼭 찾아서 읽어보도록 하겠습니다.

뭉이쌤 그래. 이런 작품을 바탕으로 한국적 판타지 스토리텔링도 활성화되면 좋겠어. 힘내 보자꾸나. 파이팅!

일동 파이팅!

storytelling time

나도 이야기꾼!

기본 스토리텔링

이번 스테이지에서 만난 이야기 중 가장 마음에 드는 것을 골라서 다음과 같은 단계로 스토리텔링 활동을 해보자.

step 1: 책에 쓰인 그대로 이야기를 소리 내어 읽는다.

step 2: 책에 쓰인 그대로 이야기를 소리 내어 읽되, 가상의 청자에게 말해주듯이 읽는다.

step 3: 청자에게 이야기를 전달하되, 틈틈이 책을 참고한다.

step 4: 청자에게 이야기를 전달하되, 책을 참고하지 않는다.

step 5: 청자에게 이야기를 전달하되, 표현과 내용을 조금씩 자신의 방식대로 바꿔본다.

step 6: 완전히 내 것이 된 이야기를 구연 환경과 청자의 성향에 맞춰 내용과 표현을 자유자재로 조절하며 전달한다.

이야기별 재창작 스토리텔링

다음은 이번 스테이지에서 만난 이야기들에 대한 활동거리이다. 이 중 하나 이상을 골라 스토리텔링 활동을 해보자.

<천방지축 마우이>

① **등장인물 그리기:** 이야기에 드러난 특징을 반영해서 영웅 마우이 캐릭터를 그려보자. 마법의 턱뼈도 함께 표현하되 애니메이션 이미지를 모방하지 말고 독창성을 살린다.

② **노래 만들기:** 이야기에 나온 노랫말에 어울리는 곡을 붙여보자.

③ **장면을 노래 가사로 재구성하기:** 이야기에서 인상적이었던 장면을 노래 가사나 랩으로 표현해 보자.

<대초원의 남녀 용사>

④ **이야기의 흐름 바꾸기:** 알립마나쉬가 쿠무젝아아루가 아닌 에르케카라치와 이어지는 내용으로 이야기를 만들어보자.

⑤ **장면을 시로 재구성하기:** 알립마나쉬와 쿠무젝아아루의 결혼을 축하하는 내용의 시를 쓰고, 운율에 맞춰 읽어보자.

⑥ **뒷이야기 만들기:** 에르케카라치는 그 뒤에 어떤 삶을 살았을지 뒷이야기를 만들어보자. 단, 무언가 특별한 사건을 넣는다.

<파르치팔과 성배의 성>

⑦ 인상적인 장면 고르기: 이 이야기에서 가장 인상적이었던 장면을 하나 골라 이유를 말해보자. 이상하거나 거부감이 들었던 장면을 골라도 좋다.

⑧ 숨은 이야기 상상하기: 이야기의 뒷부분에 등장한 파이레피스가 그동안 어떤 삶을 살아왔을지 상상해 보자. 단, '기사의 길'과는 다른 삶으로 풀어낸다.

<향랑이 바꾼 세계>

⑨ 이야기 속 시 완성하기: 향랑이 오태지로 몸을 던지기 전에 쓴 〈산유화〉의 뒷부분을 이어 써서 시를 완성해 보자.

⑩ 작중 선택에 대해 토론하기: 천계에서 향랑을 환생시키기로 한 결정과 그 진행 방식이 이치에 맞는지 토론해 보고, 더 나은 대안이 있다면 무엇일지 이야기해 보자.

⑪ 뒷이야기 만들기: 김유신이 죽어 천계로 들어간 상황을 가정하고 김유신과 후토부인이 만나는 장면을 대본 형식으로 만들어보자. 향랑과 효렴 또는 항우나 토백을 함께 등장시켜도 좋다.

이야기 연계 스토리텔링

1. 〈천방지축 마우이〉의 마우이, 히네, 흰눈썹뜸부기, 〈대초원의 남녀 용사〉의 백마, 〈향랑이 바꾼 세계〉의 찰마공주, 공작새 등이 주요 인물로 등장하는 새로운 이야기를 만들어보자.

2. 쿠무젝아이루와 향랑을 초대해 '남성 중심 세계에서 여성의 위치와 역할'을 주제로 가상 인터뷰를 진행해 보자. 단, 두 인물이 서로 대화하는 내용을 포함한다.

3. 이 외에 이야기들을 흥미롭게 연계할 수 있는 여러 가지 방법을 찾아보고, 이를 토대로 다양한 스토리텔링 활동을 해보자.

*

집중 탐구! 이야기의 비밀 코드

문화 콘텐츠의 원천, 영웅담의 세계

신화 속 신과 영웅

세계의 영웅 서사시

중세 기사담의 성격

한국적 판타지를 향하여

신화 속 신과 영웅

영웅은 신화에서 빼놓을 수 없는 존재입니다. 신화를 보면서 신보다 영웅에 더 환호하는 사람들도 많지요. 그리스 신화에서 제우스나 아폴론보다 헤라클레스나 아킬레우스가 먼저 떠오르지 않나요? 한국 신화에서도 천신에 해당하는 해모수보다 영웅적 면모를 지니는 주몽이 중요한 구실을 합니다.

신화에서 영웅의 위치는 특별합니다. 이야기에 역동성을 부여하면서 사람들의 마음을 흔들지요. 만약 신화에 영웅들이 없다면 바람 없는 땅이나 파도 없는 바다처럼 밋밋할 거예요. 강렬한 신념과 의지, 불굴의 용기와 도전으로 채색된 영웅의 활약은 신화에 힘찬 생명력을 불어넣습니다.

그렇다면 신과 영웅은 어떻게 같고 다를까요? 신화에서 신과 영웅의 경계는 그리 뚜렷하지 않아요. 영웅적 면모가 짙은 신들이 있고, 신의 반열에 오른 영웅들도 있지요. 북유럽 신화에서는 주요 주인공들이 신과 영웅의 속성을 함께 지니기도 합니다.

하지만 신과 영웅이 일치하지는 않습니다. 가이아와 제우스, 비슈누와 시바, 또는 옥황상제 등을 영웅이라고 부르지는 않지요. 헤라클레스와 아킬레우스, 길가메시와 람세스, 하누만 등을 영웅으로 부르는 것과 대비됩니다.

신의 본래적 속성은 자연성과 영원성이라 할 수 있어요. 신은 시공간의 한계를 넘어서는 초월성을 지닙니다. 영원의 시간 속에서 자유롭게 움직이지요. 이러한 신의 속성은 대자연과 깊은 관련을 지닙니다. 우라노스와 제우스, 환인 등은 하늘의 표상이며 아폴론이나 해모수는 태양의 현현이지요. 브라흐마와 시바는 대자연에 깃든 창조와 파괴의 힘을 대변하는 존재입니다.

이에 비하면 영웅은 명백히 인간적 면모를 지닙니다. 이때 중요한 것은 혈통이 아니라 행동 방식이에요. 이 세상에 인간으로 태어나서 인간을 위해 움직이는 것이 영웅의 기본 속성입니다. 영웅은 인간으로서의 가능성과 한계를 동시에 지니지요. 길가메시나 헤라클레스, 주몽 등은 혈통이 신과 연결돼 있지만, 인간 편에서 움직이기 때문에 영웅적 면모가 두드러진다고 보면 됩니다.

영웅을 영웅답게 하는 기본 자질로는 힘과 용맹, 지혜 같은 것보다 불굴의 투지와 도전성을 들 수 있습니다. 유한하고 불완전한 존재로서 세계의 벽에 부딪치면서 그 틀을 바꾸려 한 특별한 인간이 곧 영웅입니다. 그 싸움의 대상에는 신도 포함되지요.

모든 영웅들이 투쟁에서 승리하지는 않습니다. 아킬레우스나 우뚜리 같은 인물은 벽에 부딪쳐 좌절하지요. 중요한 것은 결과가 아니라 과정 자체입니다. 만약 당신이 자신을 둘러싼 한계에 결연히 맞서는 가운데 그것을 넘어서 삶의 새 경지를 열어내고자 투쟁하고 있다면 당신도 한 명의 영웅이라고 할 만합니다.

세계의 영웅 서사시

문학의 역사는 매우 깁니다. 문학은 문자가 사용되기 훨씬 전부터 널리 존재했어요. 말로 전승되고 향유되는 구비문학으로요. 초창기 구비문학의 대표적인 양식은 신화입니다. 신화는 집단의 신이하고 성스러운 역사를 담은 이야기로서, 각 민족은 자기만의 신화를 소중하게 지켜왔습니다.

신화는 본래 산문이 아닌 운문으로 전승된 것이 특징입니다. 집단의 주요 의례에서 서사시로 장중하게 구술되는 것이 신화의 본래 모습이에요. 단군 신화나 동명왕 신화 같은 우리 신화도 제천의례에서 서사시 형태로 읊어졌을 가능성이 매우 큽니다.

서사시로서의 고대 신화에서 빼놓을 수 없는 존재가 영웅입니다. 사람들을 이끌고 새 역사를 이끌어가는 지도자가 신화의 주인공이 되는데, 이들은 집단 영웅의 면모를 지니지요. 세계적으로 수많은 영웅 서사시들이 구전돼 왔고, 그 중 일부는 이른 시기부터 문자로 정착되기도 했습니다. 그 작품들을 통해 신화 문학의 진수를 볼 수 있지요.

세계의 주요 영웅 서사시에는 다음과 같은 것들이 있습니다.

- 길가메시: 메소포타미아 수메르 문명의 영웅 서사시로 기원전 2750년 경에 살았던 우루크 왕 길가메시의 위용과 업적,

죽음을 다루고 있다. 세계 최초의 서사시로 알려져 있다.

- 일리아스·오딧세이아: 기원전 9세기경 그리스 시인 호메로스에 의해 갈무리된 영웅 서사시. 일리아스는 그리스의 영웅들이 적장들과 싸우며 트로이를 정복해 가는 내용을 담고 있으며, 오딧세이아는 트로이 원정에 참여했던 오딧세우스가 귀향 중에 겪은 모험을 서술하고 있다.
- 라마야나: 기원전 3세기경에 발키리에 의해 편찬된 인도의 영웅 서사시. 연원이 기원전 11세기까지 거슬러 올라간다고 알려져 있다. 비슈누의 화신인 라마 형제의 모험담을 주된 내용으로 삼는다.
- 마하바라타: 기원전 10세기경 인도 왕자들 간의 다툼을 서술한 장편 서사시. 판다바 형제와 두료다나 형제 사이의 갈등을 선악 문제 중심으로 풀어낸 이야기다.
- 마나스: 중앙아시아 키르기스스탄의 영웅 서사시. 장기간 구전되다가 18세기에 문자로 정착됐다. 50만 행이 넘는 대장편 서사시로, 영웅 마나스의 행적을 담고 있다. 알타이족 영웅 서사시 알립마나쉬와 같은 계열의 작품이다.
- 게세르: 동북아시아 초원의 영웅인 게세르 칸의 행적을 전하는 영웅 서사시. 유목 민족의 기상을 반영한 이야기로, 티베트와 몽골 등지에서 전승돼 왔다.
- 장가르: 칼미크족을 비롯한 몽골 민중들 사이에 전해온 영웅 서사시. 부모 없는 고아 장가르가 고난을 헤쳐내고 나라를 세

워나가는 내용을 그려낸다.

- 동명왕편: 고려 후기에 이규보가 고구려 시조 동명왕의 행적을 펼쳐낸 장편 서사시. 주몽 신화의 원모습을 운문으로 재현한 작품이다.

이 외에도 중세 유럽의 걸작 〈니벨룽겐의 노래〉와 〈베오울프〉, 〈롤랑의 노래〉 등도 주요 영웅 서사시로 손꼽힙니다. 아서왕과 원탁의 기사들의 활약을 담은 이야기 가운데도 서사시 형태를 취한 것들이 많아요.

영웅 서사시 가운데는 오늘날까지 현장에서 구술로 연행되는 것들도 있습니다. 한국의 본풀이 신화 중 〈바리데기〉와 〈차사본풀이〉, 〈세경본풀이〉, 〈궤네깃당본풀이〉, 〈양이목사본〉 등은 주인공이 영웅적 면모를 지니고 있어서 살아 있는 영웅 서사시라고 말하기에 손색이 없지요.

중세 기사담의 성격

이 책에 담긴 여러 이야기들 중 〈파르치팔과 성배의 성〉을 보면서 고대 신화인 길가메시나 아킬레우스 이야기와 색깔이 꽤 다르다는 걸 느꼈을 거예요. 고대 영웅과 중세 영웅의 차이로 볼 수 있지요. 고대의 영웅이 신적 권능과 힘을 내세우면서 자기 중심적으로 움직이는 것과 달리, 중세의 영웅들에게는 법도와 예절, 신앙심이 상대적으로 부각됩니다. 고대 영웅이 거칠고 야생적이라면 중세 영웅은 더 문화적이고 세련된 느낌을 주지요. 단적으로 여성을 대하는 태도에 큰 차이가 있습니다.

중세 기사담은 '기사도 문학'이라고도 불립니다. 기사도는 '기사의 예절'을 뜻하는 말로, 명예를 앞세운 품위 있는 행동과 귀부인에 대한 숭배, 종교적 신심 등을 주요 덕목으로 삼습니다. 기사가 모험의 여정을 통해 각종 결투를 불사하면서 멋드러진 사랑과 종교적 과업을 완수해 가는 내용을 세련되고 화려하게 표현하는 것이 중세 유럽 기사담의 특성이에요.

기사담은 서사시로 정착된 경우가 많고 로망스 양식을 취한 경우도 있는데, 내용상으로 보면 전설적 면모가 짙습니다. 대표적 작품인 〈아서왕과 원탁의 기사〉가 '아서왕 전설'로 불리는 것은 우연이 아니지요. 〈롤랑의 노래〉로 유명한 〈샤를마뉴와 12기사 이야기〉와 〈니벨룽겐의 노래〉 등도 전설적 면모가 짙은 것이 특징입니다. 고대 영웅담이 신화로 분류되는 것과 대비되는 특성이에요. 이는 기사담 주인공의 속성과 능력이 신성함보다 비범함에 가깝다는 것과도 관련됩니다.

여러 작품 가운데도 '아서왕 전설'은 중세 기사담의 결정체라고 할 만합니다. 아서왕을 중심으로 모여든 수많은 원탁의 기사들의 활약담이 다양하게 펼쳐지지요. 파르치팔(퍼시벌, 페르스발) 외에 주요 기사로 랜슬롯과 모드레드, 트리스탄, 케이, 가웨인, 베디비어, 가레스 등을 손꼽을 수 있습니다. 원탁의 기사들 외에 그들이 만나는 적들과 여성들도 다양하게 묘사되지요. 성배와 엑스칼리버, 아론다이트, 갈라틴 같은 성물과 무기도 이야기에서 중요한 역할을 합니다.

근대소설로 분류되는 세르반테스의 〈돈키호테〉는 중세 기사도 문학을 뒤집어 풍자한 작품으로 유명합니다. 근대에 들어와 기사담은 구시대의 유물로 여겨지면서 인기가 사그라들었지요. 하지만 최근에 판타지 문학이 발흥하면서 중세 기사담은 '서양 판타지'의 세계관적 바탕이자 스토리 원천으로서 새롭게 각광받고 있습니다. '로맨스 판타지(로판)'도 중세 기사담을 빼놓고서 말하기 어렵지요. 이런 판타지 문학은 한국을 포함한 동양에서도 현대적 감각을 반영해서 다양하게 창작되는 가운데 폭넓은 사랑을 받고 있습니다. 원래의 이야기와 현대 판타지를 비교해 보는 일은 아주 흥미로운 스토리텔링 탐구 과제가 됩니다.

한국적 판타지를 향하여

20세기가 현실의 시대이고 리얼리즘의 시대였다면, 21세기는 상상력의 시대이자 판타지의 시대입니다. 당면한 현실과 다른 가상적 시공간에서 펼쳐지는 낯설고 특별한 사건을 화려하고도 멋드러지게 펼쳐내는 것이 새로운 문학적 흐름을 이루고 있지요. 〈해리포터〉나 〈반지의 제왕〉 같은 판타지 소설의 폭발적 인기가 이런 흐름에 큰 영향을 끼쳤습니다.

한국에서도 판타지의 인기는 주목할 만합니다. 웹소설이나 웹툰 외에 드라마와 영화에서도 판타지는 하나의 대세가 되었죠. 많은 컴퓨터 게임의 스토리텔링도 판타지를 기본 축으로 삼고 있습니다. 눈여겨볼 것은 한국의 판타지들이 그리스 신화와 북유럽 신화, 중세 기사담 등 서구의 신이담 내지 환상문학의 코드를 따르고 있다는 사실입니다. 시공간적 배경부터가 동양이 아닌 서양을 배경으로 삼는 경우가 많지요.

동양적 판타지라고 할 만한 작품들이 없는 것은 아닙니다. 예컨대 웹툰이나 웹소설에서 꾸준히 한 자리를 차지하고 있는 무협물을 특징적 사례로 들 수 있습니다. 무협물은 대개 중국 대륙을 배경으로 삼으며, 중국의 역사와 문화 그리고 사상을 많이 반영합니다. 한국을 배경으로 한 작품도 없지 않지만 무협물은 '한국적 판타지'라고 하기에는 내용상으로나 심리적으로 큰 거리감이 있지요.

여러 분야에서 한류(韓流)가 힘을 내고 있는 상황에서, 한국적 판타지의 길에 대해 생각해 보게 됩니다. 한국은 서사문학의 전통이 매우 풍부한 나라로, 판타지의 기반이 될 만한 스토리 자원이 많습니다. 민간 구전 신화를 좋은 예로 들 수 있습니다. 웹툰과 영화로 큰 성공을 거둔 〈신과 함께〉는 구전 신화를 현대적으로 재창조한 한국적 판타지 작품이었지요. 판타지적 요소를 새롭게 만든 면도 있지만, 신화에 원래부터 있던 환상적 요소를 살린 측면이 더 큽니다. 〈신과 함께〉 외에도 한국 신화의 세계관이나 스토리를 바탕으로 삼은 웹툰과 웹소설 창작은 꾸준히 이어지고 있습니다. 〈묘진전〉, 〈쌍갑포차〉, 〈신의 태궁〉, 〈바리공주〉, 〈미래의 골동품 가게〉 등을 사례로 들 수 있습니다.

한국적 판타지의 바탕이 되어줄 서사문학적 전통은 고전소설에서도 찾아볼 만합니다. 천상 선계와 지상계가 이원적으로 맞물리는 세계관적 구조를 갖춘 작품들이 대표적입니다. 〈숙향전〉과 〈구운몽〉, 〈옥루몽〉, 〈금방울전〉 등을 주요 사례로 들 수 있지요. 이 작품들에는 천상의 신들과 선녀, 용왕 등 다양한 환상적 존재가 등장해서 큰 역할을 합니다. 시공간 구도와 인물, 스토리 등 여러 측면에서 판타지적 요소가 짙지요. 이를 잘 연구해서 응용하면 한국적 판타지의 길을 찾을 수 있습니다.

거기 빼놓을 수 없는 하나의 중요한 작품이 이 책에 담긴 〈삼한습유〉입니다. 이 작품은 천상 선계의 수많은 인물들 외에 마계의 인물들이 폭넓게 등장하는 가운데 현실의 틀을 훌쩍 넘어선 신이하고 환상적인 사건이 속속 펼쳐집니다. 천계와 마계가 등장하면서부터 완전한 판타지로 전개된다고 해도 지나치지 않아요. 그러면서도 김유신과 김흠운 같은 역사적 실존 인물들이 함께 어울림으로써 독특한 역사적 판타지를 펼쳐냅니다. 선악의 이분법을 넘어서 음양(陰陽)의 대립적이면서도 상호 보완적인 공존을 지향한다는 점도 특징적인 세계관에 해당합니다. 한국적 판타지의 길을 찾아나가는 데 빼놓을 수 없는 놀라운 작품이지요.

신화나 소설 외에 한국의 전설과 민담에도 판타지적 화소와 삽화들은 다양하게 담겨 있어요. 이런 스토리 자원을 현대적으로 잘 살려내서 한국의 서사문학이 세계적으로 힘을 낼 수 있게 되기를 기대해 봅니다.

참고한 책들

(자료에 있는 내용을 참고하되 내용과 표현을 새롭게 재서술했음을 밝힙니다.)

최초의 영웅 길가메시: 김산해, 《최초의 신화 길가메쉬 서사시》, 휴머니스트, 2005. | N. K. 샌다즈 지음, 이현주 옮김, 《길가메시 서사시》, 범우사, 1978.

라마야나 이야기: C. 라자고파라차리 지음, 허정 옮김, 《라마야나》, 한얼미디어, 2005. | R. K. 나라얀 편저, 김석희 옮김, 《라마야나》, 아시아, 2012.

바리데기 바리공주: 홍태한, 《바리공주 전집》 1~2, 민속원, 1997. | 신동흔, 《우리신화 상상여행》, 나라말, 2017.

아킬레우스는 왜: 호메로스 지음, 천병희 옮김, 《일리아스》, 도서출판 숲, 2015. | 이윤기 편역, 《일리아스, 오뒤쎄이아》 벌핀치의 그리스·로마 신화 3, 창해, 2000.

아기장수 우뚜리: 《한국구비문학대계》에 수록된 설화 자료들. | 신동흔 엮음, 《세계민담전집 01 한국 편》, 황금가지, 2003.

청개구리 용사 이야기: 이영구 엮음, 《세계민담전집 18 중국 소수민족 편》, 황금가지, 2009.

흰 코끼리 왕의 딸: 신동흔 외, 《캄보디아 설화 (II)》, 다문화 구비문학대계 2, 북코리아, 2022.

천방지축 마우이: 최영진 대표 편역, 《숨의 문화, 숨의 이야기: 뉴질랜드 마오리 신화와 민담》, 동인, 2015. | 아침나무 저, 《세계의 신화》, 삼양미디어, 2009.

대초원의 남녀 용사: 양민종, 《알타이 이야기》, 정신세계사, 2003.

파르치팔과 성배의 성: 요하네스 카르스텐젠 글, 김재혁 옮김, 《세계의 영웅전설》, 현대문학, 2006.

향랑이 바꾼 세계: 이승수·서신혜 역주, 《삼한습유》, 박이정, 2003. | 조혜란 역주, 《삼한습유》, 고려대학교 민족문화연구원, 2005.

세계설화를 읽다 3

신과 맞선 천방지축 마우이

1판 1쇄 발행일 2024년 2월 19일

지은이 신동흔
그린이 배민기

발행인 김학원
발행처 (주)휴머니스트출판그룹
출판등록 제313-2007-000007호(2007년 1월 5일)
주소 (03991) 서울시 마포구 동교로23길 76(연남동)
전화 02-335-4422 **팩스** 02-334-3427
저자·독자 서비스 humanist@humanistbooks.com
홈페이지 www.humanistbooks.com
유튜브 youtube.com/user/humanistma **포스트** post.naver.com/hmcv
페이스북 facebook.com/hmcv2001 **인스타그램** @humanist_insta

편집책임 문성환 **편집** 윤무재 **디자인** 기하늘
용지 화인페이퍼 **인쇄** 청아디앤피 **제본** 민성사

ISBN 979-11-7087-112-5 44800
979-11-7087-109-5 (세트)